中国传统记忆丛书

图说老行当

中国传统记忆丛书

图说老行当

矫友田 著

济南出版社

图书在版编目（CIP）数据

图说老行当 / 矫友田著. —济南：济南出版社，2016.6（2023.5重印）

（中国传统记忆丛书）

ISBN 978-7-5488-2204-2

Ⅰ.①图…　Ⅱ.①矫…　Ⅲ.①散文集—中国—当代　Ⅳ.①Ⅰ267

中国版本图书馆CIP数据核字(2016)第151619号

出版人　崔　刚
丛书策划　张元立
责任编辑　胡瑞成
装帧设计　侯文英

出版发行　济南出版社
地　　址　济南市二环南路1号（250002）
发行热线　0531-86116641　86922073
编辑热线　0531－86131721　86131722
网　　址　www.jnpub.com
经　　销　新华书店
印　　刷　肥城新华印刷有限公司
版　　次　2016年7月第1版
印　　次　2023年5月第4次印刷
规　　格　150毫米×230毫米　16开
印　　张　17
字　　数　236千
印　　数　13001-19000
定　　价　55.00

写在前面

转瞬之间，《中国传统记忆丛书》第一批书目推出已经一年有余。这套经过我们悉心筹划的丛书自推出以来，不仅赢得了读者的喜爱，也获得了社会的认可：国家新闻出版广电总局和全国老龄委把它作为“向全国老年人推荐优秀出版物”，教育部把它列入“全国中小学图书馆（室）推荐书目”。在欣慰之余，我们也坚定了在“中国传统记忆”这个主题上继续走下去的信心与勇气。

传统文化，是一个永恒而博大的主题。它需要我们细心地去探究，在点点滴滴间还原历史的足音。

我们应该知道，传统文化是一个民族宝贵的财富之一。一个民族，之所以能够屹立在世界文明之林，与它独特而充满魅力的传统文化有着密不可分的关系。

在五千多年的文明历史进程中，我们的祖先创造了辉煌灿烂、丰富多彩的传统文化。那些优秀的传统文化，是中华民族的历史见证和发展脚步的印痕。时至今日，它们仍在默默地滋养着中华民族的灵魂。

然而，在这个日益喧哗和浮躁的红尘中，我们却不经意地逐渐远离了那些优秀的传统文化。甚至有很多人因为误解，将传统文化归入守旧、迷信、贫穷之列。“去传统化”观念的泛滥，使得传统文化的传承，陷入一个尴尬的窘境。有些传统文化已经支离破碎，有些还在苟延残喘。这样说，绝非危言耸听，而是一种真实的写照。

譬如，以传统节俗来说，有许多能够起到密切宗族亲情，弘扬民族气节与情感的节俗，在繁华的城市里早已消失殆尽。即使在广大农村地区，随着城镇化建设的发展，一些有着丰富内涵的节俗，也已经变得形同虚设。这样的结果，最终只能导致年轻一代人对传统文化的无知，以及在民族认同感上的失落。

一个人丢失了记忆，就会失去自我；一个民族丢失了传统，就会失去世界。

传统文化中所蕴含的民族精神和诸多道德理念，无论何时都具有强大的生命力。正是因为有了传统文化的熏陶，中华文化才源远流长，才养育了一代又一代的民族精英。

因此，传统文化里所保留下来的精华，是一个民族永远不该忘记的记忆。留住那些传统记忆，不仅仅留住了一方心灵的栖息地，更重要的是留住了一条绣满中华基因密码的“金丝带”。在它的上面，凝结着中华民族勤劳勇敢、自强不息、前赴后继的可贵的民族精神和民族大义。

正是基于这种使命，我们自感责任重大，也有必要通过不懈的努力，将“中国传统记忆”这个主题不断深化下去。我们在创作与出版第一批图书的经验和基础上，广泛汲取读者的合理建议，在文字与图片的质量上进一步悉心打磨，倾心推出“中国传统记忆”第二批——《图说老节俗》《图说老行当》《图说老婚俗》《图说老游戏》。

我们真诚地希望这套系列丛书，能够进一步激发起读者对传统文化的兴趣，帮助每一位读者重温那些淳朴而又美好的记忆，使其从那些与历史、民俗相关的记述中，体味到中华民族传统文化的本源。

留住传统文化的根脉，我们的灵魂将不再孤独，我们的生命也会逐渐吐露出浓郁的芳香……

矫友田

2016年6月

目 录

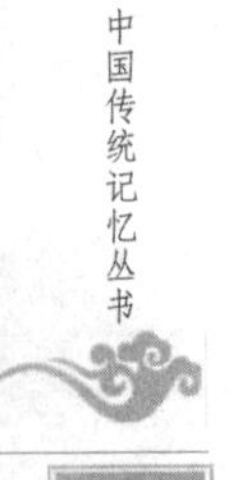
中国传统记忆丛书

圖說
老行當

第一辑：文化娱乐篇

惊险刺激跑马戏

跑马戏，又称“跑马解”，是过去我国民间深受大众喜爱的杂技表演项目。虽然说都是跑江湖卖艺，但跑马戏表演与那些单打独斗的江湖艺人是有一定区别的。跑马戏是属于团体性质的表演，旧称“马戏班”，现多称为“马戏团”。即使一个小型的马戏班，至少也有十来个演员。

马戏表演深受广大群众的喜爱，这是巧手妇女以跑马戏为题材创作的剪纸作品

马戏班的人员构成比较稳定，多为家族式的，或师徒相承，一般不用外人。班主多是一对较有威望的老年夫妇，男的称“老汉”，女的称为“老坐子”。

到了一个地方之后，他们首先要选择好演出的场地。在城镇卖艺，多选择在广场市头；若在农村卖艺，则多选择在场院上。然后，随班的一起动手，扎起一个硕大的圆形围棚，大小以戏班的规模而定。旧时，有些财大气粗的戏班，通常也会雇请当地的棚匠扎制。

跑江湖的规矩很多，马戏班来到一个陌生的地方卖艺之前，一般都要拜访一下当地几位有声望之人，一点薄礼或一顿酒菜即可，以便得到照应，省去一些不必要的麻烦。马戏班在一个地方卖艺的时间，视生意的好坏而定，但一般也就是数天的时间，而后继续启程奔赴下一个目标。

演出场地定好之后，马戏班的艺人们便肩挑道具，扛着兵械，或牵或骑着马匹，敲锣打鼓，沿街宣传。骑在马上的，多为马戏班的当家女艺人，穿红着绿，煞是威风。

在演出时，观众需要付钱买票入场。门前有几个人敲着锣鼓，大声吆喝着招揽观众。而一些顽皮的孩童，趁着人多杂乱之际，掀开围棚，像猴子一样机灵地钻了进去。对此，那些在棚外维持秩序的艺人们，也只能无奈地睁一只眼闭一只眼了。

围棚中央，有几匹马，几张桌子、凳子，一口大缸等物，都是他们表演的道具。开场时，先由几个小女孩，踢踢脚，弯弯腰，或翻个筋斗。半个钟头以后，有几个男的骑马在场中跑些圈，为的是不令观众寂寞。当观众坐到大半的时候，表演才真正开始。

旧时，一些规模较大的马戏班在卖艺的时候，通常要扎制一个圆形的围棚

马戏表演，在我国民间有着十分古老的历史。据史料记载，汉代的马戏，已经具有相当高的水平。张衡在《西京赋》里描述说："建戏车，树修旃，侲童逞材，上下翩翻。突倒投而跟絓。譬殒绝而复联。百马同辔，骋足并驰，橦木之伎，态不可弥。"

其大意是说：表演马戏的车子上，树立着一杆高高的赤旗。一个幼童攀援着旗杆上下翩翻，突然失手倒栽下来，眼看就要被摔死。谁也想不到，他的脚还在上面挂连着——这是故弄玄虚。那拉着戏车的百匹骏马，同辔同步，整齐地一起飞奔着。这种戏车橦木之技，真是变化多端，妙不可言。

南北朝时期的马戏，仍带有鲜明的汉代马戏的印记。如晋代文人陆翙撰写的《邺中记》所述，后赵石虎建都于邺（在今天河北临漳的西南）。每朝元会，都要在殿前作乐。这个"乐"，当然也包括杂技，马戏也在其中。马拉的戏车长约两丈左右，中间立一木杆，杆上固定着一根橦木，呈"T"字型。驭马飞驰，两个艺人分别跃上横木两端，作出飞鸟展翅、逆行倒挂等惊险动作。

西汉时期的彩绘乐舞杂技陶俑

随后，艺人们装扮成猿猴，在马上献技，一会儿挂在马胁两侧，一会儿站立在马头上，一会儿蹲踞在马尾处。骏马飞奔如常，人如猴子般灵活，紧缀在马的身上。所以，当时人们称这种技艺为“猿骑伎”。

到了唐代，马戏表演已经达到了很高的水平，其中“透剑门伎”尤为精彩。所谓“透剑门伎”，就是马跃刀山。在地上倒插刀剑，间隔分成几级，犹如房椽，寒光闪闪，使人望而却步。表演者驾驭马匹，奔腾跳跃，飘忽而过，人马无伤。

到了宋代，马戏技艺更为成熟，表演技巧更加精湛高超。在东京汴梁（今河南开封）给皇帝表演马戏时，就有跳马、倒立、拖马、引马、立马、骗马、镫里藏身等多种多样的马上功夫。后来，这种马术表演不仅仅只为皇帝老倌儿做宫廷供奉，在民间也逐步盛行起来，俗称“走解”。

旧时，在村庄街头卖艺的马戏班艺人在表演走索节目

明、清时期的马戏表演，比之前代的马术，又有了新的发展。据刘侗、于奕正合著的《帝京景物略》记载，当时的马术解数，共有24种，如人马并驰，在飞奔中直立、倒立；手握马的鬃毛跃过马身，左右弹跳；从奔马上跳下来，拾取地上的马鞭，再飞身跃上等等。跑马卖解之人，除了表演马术之外，还常常把弹丸之技与其并在一起表演。这大概是由马上箭技派生出来的一种技巧。弹丸技艺，

也有24种。如把弹丸抛向空中，然后再用一弹丸把它击中，两丸在空中一起破碎；或把一弹丸置于远处小童的头顶上，再以一丸相击，两丸俱碎，而小童无恙，如此种种。

旧时的马戏班当家女艺人在表演惊险刺激的马戏节目

后来，江湖上跑马卖解的艺人多为女子充当。河北、山东两省尤为盛行。她们在马上逞技，腾挪纵跃，更加惊险可观。历史上，许多领导过农民起义的巾帼英雄，如唐赛儿、王聪儿、乌三娘等人，在起义之前，均有过跑马卖解的经历。

除去热场的时间，一场马戏的表演时间大约也就一个时辰左右。惊险刺激的马术表演，作为马戏班的重头戏，也就二十来分钟的时间。虽然说是跑马戏，但一场表演不能只有马戏表演。若那样的话，演员也累，观众也会因审美疲劳而感到乏味。

因此，跑马戏除了马术表演之外，还需要一些垫场戏和收场戏来吸引观众。诸如蹬技、柔术、硬功、走钢索、魔术等杂技表演。

蹬技多由女艺人担任，那双纤纤小脚更显难度之大。在表演开始的时候，女艺人先在台场上打几个花架子，舒展一下筋骨，然后躺在一张八仙桌或其他台案上面，先蹬百余斤的大缸。几个壮汉合力将大缸抬到女艺人朝上抬起的脚掌上。女艺人先是用脚掌轻轻地拨动那口大缸，随之双脚发力，大缸缓缓地旋转起来，越转越快，像疾驰的车轮似的。继而，女艺人单腿发力，大缸瞬间便调换了一个方向。更令人叫绝的是，一名壮汉还将一个身形轻盈的孩童抱到大缸里面，上面的分量陡然增

现代的杂技演员在表演蹬大缸的节目

加了许多，而蹬缸的女艺人却能坦然应对，将大缸连同那个孩童蹬得团团转，令场边的人都为其捏一把汗。

表演完毕，女艺人面不改色、气不虚，轻盈地谢幕而去。除了蹬大缸之外，也有蹬桌子、蹬大车轮子等表演。

现代杂技团艺人在表演“上刀山”的节目

柔术表演，多为小孩钻坛子。道具是一个约一米高的小口坛子，那坛口看上去只能伸进去一条腿，人根本进不去。表演时，用比坛子略高的4块木板挡住坛子，木板之间有合页相连，可以折叠。一个10来岁的女孩子站在坛口上，露出上半身，只见她突然往下一蹲，打开木板，女孩便不见了。旁边另有一人叫着女孩子的名字，只听坛内有人答应，还伸出手了不停地晃动。然后再将木板围住坛子，那女孩突然出现在坛口上，这时打开木板，女孩子跳下。为了表示那坛子不是破的，演员还用手拍一拍坛子，以声音证明。

硬气功的表演节目也不尽相同，如“劈山开石”、“力断铁丝”、“上刀山”等等。总之，马戏班的表演既惊险又精彩，令观众们大开眼界，一饱眼福。

而今，那些惊险刺激的马术与杂耍表演，人们大概只能通过荧屏或一些大型的民俗节会才能够目睹其风采了。曾经，那些活跃在大江南北、城乡山野的马戏班，早已从喧嚣的尘世远去了。

诙谐逗趣耍猴儿

耍猴儿，又称“猴戏”、“猴子戏”，曾流行于全国各地。操此营生者，以猴为戏，深受男女老幼的喜爱。每到农闲时节，尤其是节日庙会期间，经常能见到耍猴人的身影。

耍猴艺人牵着猴子游走江湖，哪里热闹就到哪里去卖艺。这是清人所绘的《康熙南巡图》中的耍猴艺人

他们带着猴子，游走于江湖，没有固定的线路。哪里好耍，就多呆几天，不好耍的话就星夜兼程赶往下一个地方。因为几乎每天都是风餐露宿，所以他们大都衣衫陈旧，面容也脏兮兮的。假如没有那几只机灵的猴子相伴，总会让人误认为他们是讨饭的乞丐。

耍猴，不用搭台，只要一块空场，敲一敲锣鼓，挥一挥鞭子，拽住猴绳子，吆喝两嗓子，便是一出好戏，总能招来一阵阵欢快的喝彩声。

在汉代“百戏”当中，已经有了精彩的猴戏表演。这是汉代的《百戏图》画像砖拓片，其中猴子的表演生动可见

耍猴这门绝技，在我国历史上出现得非常早。早在汉代的百戏中，已经有了猴类的表演。在东汉张

衡撰写的《西京赋》中有“猿貌超而高援”的句子，大概是指猴子爬竿之戏。

到了晋代时，猴戏的表演已经非常盛行。凡祭祀神社、逢节赶集，总会有猴子来凑热闹。它们穿花衣、戴花帽，能够随着锣鼓的声响玩出许多把戏。

阮籍的《猕猴赋》写道：“整衣冠而伟服，举头吻而作态”；傅玄的《猿猴赋》则写道：“戴以赤帻，袜以朱巾，先装其面，又丹其唇。”这些都是对当时猴戏的描摹。

经过训练的猴子正在表演骑脚踏车的节目

唐、宋时期，猴戏表演较前代又有了新的发展。在诸多古籍里面，对驯猴及表演都有过生动的记述。在宋代文人王谠撰写的《唐语林》一书中，记载了这样一件有趣的事情：唐代时，有一位名叫李约的官员，他泛舟登山，月夜独游，很是潇洒。他的伙伴，就是一只自己驯养的猿猴，唤为“山公”。每当李约弹起琴筝的时候，“山公”都要随着这清越的旋律，以啸代歌，为主人鸣和，俨然一副“名士”的风度。以猴之玩性来看，这种“雅”相，真可谓难得了。

在《野人闲话》一书中，还详细地记述了另一位古代驯猴师的事迹：蜀中有个名叫杨于度的人，很善于驯养猴子，并把这种技艺作为谋生的手段。他驯化的十多只猴子，颇具灵性，能够听得懂人的语言。每次在街头上表演的时候，它们一只只都穿靴戴帽，骑着犬，排成一个整齐的队列，而后前呼后拥地挥鞭策“犬”行进，极其滑稽。

这些猴子还能假扮醉汉逗人开心。开始的时候，猴子们摇摇晃晃，一只只跌倒在街头，好像已经喝得酩酊大醉。杨于度过去，将它们一一扶起来。然而，它们翻个身子之后，又照样趴在地上。三番五次，全是这样。

铜锣，是古今耍猴艺人卖艺时通用的响器

杨于度假装无奈，喝道：“街使来了！”猴子们听了满不在乎，照样趴着。杨于度又喝道：“御史中丞来了！”猴子们还是无动于衷。

最后，杨于度轻喝一声：“侯侍中来了！”话音未落，这些“醉汉”全都从地上窜了起来，一个个慌慌张张，东张西望，显出一副非常恐惧的样子。逗得观众们捧腹大笑。

原来，那位侯侍中大人主管当时的内外巡检，非常严厉，无论官员还是百姓，都很惧怕他。杨于度巧妙地利用了人们的这种心理，让猴子装扮成醉汉，生动地将这种恐惧的心态表现出来，实在是一种巧妙的讽刺。

驯猴技艺，千百年来，在民间从未间断过。到了清代，这方面的文献记载就更加丰富了。清代文人富察敦崇在其撰写的《燕京岁时记》里面，写得比较详细：

“耍猴儿者，木箱之内藏有羽帽、乌纱，猴手自启箱，戴而坐之，俨如官之排衙。猴人口唱俚歌，抑扬可听。古称沐猴而冠，殆指此也。其余扶犁、跑马，均能听人指挥。扶犁者，以犬代牛；跑马者，以羊易马也。”

清代的耍猴艺人经常会训练羊和狗等动物，与猴子联合表演各种节目

这里所讲的猴戏，大体包括：耍猴人的伴唱，猴子打开道具箱，取出乌纱帽，扮作稳坐南衙的官老爷模样，以应“沐猴而冠”的成语。此外，还有让猴子扶狗拉的犁、骑羊扮的马等节目。

近代的猴戏，仍沿袭着传统的

节目。著名戏曲作家翁偶虹先生在《北京话旧》里面，曾详细地叙述了老北京的耍猴之戏：艺人们往往是两个人为一组，一人背着木箱，箱上蹲着一只穿红衫的猴子；一人牵着狗或羊。每演出一次，约一小时，收费三四吊钱。

猴子表演的节目，有翻筋斗、骑狗、钻罗圈、猴坐车、倒立行走等等。在所有的节目中，猴戴面具最有意思了。艺人敲着锣，牵着小猴，口中念念有词，半唱半说地表演节目。小猴打开箱盖，拿出一个盔头，像戏曲舞台上帝王将相所戴的盔头一样，只是尺寸小了不少。耍猴艺人根据小猴头戴盔头的不同样式，演唱出不同的故事或戏曲中的情节。比如小猴戴一顶八棱倒缨盔，双爪握一根细棍，背在后背，艺人便唱“廉颇负荆请罪”的故事。

那面具类似脸谱，猴子从木箱中取出一个戴在脸上，绕场一周，艺人同样唱着与脸谱样式相应的故事。令人发笑的是，有些时候猴子将面具戴倒了，使假脸的下颌向上，猴子的脸却露在外面，紧张地四下张望，逗得人们哈哈大笑。

最有意思的是，当耍猴人唱到：“什么样的官人都不怕，就怕衙门里的活阎王”的时候，猴儿们戴上官佐们的帽子，怒目圆瞪，向着围观的人群耍威风，活灵活现地刻画出了官府衙役们的神态。

旧时的耍猴艺人正在与猴子配合表演猴戴面具的节目

最后一个节目是艺人让猴子爬到竹竿顶端，那猴子龇牙咧嘴就是不往上爬。艺人便训斥道：“今天不练了？这么多人看着，为什么不练？”

听了之后，那只猴子一下子窜到艺人的肩头上，嘴对着艺人的耳朵做耳语状。那艺人听了，便连连点头，然后对观众们说：

“它说肚子饿了，跟诸位讨个馒头钱。”而后，艺人便开始讨钱。那小猴也紧随在艺人身旁，拿着一顶小帽子。有人将钱扔进帽子里，小猴便举起左爪往肩上一搭，算是行礼道谢，逗得观众们大笑不止。

驯猴艺人在驯化猴子的时候，一般都是依靠食物来进行诱导。一些自幼喂养起来的猴子，与艺人们建立起了较深的感情，自然容易驯化。但要是接手生猴呢？艺人就需要将猴子耐心喂养一段时间，待培养起感情之后，再进行驯化。

伶俐的猴子头戴面具，骑着黑犬，模仿古代武将征战沙场的英姿

艺人们利用猴子们模仿性强、怕挨打、夜晚注意力集中的特点，把其带入空旷的屋子里，然后胁迫猴子学习各种动作。首先手把手地驯猴翻筋斗、转身；其次是驯猴钻圈、担水、敬礼；最后是配以狗、羊等动物联合表演各种节目。

在具体配合上，人猴之间有一套通用的示意动作，以敲锣示意翻筋斗、转圈，以举鞭子示意钻圈等等。

经过反复强化训练，猴子们熟练地掌握了这些技巧之后，就可以由主人带着出门卖艺了。猴子虽说是一种机灵的动物，但其智商终究无法与人相比。尤其是那些刚出道的猴子，对新的环境一时还不适用，难免在表演的时候出现差错。这个时候，耍猴艺人对其会实施适当的惩罚手段。

精明的耍猴者，能够把观众们因表演败笔而产生的埋怨与指责导向猴子，而不会让矛头转向自己；而且还能做到连猴子自己都觉得因对不起主人的照料而感到自责。

旧时，以耍猴为业者，几乎都是贫困的农民。他们走江湖卖艺，只图个填饱肚子，挣点小钱。他们与猴子相依为命，彼此建立了很深的感情。虽然在耍猴的时候，看上去好像对猴子又训又打，其实这都是表演需要，没有真打的。而且在收入不好的时候，耍猴艺人宁肯自己忍饥挨饿，也要让猴子们吃饱肚子。因为在他们的心目中，猴子不仅仅是他们生存的工具，而且早已是他们心目中的亲人之一。

在卖艺之后歇息时，顽皮的猴子竟将“乌纱帽”戴在主人的头上，足见彼此感情之深

我国民间每一个行业的发展，都会形成一些行俗与行规。已经有一千多年历史的耍猴行当，自然也不例外。比如出门卖艺时，多选择三六九出门。在出门之前，耍猴人还要在家里上香、拜财神，而且出门后是不能再回来的，即使走不了也要露宿在外面。

出门在外时，艺人们不能说不吉利的话。每天早晨起来后，不许说“豺狼虎豹”4个字，因为对猴子们来说这些都是凶物。如果说了这4个字，耍猴人一天都会不吉利。还有一些日常生活中的词语，也必须改为行话，如称猴为“老儿”，狗为“叭子”，羊为“双角”，鞭子为“提引”，假面具为“脸幌”，搭场表演之处为“盘子”，猴子表演用的木架为“平天架”等等。

耍猴艺人正在指导猴子做踩高跷的表演

耍猴人搭班子出门卖艺所选择的猴子也颇有讲究，他们带出门的猴子不能老也不能小，老了耍不动，小了没有驯化好，表演时经验不足。搭班的原则是，一只大一些的公猴，一只年龄小于公猴的母猴和一只3岁左右的小猴。只有这样的组合才能表演好。如果是3只公猴，就会经常打成一团；如果都是母猴的话，则会懒散怠工。

尽管这些行规在现在看来，具有较多的迷信色彩。但在过去，这些行规与行俗的产生，对同行业间的交流，以及本行业的发展，都起到了一定的促进作用。

今天，这种流行于民间的“猴戏”，虽然已为正规的驯兽表演所取代，但在一些城乡地区的街头巷尾，仍有其踪迹可寻。

神幻莫测变戏法

变戏法，我国古代称为“幻术”，现代称为“魔术”。自古至今，变戏法一直都是我国民间老幼妇孺十分喜欢的一项娱乐表演。

古代的杂耍艺人在撂地卖艺

变戏法这一行，就是练好了各种技艺和手彩，表演出来供人们欣赏。旧时，每逢集市或庙会，经常会见到“撂地”卖艺的变戏法艺人。为了生计，他们大都四处漂泊，居无定所，在城乡的街头经常见到他们的身影。

自近代以来，变戏法的艺人大都穿一身陈旧的青色长袍，头戴礼帽，给人一种城府颇深的感觉。他们不仅有一双神奇的手，还有一张能说会道的嘴。他们在表演之前，先是连续地敲上一阵手中的小铜锣。待观众围拢上来之后，他们便滔滔不绝地开讲上一番，说得简直天花乱坠，而后还要念一套口语，诸如“一二三四五，当当，金木水火土；当当，要想戏法来，还得抓把土。”一面打着锣，一面嘴里念着口

身穿长袍马褂的戏法艺人在表演“仙人摘豆”魔术

诀。

其实，哪有什么口诀，这不过为了调剂现场的气氛罢了。口诀念完了，表演也就该开始了。人们明明知道戏法艺人的道具是带在身上的，可是当他走出来时，却是两手空空的。他和别人所不同的，就是穿一件又肥又大的大褂。他在变的时候，不过蒙着一块小红搭布，左一件右一件的，一会儿工夫就能摆满一地。最后还能变出燃着的灯来，或是带水的鱼盆来。翻一个筋斗，把东西瞬间变出来，灯也不灭，水也不洒。真的令人感到奇绝至极。然而在旧社会里，这些戏法艺人的绝技并没有被社会所重视，只不过勉强地混口饭吃罢了。

传统民间魔术道具“蹦花子”

但变戏法这一古老的行业，给那些艰涩而又平淡的岁月增添了些许乐趣，为无数人的童年留下来一段抹不掉的记忆。

魔术这一民间艺术的诞生，与古代巫、觋及稍后出现的方士等原始神职有关。当时，这些神职人员为了维护替天神行使权力的权威，总是费尽心机制造各种超越常人经验之外的假象，这就为魔术的形成提供了充足的条件。如《墨子·枕中记》记载，当时的方士能够玩弄男变女、老变少、有变无等幻术。这种幻术，其实就是现代魔术中“大变活人”节目的滥觞。

东汉墓室壁画上的《乐舞百戏图》

汉代初期，经过60余年的休养生息，生产力迅速发展，国力强盛。汉武帝为联合西域抗击匈奴，多次派遣张骞出使西域，中西来往频繁。由于外交活动的需要，杂技百戏被推上了杂技舞台。魔术不受语言习惯限制，最适合招待外宾，自然也包括其中。

汉武帝元封三年（公元前108年），在平乐观举办了中国历史上第一次大规模的百戏会演，盛况空前。当时，由皇帝亲临检阅，连300里内的居民也赶来观看演出。演出的内容十分丰富，歌舞杂技等大型节目共分5场，分别有：《角抵妙戏》、《总会仙倡》、《鱼龙漫衍》、《东海黄公》、《戏车修旖》等节目。

当时，最动人的节目是《鱼龙漫衍》。据古人描述：在节目开始之后，首先出场的是一头名叫“含利”的瑞兽。它在庭院里快乐地嬉戏，然后跳入水池，顿时激起巨大的水花。瑞兽在水花的掩护下，忽然变成了一条比目鱼。比目鱼不仅会游泳，而且会抬头喷水。刹那间，迷蒙的水雾把太阳给遮住了。在水雾的遮掩下，比目鱼突然化为8丈长的黄龙，跃出水面，并在庭院中遨游嬉戏。此时，日出雾散，天空灿烂无比。

汉代大型魔术节目《鱼龙漫衍》的画像石拓片

这个节目中的各类角色均由人来扮演，其中还穿插了大量的歌舞表演。因此，这个节目初看似戏剧又似歌舞，但是究其呼风唤雨、变幻多端的表演方式，应该是典型的魔术节目。以“变”为主的《鱼龙漫衍》是古彩戏法的大手笔，十分庞大，这应该算是中国最早的“巨型魔术”。

东汉天文学家张衡在《西京赋》里描绘了当时百戏演出的盛况，演出的节目有“蟾蜍与龟”、“水人弄蛇”、“易貌分形”、“吞刀吐火”、“画地成川”、“东海黄公”等。场面之盛大，技艺之精湛，令后人叹为观止。

南北朝时期，社会上大兴修建寺庙之风。那些禁规稍宽的寺庙，百姓可以随意出入。人们经常借进香或做法事的日子在寺庙集会。于是，有些民间艺人也借机表演魔术、杂技等节目。这种活动就是后来所谓的“庙会”。

那些民间的魔术高手齐聚此地大显身手，当时表演的魔术节目非常多，有《投井》《剥驴》《种瓜》《植枣》等。尤其是《种瓜》《植枣》这类魔术，当场栽种，立即结果，还请现场的看客品尝，真切动人。

这种庙会上的表演，一方面是为了招徕香客，繁荣佛事；另一方面也为魔术等百戏从宫廷御用艺术向民间广泛发展创造了条件。

“地摊魔术”的兴起，把魔术表演的技艺真正推向了民间。对于中国古代魔术行业的发展，起到了不可估量的推动作用。

唐代，是中国民间魔术发展的一个重要阶段。这是唐代“百戏”中的幻术图

唐代，是中国民间魔术大兴旺、大发展的一个重要历史阶段。唐代宫廷百戏杂技也极为昌盛。“十部乐”，是唐代宫廷表演艺术的总称。它不单纯指音乐和舞蹈，魔术也包括在其中，如缸中遁人称为《人壶舞》，人与马的变化称为《人马腹舞》，人体悬空称为《卧剑上舞》等等。

唐代时，我国民间还涌现出许多技艺奇绝的戏法大师。如唐代文人孙頠在《幻异志》里，记载了衢州一位姓施的民间魔术高手。在亲朋夜宴时，那位施姓的魔术师，用剪刀剪一梳髻纸人，抛到地上，然后对着纸人唱歌。那个纸人竟能够起立，合着他的歌声飘舞不息。

唐代小说家张鷟在《朝野佥载》中记载了凌空观一名姓叶的

道士，他擅长表演“断臂复原”的魔术。在表演时，叶道士先用刀砍女子的手臂。于是，女子的双手随刀而断，血流遍地。叶道士取出一碗水，泼洒在女子的断臂处，不一会儿就将女子的双手接上。再看女子的双臂，完好如初。

民间传说“八仙”之中的韩湘子(左)、吕洞宾(中)和张果老(右)皆为我国古代的戏法大师

唐代还出来三位幻术法师，即“八仙过海”中的三位。张果道士，乃八仙中的张果老，他的幻术很神秘。相传，唐玄宗曾被他迷住，要把他招为驸马。吕洞宾更是神乎其神，我国民间变戏法者皆将其尊为祖师爷，经常供奉“吕祖”。还有一位韩湘，也就是八仙中的韩湘子，他善于变“顷刻酿酒”“火缸栽莲”等节目。这三位，皆可称为我国古代的戏法大师。

现代的戏法艺人在表演徒手变物的魔术

公元8世纪中叶，爆发了安史之乱，唐朝的社会经济遭到严重破坏。此后，宫廷乐舞日渐衰落，艺人们大都流散于民间。因此，在中晚唐时期，以民间卖艺为主的小型魔术发展了起来。当时，长安卖艺者多集中在慈恩寺一带。演出场地有“戏场”“乐棚”“道场”“变场”等。

这时候的魔术艺人在表演的时候，大都采用徒手变幻物件的技巧，俗称“手法门”。唐代民间魔术的流行，使“手法门”等技巧性的小型魔术进一步发展起来。魔术的生存土壤开始转移到民间，这对于魔术的发展则是一件幸事。

到了宋代，魔术开始分科，出现了“手法”“撮弄”等若干专业。同时，还出现了由专业魔术师们组成的民间社团——“云机社”。

这个魔术研究团体是以林遇仙为首，据说有19人之多。这些人都是当时“魔坛”的风云人物，都擅长《仙人摘豆》《八仙过海》《三仙归洞》《九连环》等精彩手法魔术的表演。

南宋文人周密撰写的《武林旧事》里面，记载了十余位戏法大师的事迹，如王小仙、旋半仙、姚润、袁承局等。宋理宗过生日时，魔术艺人姚润表演了一个名为《寿果放生》的撮弄魔术，为其祝寿。这个魔术是先在空盒内变出3个大寿桃，继而又从寿桃中变出一只小鸟，并当场放生。这个节目既具有相当的技巧，又带有吉祥喜庆的特色，颇有趣味。

明代宫廷画师所绘的《明宪宗行乐图》(局部)上面，就有戏法艺人表演筒子魔术的情景

明、清时期，民间魔术节目已经相当丰富，比较有名的节目有“土遁金杯”“平地拔杯”“天宫偷桃”等。同时，还出现了一套非常有趣的“筒子”魔术。

起初的筒子魔术，道具是采用3个筒子。到了清代时，则改为两个筒子，而且变幻更加丰富。魔术师将两个筒子套来套去，立刻就会从筒里变出诸如蔬菜、水果、杯碟等物什，甚至是一桌菜肴，有的还能变出一坛美酒。

筒子魔术，被世界公认为优秀的东方魔术。而今，使用筒子作为道具的魔术花样百出，但仍以筒子互套的瞬间，使之发生变化为主。

过去，民间戏法艺人卖艺，一般有两种方式：一种是“撂地”，另一种是“赶堂会”。所谓“撂地”，就是在茶楼、酒肆旁边，有人云集的庙会，或在城镇乡村的街头摆摊子变戏法，任人围观；所谓“赶堂会”，就是逢富贵人家红白喜事时，在厅堂或庭院中卖艺。所以古彩戏法又叫“堂彩”，是专在堂会中表演的。艺人们特别练就腰上功夫，当场从身上变出“十三太保”（十三盘寿果点心）、“四海升平”（三戟瓶）、“珠子灯”、“大清二清”（大水碗）等大件物品，水火济济、富丽堂皇。最后拿手的一招是脱去长衫一身短打扮，一个筋斗变出两碗水，这就是著名的“筋斗月”。

传统民间魔术“大变活人”的道具

清朝乾隆年间，总撰《四库全书》的纪昀，在他的《阅微草堂笔记》里面，记载了他童年时在外祖父家观看的戏法表演：幻术师表演了“土遁金杯”“平地拔杯”等一类小戏法之后，把酒席上的一大碗鱼，向空中抛去，鱼和碗都不见了踪影。然后，幻术师说：“鱼不会不见，鱼在你们的书房内，在书橱的抽屉里，你们自己去取吧！”众人跑到书房，见那抽屉很扁，根本容纳不下鱼碗的高度，人们都不相信。拉开抽屉后，惊奇地发现鱼在一个扁盘子中装着，那扁盘子原来是装着佛手放在别处的。这时再找原来放佛手的地方，佛手却装在一个放鱼的大碗里面！纪昀在童年时所看过的戏法表演，应该是属于早期的堂会。

旧时的戏法艺人撂地卖艺的塑像

跑江湖卖艺，是一桩苦营生。相较

于赶堂会，撂地的生意更难做。表演的时候，看的人围得风雨不通。但只要一要钱，那看的人就会云消雾散，匆匆离开现场。

为了生计，他们不得不用那种“生意口”来揽客，比如在要钱的时候，他们会有这样一番套话：“诸位，变完了，跟您求几个。您出门遛街，花一个两个不在乎，都是君子财神爷，可别学那位，听说要钱就跑，那都是小人。他连早饭都没有吃，哪有钱给我们。诸位，好话说了半天，给几个吧。你要是非走不可，那可是你的腿，我的嘴，别说我回头说不中听的……”

在今天，魔术表演仍然深受人们的喜爱

即便是这样，折腾多半天，也要不上来几文钱。就是演上一天的工夫，最多也不过弄个糊口而已。

现在，魔术表演仍然备受人们的喜爱。然而，精于传统古彩戏法的艺人却越来越少，在街头或市集上撂地卖艺的戏法艺人也是难觅其踪了。但变戏法这一行业仍在延续着，而那些技艺精湛的戏法艺人大都在杂技团或一些民间表演团体里任职，其收入也是今非昔比了！

如影似幻皮影戏

皮影戏表演时所用的道具影人，在制作上深受民间剪纸艺术的影响

皮影戏，又称“影子戏”“灯影戏”“土影戏”，在有些地区还称“纸影戏”“驴皮影”“皮猴戏”等。它是在灯光的映照之下，由艺人们一边操纵用兽皮或纸板雕刻而成的人物剪影，一边进行演唱的表演形式。

在过去没有电影、电视的年代，皮影戏曾流传于全国各地，深受广大群众的喜爱。皮影戏这一行当的起源，与汉代的“弄影术”有关。

汉代的术士、方士和道士，已经熟练掌握了“弄影”之术。他们经常把纸片剪成神灵或人物的影像，作为对大众宣讲的一种道具。这应该是中国民间皮影艺术的雏形。

在我国民间，关于皮影艺术的起源，还流传着这样一个故事：

相传，汉武帝的妃子李夫人，不仅长相娇美，而且多才多艺，琴棋书画样样在行。因此，李夫人深得汉武帝的宠爱。

可是，有一年，李夫人身患恶疾，天下名医都被请来为她诊治，然而都无能为力。汉武帝非常着急，眼看着李夫人的病情一天一天地加重，却束手无策。

李夫人在临终之前，告诉汉武帝，她仙去之后，还会常来和汉武帝相伴。李夫人病故之后，汉武帝悲痛万分，他经常因为思念李夫人而夜不能寐。

方士少翁依据李夫人的形象制作成影人进行表演，缓解了汉武帝的思念之痛

日复一日，汉武帝终因思念过度，而到了心情郁闷、茶饭不香的地步。众大臣担心如此下去会损害汉武帝的身体，便商量重金招募能够医治汉武帝心病的能人。

后来，有一位名叫“少翁”的方士毛遂自荐，为汉武帝治疗相思之病。少翁用纸剪出李夫人的形象之后，又用灯烛把剪纸映照在帷帐之上。然后，派人去禀报汉武帝，李夫人正坐在帐内等候。

汉武帝听说李夫人“下凡”之后，急匆匆赶来，他远远就看到了李夫人的身影，激动地说：“爱妃为何姗姗来迟？”

但是，汉武帝还没有走到床前，屋内的灯烛全都熄灭了。继而，腾起一股青烟，朝窗外飘去。待汉武帝命人将灯烛点亮之后，只见床上空空荡荡。汉武帝突然想起李夫人临终前对他说的那句话：“但可遥望之，不可近视之”。此时，汉武帝后悔不已。

华县皮影戏里的帝王形象

数日后，少翁故伎重演。汉武帝吸取了上次的教训，只在远处遥望李夫人的身影。待三更过后，李夫人的身影便会渐渐地散去，汉武帝也进入梦乡。就这样，汉武帝的心情渐渐好转起来。后来，汉武帝给了少翁很多赏赐。

这个故事，在《汉书·郊祀志》、《搜神记》和《论衡·自然篇》等诸多古代典籍中都有记载。由此可见，在

传统皮影戏剧目《三顾茅庐》

汉代由“弄影术”而衍生出的“影戏”已经开始出现。

唐代，是中国历史上经济和文化极为繁荣的一个时期。发达的经济和文化，也间接促进了民间影戏的发展。甚至，当时的佛教也利用这一民间的演艺形式，用活动的纸人来作为宣扬佛法的解说图像。

到了宋代，皮影艺术与民间说唱艺术巧妙地结合到一起，成为一种颇受大众喜欢的民间娱乐剧种。

宋代的影戏艺人们，先用硝把羊皮洗净，抻拉得极薄，再涂上桐油，使之挺直透亮，然后雕镂出各种人形、花纹，使人形的头部、四肢均能活动自如，并衬以彩色薄纸或涂以色彩。经过如此精心加工过的“影人”，在光源与帷幕间出现，做着随心所欲的动作，那的确是非常引人注目的。

凌源皮影戏《西游记》里面的唐僧师徒形象

北宋文学家孟元老在其《东京梦华录》一书里，便记述了北宋时期影戏的演出盛况。影戏的演出因为不宜在灯光通明的地方，所以被专门设在灯火阑珊处。而且在街道的每一个巷口，都设有影戏棚子。当时汴京城内影戏艺人的数量之多，由此可见一斑。

南宋文人周密在《武林旧事》一书中叙述当时影戏表演的盛况时说：“儿童喧吁，终夕不绝，此类不可遍数也。”可见，当时的孩子们尤其爱看皮影戏，甚至“终夕不绝”，也不知道厌倦。

到了清代，皮影戏的技艺更为成熟，分布也更为广泛。当时，很多豪门贵族和乡绅大户，都以请名师刻制影人、蓄置精工

传统皮影戏剧目《三打白骨精》

影箱、私养影班为荣。在民间的乡村城镇里，大大小小的皮影戏班比比皆是，一个地方有二三十个影班也不足为奇。无论逢年过节、祈福拜神，还是嫁娶宴客、添丁祝寿，都少不了搭台唱影戏。连本戏，类似于今天的电视连续剧，像《岳飞传》《西游记》《杨家将》《封神榜》等，要通宵达旦或连演十天半月不止。一个庙会可出现几个影班搭台对擂唱影戏，热闹非凡，其盛况可想而知。

皮影戏的戏班一般不大，只有五六个人。演戏的行头和道具不像大剧团那么繁琐，最多两只小箱子就可以全部盛下。一般每只箱子里都有三四百个不同的影人头和百八十个影人身子，皇帝太监、文臣武将、神仙妖怪，一应俱全；山石草木、楼宇亭台、龙车凤辇、飞禽走兽，应有尽有。

而这五六人却要求既能操控影人，又要会使用乐器，并且能担当起生、旦、净、丑各色人物的唱念。有的高手，甚至一人能够同时操纵七八个影人。

演出时，艺人们一般用镜框形木架作为舞台，台口贴长方形白色宣纸一张，周围用蓝色布幔挡严。艺人们则在布幔内操纵皮影表演。

一个影人大约30厘米高，大多数是侧面像，但就是这样一个小小的影人，通常就有头胸腹腰、双手双腿等十几个部件构成。在皮影艺人的操纵之下，影人灵活地做出各种动作。通过宣纸内的灯光映照，外面的观众可以看到各种人影的表演。

皮影戏班所用的戏箱

皮影艺人在演唱的时候，常用

和声接腔、帮腔和鼻哼余韵的唱法，拖腔婉转悠扬，非常动听。伴奏乐器主要有胡琴、唢呐、锣鼓，最有特点的是它的唱腔，不局限于某种戏曲音乐，而且还有豫南的山歌、民歌、灯歌等多种形式。皮影艺人借助这个小小的舞台，说古论今、抑恶扬善，为平凡的岁月增添了些许乐趣。

旧时，皮影戏班里的俗规禁忌很多：如影人夹子靠墙放时，须正面朝外，称之为“背时”；平放的时候，则正面朝上。演出的乐器不能躺在地上，必须立着放；而戏箱和剧本严禁有人坐在屁股下面，怕“臭”了戏。

皮影戏艺人演出时所用的道具影人

陕西华县的皮影艺人认为影人夹子里的男女影人头和身子不能混杂，以免乱了阴阳；而且在摆放的时候，影人之间不能脸对脸，认为那样会导致戏班不和。河北滦州皮影案台上的唱本不能用手去翻，每唱完一页，必须用竹签挑翻，据说这是因为有“经卷”不能手污之说法。

皮影戏班在演出住宿的时候，必须两个人搭伙睡。而哪两个人搭伙也是有一定规矩的，不能胡拼乱凑。“前首”和“灯底下”是戏班子的两个台柱子，他两人搭对；“上档”和“下档”搭对；剩下的“后曹”则跟徒弟或赶车的搭对。哪怕两者之间一时闹了别扭，也必须睡在一起。

山亭皮影戏艺人演出时所使用的旦角与小生头茬

这个规矩，并不存在演员地位的贵贱之分。仔细分析起来，这样的安排是非常有道理的。两位搭档睡在一起，便于交流演出时的得失，从而提高戏班的演出质量。另外，在搭档之间闹了别扭与矛盾时，可以尽快化解，以促进戏班的安定与团结。

这些行规，虽然看起来有不少迷信的色彩在里面，但是其对维护一门行业的发展有着积极的意义。它除了告诫从艺者要敬畏这门行业之外，还使他们明白了，一定要懂得团结合作。

民国时期，因社会动荡和连年战乱，百姓生活在水深火热之中，致使曾经盛行一时的皮影行业万户凋零，一蹶不振。

现代皮影戏艺人在表演传统剧目《武松打虎》

新中国成立之后，全国残存的皮影戏班和艺人又开始重新活跃起来。但到“文革”时，皮影艺术再次遭遇“破四旧”的厄运，从此元气大伤。而今，那些如影似幻的情节和惟妙惟肖的表演，已经渐行渐远。随着那些皮影老艺人一个个的离世，许多皮影绝活已经失传。

机灵讨巧耍耗子

老鼠，俗称“耗子”。耍耗子，就是耍老鼠，亦称“鼠戏”。耍耗子这一行，在旧时的街头巷尾经常能够见到。它与耍猴一样，都是利用训练有素的动物来进行各种表演，以此招揽观众，换取赏钱，尤为妇女儿童所喜爱。

旧时的耍耗子艺人，在街头吹唢呐招揽生意

人与鼠之间的关系，一直是场喜剧。一方面，人视鼠为仇，千方百计地灭鼠，或至少想把它们从自己家中逐出；另一方面，鼠却不计前嫌，照旧子孙昌盛，并一如既往地同人做亲密的近邻。

在我国民间曾广泛地流传着这样一首古老的童谣：“小老鼠上灯台，偷油吃，下不来，急得吱吱叫奶奶。”这首童谣，虽然是描写小老鼠偷油灯里的油吃，对其却并没有憎恨之意，反而充满了不少同情。

这首童谣，形象地表达出了人与老鼠间的矛盾之情。古人虽然恨老鼠，但对其却有一些畏惧与喜爱。否则，十二生肖为何会以鼠为首呢？

据史料记载，在汉代的时候，宫中已经有了祀鼠的习俗。后来传到民间，演变成为“老鼠嫁女”之说。最初，人们仍是祀鼠。每到除夕，人们就在一间空房中摆设酒果之类食物供鼠享用。认为这样一来，鼠就不会乱啃东西和糟蹋庄稼了。后来，这一仪式开始简化，但却变得愈加神秘起来。在老鼠嫁女这一天里，人们在鼠洞周围投放食物，禁止翻动物什，以免弄出响声，惊扰了老鼠家族的好事。

《老鼠嫁女》是我国民间常见的一个剪纸题材，这也反映出了古人对老鼠也有喜爱的一面

旧时，每当临近春节时，家家户户都要贴《老鼠嫁女》《老鼠娶亲》一类的年画。年画一般画得非常拟人化，场面热闹非凡。老鼠新娘衣着华丽，头上戴着花，坐在八抬大轿里面。八只大老鼠，个个穿着红背心，抬着轿子。另外还有众多迎亲的老鼠，或吹喇叭，或扛旗，前呼后拥，各有各的姿态，真是一副欢天喜地的场景。

时至今日，老鼠嫁女的习俗，仍在我国民间某些偏僻农村地区沿袭着。通过这些习俗可以看出来，古人对老鼠也有喜爱的一面。

而要耗子这一行当源于何时，并没有确切的史料记载。但在《晋书》里面，就已经有了鼠戏的记载。当时的鼠戏，称为“笮儿”。为什么会叫这个名字呢？

原来，那时的南方人将生长在田野和竹林里的一种小老鼠称为“笮鼠”。“笮儿”，就是以笮鼠为戏的简称。那时候的鼠戏，大约就是让老鼠穿上衣服，做一些荡秋千、爬梯子之类的表演。由此可见，要耗子是我国民间一个非常古老的行当。

清代著名文学家蒲松龄在其撰写的《聊斋志异》里面，对鼠戏有过生动的描述

宋代文人何薳撰写的《春渚纪闻》里面，记载了一位善于驯鼠为戏的孙姓道人的事迹：“孙道人，不知何许人，寄居严州天庆观。为人和易，初不挟术及言人祸福。但袖中

尝畜十数白鼠子，每与人共饮，酒酣，出鼠为戏。人欲捕取，即走投袖中，了无见也。”

孙道人训练的鼠戏，具体情形不详，大约也没有什么复杂的表演。因为后来复杂的鼠戏，往往需要设置配套的道具。清代文学家蒲松龄所著的《聊斋志异》里面，有一篇是写鼠戏的，为我们勾画出了清代鼠戏表演所达到的高难程度：有个民间艺人背着布口袋，内有十几只小老鼠。艺人拿小木架放在肩上作为戏台，他敲起鼓板，唱起古代杂剧，鼠就从口袋里钻出来表演。它们戴着假面具，穿着特制的小衣服，从艺人的肩头跳到舞台上，像人一样站起来舞蹈，表演男女悲欢离合，情节很有戏剧性。当然，《聊斋志异》这部著作，本身就是描写鬼怪神仙的小说，多少有一些虚构的成分在里面。

清代文人富察敦崇在其撰写的《燕京岁时记》里面，也记载了老北京耍耗子的情景：“京师谓鼠为耗子。耍耗子者，木箱之上，缚以横架，将小鼠调熟，有汲水钻圈之技，均以锣声为起止。”

清代刻印的《北京竹枝词》里面，有一首《驯鼠》诗：“猫与同眠昔已曾，养驯更不避人行；岭南始信称家鹿，赋黠何因玉局生。”清代的驯鼠艺人，能够把老鼠驯得与猫同眠，且不怕人，应当算是一门绝技吧！

古时的习俗，每到春节期间，从初一到初五，妇女不许出门看戏。“闹”新春之际，闺闱哪耐得住寂寞。轻灵小巧的鼠戏，便成了时髦的玩意儿。因此，鼠戏在古代十分盛行。

耍耗子的艺人们大都随身背着一个一米见方的小木箱，里面装着演出的全部道具：特制的木架、小桥、梯子、水桶、小秋千等。随着艺人的一通锣响，演出就正式开始了。只见一个小木匣微微开启，六七只小耗子钻了出来。随着艺人的口令声，小耗子们齐刷刷地一字排开，整齐地用后腿站立，身子前屈，给现场的观众们作揖、打躬……人群中顿时爆发出一阵阵啧叹和欢笑声。

旧时，在市集庙会上经常能见到耍耗子的艺人

接下来，小老鼠们按照事先排练好的程序，依次表演“三娘汲水”“太公钓鱼”“刘金进瓜”等节目。

比如表演“打水”这个节目，只见小老鼠蹲在井台上，前爪抓住垂吊的桶绳，两爪轮替着一点一点地将水桶提上来，然后松开爪子放下去，又提上来，反复数次，动作十分娴熟。再比如表演“走磨盘”节目时，小老鼠一听到艺人的指挥，便噌地一下跳到磨盘上，四条小腿在磨盘上急跑。爪子下的小磨盘被踹得飞转，小老鼠却原位不动。艺人们一声令下，便停了下来。

每只小老鼠都有自己的绝活儿，有的会挑扁担，有的会钻圈子，有的还会爬高偷油……它们十分听从主人的调遣，一个表演完了，另一个上场，非常有秩序，决不乱章法。

直到艺人们一声喝喊：“戏完讨赏！”鼠儿们便拱手作谢，然后鱼贯返回鼠匣。鼠戏的表演时间不长，每次大约半个小时左右，酬金一般半吊铜钱左右。当然，若哪家的老夫人、少奶奶看得高兴，偶尔也可以多给一点赏钱。

在现代的民间演艺活动中，偶尔还能见到耍耗子艺人的身影

那些在集市或庙会上“撂地”（摆摊卖艺）的耍耗子艺人，由于没有雇家出资，则需要像其他卖艺的艺人们一样，在表演的当空跟观众讨要赏钱。耍耗子的艺人会拿个笸箩收钱，嘴里念叨着：“有钱的给个闲钱，没钱的捧个人场……”围观的人会投几个零钱，

尤其是小孩子非缠着大人给钱不可。没有钱的，则溜之大吉。因此，他们的收入也没有一定的保证。

收完钱之后，耍耗子的也会用唢呐吹上一曲，大概是作为回报吧。如果围观的人多，可以继续表演；人少，则换个地方，再行其事。

自20世纪60年代以后，耍耗子这一行当逐渐销声匿迹了。近年来，在一些庙会上，偶尔也会有耍耗子的表演出现。然而，或许因为受驯鼠艺人水平的限制，耗子的表演已经大不如前了。

箱中秘景拉洋片

拉洋片，是中国古代三百六十行中比较特殊的一个行业，曾令无数的大人孩子为之痴迷

拉洋片，又称“西湖景”“西洋景”“拉大画”等。旧时，它是一种深受市井百姓，尤其是孩子们喜欢的民间娱乐项目。

“拉洋片”与“西洋景”这两个名字里都含有一个“洋”字，乍一听，很像是舶来品。其实不然，拉洋片是一个地地道道的中国民间传统行业。

拉洋片这一行当，大约起源于清朝同治年间，盛行于民国和解放初期。但是在那些拉洋片的艺人们嘴里，这门手艺的起源要早得多，据说在唐代的时候就已经出现了。

相传，唐太宗李世民曾封过一个妃子。可是，这名妃子由于思念家乡西湖的美景，整天闷闷不乐。后来，军师袁天罡想出了一个主意，便命画师画了8幅西湖美景，做成画板，放进一个大木箱子里，并留出一个可供观看的小孔。随后，就让那名妃子从小孔往里观看，而另有一人不断地拉动绳子更换画板。于是，西湖美景尽收眼底，那名妃子也因此解了思乡之情，心情逐渐好转起来。

后来，这种箱中看景的玩意儿逐渐流传到民间，便成为街头卖艺的一种形式。从此，我国民间也就出现了拉洋片这个行当。

旧时的拉洋片艺人大都尊奉唐代相术大师袁天罡为本行业祖师。这是坊间流传的相书《三世演禽》上的袁天罡画像

到了清朝末期，西洋文化不断侵入中国，“洋火”“洋油”“洋布”等与“洋”字沾边的物品越来越多。受此风气影响，“西湖景”也随之变成了“西洋景”。于是，这个行当便拥有了一个带有“洋味”的名字——拉洋片。

拉洋片的道具其实十分简单，最主要的就是“片箱子”，用来安放观看的画片。最早的片箱子，只是用青皮席子四面围起来，上面掏几个圆孔，里面再放上几张画片就完事了。表演的时候，演员在一旁说唱，观众则趴在席子上，由圆孔往里观看。

随着时间的推移，拉洋片这一行的演出设备也“进化”了不少。除锣、鼓、镲三大件外，带圆孔的席子也演变成为有“光子”（观景窗）、可更换画片的木制片箱子了。

片箱子呈“卡”字型，共3个层面。上下两层比较窄，中间一层比较宽。上层是“储片箱”，未开演之前，先把8张或10张画片，用绳子吊在上面；中层是“看片箱”，靠后面留出换片位置，箱子前面留出4个圆孔，镶上4个放大镜，俗称“四开门”，最多的开有6到8个孔；下层比看景箱狭窄，便于观众观看时放腿，也作为放杂物的工具箱。在片箱子的上层左侧，安

这名拉洋片的艺人，将自己的片箱子设计得十分独特和精致

装有一套小型打击乐，有锣、鼓、镲，三者串成一线。

有的片箱子外面还涂上各种颜色，看上去就像是一件奇怪的工艺品。当然，最吸引观众的并不是箱子的外表，而是隐藏在里面的“秘景”。

旧时，每到节市或庙会的时候，拉洋片的摊儿就多了起来。拉洋片的画面，只不过是一些静止的“幻灯片”而已。生意的好坏，完全取决于拉洋片艺人演唱水平的高低。

拉洋片的艺人们为了方便讲解和敲打乐器，一般都会选择站在木凳或八仙桌上，呈居高临下之势。待观众坐定，艺人手拉打击乐器锣、鼓、镲的线绳，“咚呛——咚呛——咚咚呛——”，然后便眉飞色舞地唱起来。同时，艺人们用手中的绳子吊拉换片内容，与唱词相配合。唱腔可以用顺口溜、评剧、北京琴书或东北大鼓等等。反正都是以通俗直白、观众乐于接受的方式为主。

唱词的韵调为上下句，通常是上句仄声，下句落平声；上句起韵，下句入韵，还有的一韵到底。唱词均以七言为基本，每段唱词少则4句，多则七八句。

比如在表演《白蛇传》时，唱词是这样的：“往里看，往里观喽。飘飘悠悠来了两只船。一个是白蛇和青蛇，一个公子是许仙；她们借伞为哪般，原来是姻缘在里边。”

寥寥数语，便把白蛇与许仙的爱情故事唱得隐隐约约，颇能勾起人们的好奇心。此时，外围的人啥也看不到，只能干着急。而付了钱的人，只顾伸着脖子将一只眼贴到“观景窗”上，一股全然不顾身外事的鸵鸟状。

在旧时的庙会上，拉洋片是必不可少的一道风景，总会吸引众多人围观

拉洋片虽然无法与现代

的影像设备相媲美，但在旧时，大多数老百姓上不起学，而且没有多少娱乐活动，这些组合的画片的确具有一种独特的魅力。

仅用几分钟时间，借助一些直白的画面，便可聆听到一个精彩的故事，或了解一段有趣味的历史，对普通百姓来说，确实是一件极富有情趣的事情。

后来，还出现了一种便携式的小型片箱。拉洋片者背着小木箱和趴脚架，四处招揽生意。走到一热闹处，便打开小木箱，内装六七支单筒画片机。孩子们付钱之后，一面美滋滋地挑选一部自己喜欢的“大片”，然后眯起左眼，右眼贴到“观景窗”上朝里面看，一面不停地卷动转轴变换画面。

拉洋片者不仅收钱，还收牙膏皮、破铜烂铁和玻璃瓶等物。因为有些孩子跟家长讨不到现钱，他们就把家中的废品拿出来抵钱看“西洋景”。

中国民间传统乐器云锣，也被拉洋片艺人作为招揽顾客的响器之一

过去，几乎每一个行当都有自己的“切口”（暗语），拉洋片这一行也不例外。如以云锣、铜鼓招徕观众为“聚人法”；观众坐凳为“架”；男观众为“老郎”，女观众为“老良”，儿童观众为“憨东”；画片为“描景”，外国画片为“描欧景”等等。

谈及拉洋片这个行当，有两个人物不能不说，一个是“大金牙”，另一个则是他的徒弟“小金牙”。

大金牙，原名焦金池，天津人。他最早是在天津三不管地界拉洋片，有一回因为得罪了当地的流氓，被打个半死，门牙也被打掉了。从此，他在天津混不下去了，便来到北京天桥卖艺，仍以拉洋片为生。因他镶了一颗金门牙，每一张嘴，那颗金牙便闪闪发亮，颇引人注目。时间一长，人们便送给他一个“大金牙”

天桥“八大怪”之一的“大金牙”，成为老北京的一种永恒的记忆

的绰号。

“大金牙“表演的画片都是经过他精挑细选的，而后自编唱词，且多为当时社会新闻或趣闻轶事，特别吊观众的胃口。他打着锣鼓信口唱来，虽然有时候唱词显得有些庸俗，但也具有一定的现实意义。例如他有个《夺龟山》的段子，其中有这样的唱词：“南来了孙文先生闹革命，宣传革命一十二年；宣统三年他在武昌起了义，八月二十谋得了江山。你看他在龟山头上吊起了大炮，一炮打到武昌府的城里边唉……”

画片原本是不会活动的，但经过“大金牙”这么一说一唱，顿时“活”了起来。观众们都觉得这个钱花得值，没看的也想过一下眼瘾。因此，他的生意总是十分兴隆。

焦金池去世之后，他的徒弟“小金牙”罗沛霖将其手艺继承了下来。罗沛霖天生长着一副不笑都能让别人看了发笑的脸。为了与“金牙”的名号相般配，他也将一颗牙齿镶成了金的。于是，就成为名副其实的“小金牙”。他天生一张利齿，把当下的新闻时事，信口编成即景即情的词儿，一边打着锣鼓，一边有声有色地唱着。一样的片子，被他形容起来，便会给人一种非看不可的感觉。

在今天的一些旅游景点处，偶尔还能看到拉洋片者的身影，但生意已经非常冷清

“小金牙”的嗓音洪亮、音色圆润，且吐字清晰悦耳。因此，每天都能招揽许多观众。

其中，有慕名而来的，也有不少回头客。

解放初期，“小金牙”曾绘制过二万五千里长征、抗日战争及淮海战役等内容的画片，配以唱词，轰动一时。然而，自20世纪50年代中期以后，拉洋片这个行当逐渐在我国民间消失了。

异彩纷呈木偶戏

旧日的街市上经常能见到表演木偶戏的艺人

木偶戏，在古代称为“傀儡戏”，在民间亦称为“木人头戏”“扁担戏”“掌中戏”等。木偶戏，在我国民间有着非常悠久的历史。据史料记载，这一民间娱乐表演艺术起源于汉代。

东汉著名学者应劭撰写的《风俗通义》，是一本当时人记述当时风俗的书。据该书记载，当时人们把木偶戏表演称为“傀儡子”，而且时人还给木偶戏起了一个有趣的诨号——“郭秃”。其实，“郭秃”原本是一个人的绰号。

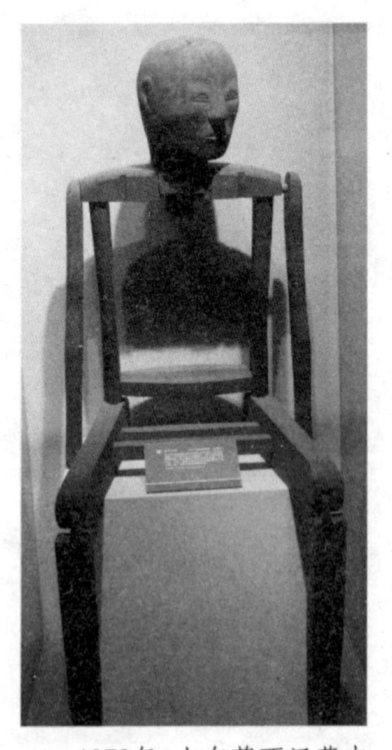
1978年，山东莱西汉墓中出土的汉代大木偶，头部与四肢关节皆灵活自如

郭秃，本姓郭，邯郸人。后来，因生病而变成秃头。他为人滑稽，善戏谑，人们戏称他为“郭秃”。于是，人们就以郭秃的形象刻制木偶进行表演，轰动一时。从此，时人但凡言及傀儡子，就直称“郭秃”。幽默滑稽的“郭秃”，堪称我国民间木偶戏历史上最早

的艺术形象。

隋、唐之际，是古代木偶戏成长的关键时期。当时的民间木偶戏演出已经非常普遍，在大街小巷经常能见到木偶艺人扎台表演。另外，当时的木偶戏艺人娴熟地操纵着那些偶人，能够表演完整版的故事了。

扬州杖头木偶戏中的旦角偶人

不但木偶戏的剧种繁多，而且艺人们敢于创新，制作的机关偶人可以饮酒、唱歌、吹笙等，表演与制作达到了完美统一。宋代的木偶戏班众多，无论是在京城，还是在乡野，都随处可见。两宋时期的木偶戏表演，已十分普及。它在北宋都城汴梁，可以直接为皇帝老倌儿献艺；它在南宋都城临安，大小全棚傀儡的名目，共有70多种。每逢年节吉日、庙会大礼，都要出来大显身手。

明、清时期，民间木偶艺术继续发展，形成了各种流派和具有各种地方特色的木偶剧种，如杖头木偶、布袋木偶、提线木偶、铁枝木偶等。

杖头傀儡戏的木偶形体较大，有两尺多高，装有操纵杆儿。表演的舞台比较大，参加表演的人员也多。根据操纵方式的不同，杖头傀儡戏表演可分为两类：一类是演员藏身幕后，只让木偶和观众见面，这是最普遍的表演方式；另一类是演员和木偶同时上台为观众进行表演。

杖头傀儡戏遍布全国各地，行当众多。杭州有“木人戏”，广东有“抓颈”杖头，四川杖头有大、中、小三种形式，山西杖头则分南北两派。北京杖头傀儡戏，多为“内廷供奉”，时称“大台宫戏”，其实就是一种特殊表演形式的“京剧”。

清朝末期，有许多名伶如金秀山、德珺如、文荣寿等都在傀儡戏中客串过。当时，在北京城内也涌现出不少像“金麟班”“四义班”这样出名的傀儡戏班。

河北杖头木偶戏《打銮驾》中的八贤王(左)、庞妃(中)、包拯(右)

提线木偶戏是用线悬吊操纵的木偶，在陕西、福建、浙江、江苏、广东、湖南等地流行。清朝乾隆年间，仅陕西合阳就有戏班30多个。江苏提线傀儡戏，到清代末期已经风靡海内外。

铁枝木偶，流传于粤东、闽西等地。木偶高1到1.5尺，彩塑泥头，桐木躯干，纸手木足。操纵杆俗称“铁枝”，一主二侧，铁丝竹柄。表演者或坐或立，在木偶后操纵，形象规整，结构独特。铁枝木偶到清朝末年时步入成熟，曾红极一时。

布袋木偶戏中的偶人——穆桂英

布袋木偶，俗称“掌中戏”，流行于福建、台湾、湖南、四川等地。木偶的形体比较小，头部连在布袋上，这布袋实际上也就是戏服。

不同流派的木偶戏，在表演方式上也不尽相同，如提线木偶戏，是以提线来操纵偶人表演；杖头木偶戏与铁枝木偶戏，则是通过杖杆来操纵偶人的动作；布袋木偶戏，既没有杖杆又没有提线，表演艺人只是将两手套在连接木偶头的布袋里进行表演。其中，以杖杆来操纵偶人进行表演的方式，在我国民间各地最为普遍。

清代扬州木偶戏中的木雕彩绘偶人头

艺人们多以家庭二至三人组合沿街卖艺。用来盛装木偶、道具的，是一对能当成凳子用的木箱。箱子4个角用铁皮包裹，结实耐用，下方有能插方木条的牙口，演出时一插即可围幕。箱子上方的内格，放帽子、折扇、刀、矛等道具。偶人，一般有数十个。

偶人是死的，可是它一旦被艺人操纵在手中，便立即“活”了起来。木偶戏与人戏相比，它的“味”在于人戏能演的，它也能演绎，而人戏做不到的，木偶却能做到，比如上天、入地、下海、降龙、伏虎、奇术变幻等表演艺术，能够给人们带来丰富的想象空间。

木偶的头像大都是由木质材料雕刻的，还有一种是采用“纸筋泥”塑造而成的，故而一些地方称其为“泥头子”。

然后，再彩绘成生旦净末丑等角色，穿褶子、官衣、蟒、靠等服装；戴纱帽、扎巾、紫金盔；老生还要带上假须。花旦木偶，如花似玉；妖魔鬼怪，青面獠牙；包公的额头上有“月牙”符号；奸臣是大白脸、三角眼，奸诈阴险等等。

在表演的时候，一人操作偶人并念唱，另一人则负责配乐。艺人坐在围幕里，双手托着木偶，出场演唱。等有第二个人物出场时，便将先前的木偶插在下面特制的木架上。若表演皇帝出巡的场面时，就用双手同时托上两个侍卫，接着是两个太监、大

旧时，只要有木偶戏演出，总会吸引来众多的观者。这是明代画家仇英笔下的木偶戏艺人在街市卖艺的情景

臣，插定之后，才是皇帝出场。在表演的同时，配以唢呐声，场面热烈欢快。

偶人表演时，艺人以左手中指、无名指及小指掌控主杆，操作木偶的躯干；又以拇指、食指捻动左侧杆操作偶人左臂；右手掌控右侧杆，操作偶人右臂。如果同时操作两个木偶，则一手掌控一个偶人，拇指和食指兼顾左右手动作。

武将出场，走起路来沉稳有力，威风四射；小姐走起路来，则步履轻盈，仪态万方。众生百态，都在艺人双手的操控之下，动作丰富，神态细腻，可灵活自如地表演甩袖、斟酒、写字、舞剑、摸头、擦眼泪等动作。

无论是男女老少，皆由艺人独自扮演。艺人们一边操作着木偶，一边演唱。随着剧情的发展，观众全都入了神，或悲或喜或急，场上鸦雀无声。到了紧张处，众人齐声惊嘘。台前的观众看得如醉如痴，而幕后的木偶戏艺人额头上沁满汗珠，演出结束，衣服都被汗水湿透了。

山东莱西木偶戏中的偶人——武将

可是等到表演完了，艺人开始讨钱的时候，大多数的观众都如梦初醒，有的干脆一哄而散。因此，木偶戏艺人有时候忙活大半天，收入却寥寥无几。对此，他们只能无奈地摇摇头，而后收拾好家什，挑起扁担，再到别处去表演。

木偶戏这一古老的行业，经

过了一千多年的发展，在民间形成了不少行规。木偶戏艺人在走江湖卖艺的过程中，也形成了不少行业内部切口，如木偶戏艺人将布帐称为“篷子”；戏资称为“琴头”；讨钱称为“挂琴”；有钱者称为“热子”；无钱者称为“流通”；讨钱时稍微屈腿称为“去千”等等。

我国民间的木偶戏艺人将楚庄王的大臣月皇奉为本行业的祖师爷

旧时，每年农历八月十五是木偶艺人祭拜“月皇”的日子，因为木偶艺人是把“月皇”敬奉为本行的祖师爷。月皇，是春秋战国时期楚庄王的一个老臣。月皇从楚庄王手下的宠臣，最终成为木偶行的祖师爷，在民间还流传着这样一个有趣的故事：

有一次，戏班子给楚庄王表演，因不慎唱错台词而触犯了楚庄王。当时，楚庄王大怒，欲下令杀掉那些戏子。大臣月皇不忍心见那些戏子被杀，便上奏楚庄王道：“戏班子辛辛苦苦也不容易，念他们也给大王带来过一些乐趣，不如不杀他们，发配他们到民间去唱戏。”

楚庄王准奏，并将戏班子赏给了月皇。月皇受命于楚庄王，领着戏班到民间演出。他也想登台演出，可是又碍于自己是朝廷的重臣，怕人耻笑。后来，他想出一个办法，用木头制作成偶人。然后，给木偶穿上服装，模仿人的动作，而将真人用布幔挡住，在下面说唱。老百姓只能看到木偶在舞台上表演，而看不到真人。

月皇还把儿子田君大郎、田君二郎、大儿媳春花、二儿媳秋花及女儿金花也招入戏班。他们的演出深受老百姓欢迎。随后，有许多地方纷纷加以仿效，也组成木偶戏班排演起来。后来，楚庄王知道了这件事情，非常高兴，便封月皇为木偶行的祖师爷。

现代木偶戏艺人在台下排练节目

在月皇去世之后，每年的农历八月十五，被定为木偶行祭拜祖师爷的日子。直到现在，在甘肃陇南一带还延续着在农历八月十五唱小戏祭拜月皇的习俗。

而今，人们只能在专业的木偶剧团里，才能一睹这门古老民间艺术的风采。而来自市井的表演，已经很难见到了。“咯吱、咯吱”，一根陈旧的扁担，挑着一路的风尘，在人们的视线里已经变得越来越模糊了……

风情万种小书摊

丰富多彩的小人书，曾给无数人的童年留下了难忘的记忆

在20世纪80年代以前出生的人们，对于小人书大都怀有深刻的记忆。小人书，也就是“连环画”，是采用连续性的图画和通俗简洁的文字来讲述故事的艺术形式，具有较高的观赏性。小人书的读者定位虽然是少年儿童，但也有大量成年读者，可谓老少皆宜。

在过去，还没有电视机、录像机等娱乐产品，而那些黑白的影片，对偏远乡村的孩子们来说只是一个遥不可及的梦。于是，那些丰富多彩的小人书，便成为影像娱乐的最佳载体。小人书对满足孩子们的好奇心与求知欲，起到了极大的促进作用。

尽管小人书的价钱大都比较便宜，但在那个贫穷的年代里，尤其是对孩子们来说，其价格仍显得不菲。拥有一本或几本属于自己的小人书，对当时的孩子们来说，是一件非常幸福的事情。有的孩子为了购买一本钟情已久的小人书，会将卖牙膏皮、酒瓶等废品换来的零钱小心翼翼地积攒下来，甚至将家中值钱的物件偷出去当破烂卖掉。小人书之火，可与今天的网络相媲美。看小

人书，是孩子们最常见的娱乐。

随着小人书的流行和人们对小人书的渴求，从事租书业务的小人书摊便应运而生。这对于那些想看又无钱购买的人来说，只用很少钱就能看一本书，无疑是件大好事。对于摆书摊的人来说，租书收来的钱远高于买书的钱，书归自己所有，好处显而易见。于是，不论是在集市上，还是在学校、公园、车站等人流密集的地方，都能见到各种各样的小书摊。

这幅老照片，总会令那些在20世纪七八十年代以前出生的人产生一种莫名的感动

当时，小书摊大都常年经营，因此摊主跟附近的人都很熟。尤其是在孩子们的眼里，小书摊主人的地位犹如明星似的，很受欢迎。小人书摊一般很简陋，木板钉的书架，一米半左右高，斜斜地支撑在墙边，方便孩子们挑书，高处的书踮踮脚也能拿到。

每个架子有可分合的两扇，每扇有八九层隔板书架，小人书如鱼鳞状迭放，中间拦腰还有一根麻绳挡住书本；通常一个书摊，摆有二三个这样的书架，分开就是层层叠叠四六扇；上面则密密麻麻地摆满数百本小人书，有单本的，也有成套的，诸如《水浒传》《杨家将》《兴唐传》《聊斋志异》《三国演义》，以及各种各样的童话、神话与民间故事等，令人眼花缭乱。

中国古代神话故事连环画《牛郎织女》

这些小人书因长年累月被翻看，很容易折损散架。摊主会用蜡线把书重新装订牢，再将原封面贴在牛皮纸

上，这样就能延长书的租用寿命。书摊前再放上几个马扎子或小板凳，就可以营业了。

在摊前看书的人，大都是周边住户的孩子，也有一些喜欢小人书的成年人。租借小人书很便宜，在摊前看，看一本一分钱。挑好书之后，坐下就看，看完后连书带钱交给摊主即可。如借回家看，则每本2分钱，并需要交一点押金。

每当放学之后，尤其是逢节假日，小人书摊前人气最旺。摊前坐着的、弯腰立着的、趴在背后的，围成了一个“疙瘩”。没花钱租书的小朋友，讨个便宜，挤在旁边白看几眼，即便看不出小人书描绘的头绪和情节，也不肯离去。为此，书摊的主人经常唠唠叨叨地撵着蹭书看的人。这边的人刚散开，那边的人又聚了回来，没有一个在乎摊主的“逐客令”。

说实话，摊主也不是太认真，觉得落个人气旺，也就释然了。由于租书、看书的人多在饭前、饭后的空档里，所以书摊的主人常常无暇回家吃饭，总是在街头用餐，忙活一天也只落得个辛苦钱。

小人书兴起于20世纪初的上海。它之所以广受欢迎，一是因图文并茂，易读易懂；二是它有优秀的艺术沉淀。

民国初期，小人书开始迅速发展，成为深受大众喜爱的一种娱乐方式。只是在最初，这门艺术还没有出现“连环画”这种正规的名称。北方多称“小人书”，而南方则称“公仔书”、“菩萨书”“伢伢书”等。1925年至1929年，上海世界书局先后出版了《西游记》《水浒传》《三国演义》《岳飞传》的连环画，题名上有了“连环图画”，这是第一次用“连环图画”作为正式名称。这一称谓，一直使用到20世纪50年代，才正式将这一艺术形式定名为

民国时期印刷的儿童连环画《梦》

“连环画”。从1920年开始，连环画多出版成64开本，这种形式成为此后连环画的主要版式。

这一阶段的连环画，题材除了传统的古典文学和神话传说之外，由于舞台戏剧越来越受到民众的喜爱，连环画开始临摹舞台场面和故事。受到有声电影的影响，添加人物对白的“口白”开始出现，打破了传统的上图下文的脚本构图形式。

炙热的连环画市场，给当时的孩子们带来了数不清的精神食粮。精忠报国的岳飞，血染金沙的杨家将，飞天遁地的孙猴子，哭倒长城的孟姜女……这些耳熟能详的人物和故事，凝聚着中国老百姓的朴素情感和审美情趣，也让孩子们完成了最初的知识启蒙和文化传承。

同时，连环画的市场，也为众多的画家提供了一个展示自我才华的舞台。有许多知名的画家，为了梦想，也为了生计，纷纷投入到连环画的创作当中。

这一时期最著名的作品，有叶浅予的《王先生》和张乐平的《三毛流浪记》。《王先生》以一个平凡的小人物做主角，用漫画的形式描绘了在当时的背景下一个小人物的生活点滴。从1929年开始，《王先生》先后在《上海漫画》《上海画报》《时代漫画》连载，前后共连载了十年，是迄今为止连载时间最长的连环画。

著名漫画作家张乐平创作的三毛形象，在中国可谓家喻户晓

1947年，张乐平的漫画《三毛流浪记》在《大公报》发表，一个大脑袋、三根头发、蒜头鼻的男孩很快就成为一个家喻户晓的形象。张乐平笔下的三毛是个贫穷、正直的孩子，他倔强的性格深入人心，在普通民众中引起很大的共鸣。其他著名的画家还有丰子恺、贺友直、赵宏本、朱润斋等，创作了《十五贯》《七侠五义》《水浒传》《杨

在汉代的画像石上，已经出现了以连续的画幅来描绘故事或人物传记的形式

家将》《三国演义》等众多连环画经典作品。

连环画这门艺术虽然兴起于民国初期，却有着非常古老的历史。这门传统艺术，最早可以追溯到汉朝的画像石，北魏的敦煌壁画等，由连续的画幅来描绘故事或人物传记。在马王堆汉墓的漆棺上就有用多幅图连续描绘的“土伯吃蛇”“羊骑飞鹤”等故事。

到了宋代，随着印刷术的广泛使用，连环画的形式由画像石、壁画向写本、图书转移。有插图的书本大量出现，插图的内容生动地表现了书本的精彩内容，受到读者的欢迎。宋嘉祐八年刊刻的《列女传》，是最早的多幅故事插图，连环画的形式已大致成型。

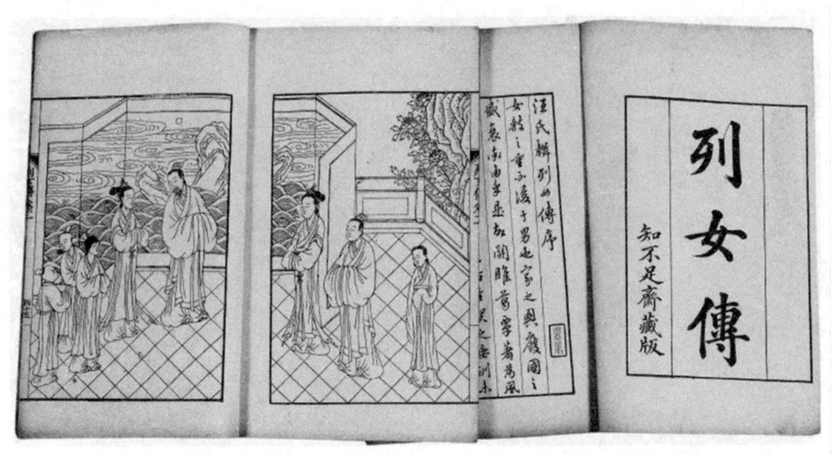

宋嘉祐八年刊刻的《列女传》，标志着连环画的形式已大致成型

1899年，上海文艺书局出版了石印的《三国志演义》全图本，这是第一部用连环画的形式来表现文学原著内容的作品。尽管连环画这一艺术形式在当时还未形成潮流，但却为以后的爆发

埋下了伏笔。

从20世纪20年代初期到80年代中期，在这半个多世纪的时间里，除了那些特殊的年月之外，在全国各地均有经营小书摊的，且生意红火。

然而，自20世纪80年代中期以后，随着电视文化的兴起，小人书这一艺术形式，逐渐被孩子们所冷落，最终独守寂寞，销声匿迹。如今，往昔那样的小人书，只有在旧书市或收藏市场上才能觅到。

而曾经红火一时的小书摊，也只能成为人们记忆深处的一张黑白照片了！

第二辑：修补制造篇

风雨沧桑箍桶匠

箍桶匠属于木匠行中的“圆作”，以制作各种圆形的木质容器为业

“箍——桶——哦，箍桶！”

旧时，不论在城镇的街头，还是乡野的陋巷，时常会听到这样的吆喝声。这就是箍桶匠在招揽生意。在木匠手艺中，有“方作”和“圆作”之分。箍桶匠属于后者，擅长制作水桶、马桶、脚盆、洗澡桶等圆形的木质容器。

箍桶匠是一个很古老的行业，而且生意一直不错。直到20世纪80年代以前，我国民间仍有不少承袭此业的手艺人。

过去，普通百姓的生活中鲜有铝、不锈钢、塑料等现代材质的生活器具。最为常见的，就是陶质与木质的容器了。而木质的容器由于结实耐用，在人们的生活中应用得更加广泛。这样一来，就为箍桶匠的生意提供了广阔的市场。

民间所用的大多数木质容器，都是由箍桶匠制作的。大件的容器比如木桶、洗澡盆，小件的如洗脸盆、洗碗盆之类。按照旧俗，南方地区的女儿出嫁时，更少不了箍桶匠精心制作的“嫁妆三宝”，即马桶、脚盆和水桶。马桶称为“子孙宝桶”，寓意早生儿女；脚盆称“聚富宝盆”，寓意健康富足；水桶称为“财势宝桶”，象征事业有成。

旧时，由箍桶匠精心制作的木质水桶在民间很常见

既然提到马桶，不妨说一点题外话。马桶的发明，绝对是一项了不起的创造。它解决了人们自身吃喝拉撒的进出问题。至于马桶的历史，这得从汉朝说起，《西京杂记》上说，汉朝宫廷用玉制成“虎子”，由皇帝的侍从人员拿着，以备皇上随时方便。这种“虎子”，就是后人称作便器、便壶的专门用具，也是马桶的前身。

到了唐代时，因为李世民的一位叔父名叫“李虎”，自然需要避讳，便将这大不敬的名词改为“兽子”或“马子”。

对于马桶最先做了详细文字记载的，是北宋时期欧阳修的《归田录二》中的“木马子”。在《辞源》中，对其解释为“木制的马桶”。虽然说是题外话，但从中也可以看出来，至少在北宋时期，已经有了箍桶匠这个行业。

南北朝时期的便壶“虎子”

箍桶的技术，不是一般木匠所能做的。其奥妙就在于用土法计算圆周率，还要加上经验灵活操作，才能箍得牢，不漏水。尤其是箍马桶、提桶等中间呈圆鼓形的桶，更加需要精确用料，精心计算。

马桶千万不能溢漏，漏了要闹大笑话；而桶盖也要特别紧，不然要散发出臭气。无论是木桶还是木盆，皆用10厘米宽的薄木板一片片组成，这样便于围成圆形。

旧时的木质容器很多，在市井间经常能见到箍桶匠的身影

容器是否箍得紧，关键在于箍口的技术。箍口的材料有竹箍、铁丝箍，也有铁皮箍和铜皮箍。重要的一点是，无论采用哪一种箍，都要以箍紧为目的。木盆是底小口大，在箍盆的时候，将箍从盆底小口放进去，然后用一根四方的木条慢慢地向下敲打。因为越往下敲，盆体越大，箍得越紧。木桶一般是两头小中间大，便从两头上箍敲打，才能越敲越紧。最后，要把木桶在烈日下暴晒几天，再刷上桐油，这样才能经久耐用。

制作木桶的材料大都是采用杉木，民间称之为“和木”。这种木材呈白色，质轻，有香味，是制作房梁和器具的上好材料。大凡准备做桶的百姓家，早早就准备好了木料和桶箍。使用什么样的桶箍，也反映出这家人的生活水平。因此，若是家里有姑娘出嫁，再穷也要打制几副好铜箍。

在过去，箍桶匠遍及我国民间各地，他们的经营方式大致分为两种：一种是有自己作坊或门面的，箍桶匠蹲守在屋里，专门制作各种盆、桶出售，同时承接订制加工，当然也帮人修修补补；更多的一种，还是挑着担子走街串巷，主动寻找活计，也就是我们今天所说的服务上门。

箍桶匠的担子与其他手艺人的担子相比有着明显的特点，就是担子的一头有一个椭圆形的木桶，长约50公分、宽约35公分、高度在40公分左右，桶盖一半是固定，另一半是活动的，可以自由开启。它的作用一是用来放置各类工具，二是当凳子使用，干活时就坐在上面。担子的另一头竹筐，则放着几捆大小不同、材质不同的箍料。箍桶匠使用的工具，除木匠正常使用的刨子、锯子以外，还有3件特殊的工具，就是圆刨、圆凿和板凳刨。

箍桶匠作业时所使用的板凳刨

圆刨是“革字头”的形状，用于刨桶的外面；圆凿的凿头，呈半圆形，用于铲桶的里面；最令人好奇的则是板凳刨，顾名思义形如板凳，不过它只有两条腿，长约80厘米，宽约20厘米。更奇怪的是，板凳刨的刀口朝上。这种刨子由于形体太大，无法推动。箍桶匠在使用的时候，把木板放在刨子上，推动木板即可。高的一头在箍桶匠身前，低的一头放在地上，这样刨起来很省力。

除了这些工具，麻丝与油泥也是必不可缺的。制作油泥，也是箍桶匠的一项绝活。油泥是用桐油和石灰膏按一定比例，经过较长时间揉拌而成的，其成分比例完全靠箍桶匠自己凭感觉和经验掌握，既不能太硬，又不能太软。

木质澡桶

夏天，是箍桶匠活计最忙的一段时间。许多人家闲置了大半年的澡桶漏水了，急等着箍桶匠前来修理。有时候，他们走到一个地方，就能干上十天半月的。

箍桶匠便在旧得发暗的澡桶上敲敲打打，烂了的木片以新的补上，锈断了铁箍换上新的，破漏处便用捣烂的细麻丝和油泥堵上。经过一番修理，曾经漏水的澡桶又可以继续使用了。

箍桶匠做活的摊子前，总是围着一圈人，有前来维修家什的，也有不少看光景的。当有人拿着臭烘烘的马桶前来维修的时候，看光景的人赶紧掩着鼻子溜到一边去了。而箍桶匠却跟没事似的接过马桶，翻来覆去查看一番，而后与其主人谈好价钱，便聚精会神地干起来，犹如在维修一件工艺品似的。从事箍桶营生的，都是一些不怕累也不嫌脏的手艺人。

当然，对箍桶匠来说，最高兴的事情就是为雇主家制作“嫁妆三宝”。这是其他木匠干不了的活儿，只能留给箍桶匠来干。

箍桶匠这个行业已经销声匿迹了，但人们却将其身影永远定格在街市上

做这类活，不仅材料好、招待好，就连工钱也要高一些。若再说上几句吉利话，东家一高兴，主动加一点工钱也是常有的事儿。

随着时代的变化，铝、不锈钢、塑料等新型材质的生活器具被广泛使用。尤其是自20世纪80年代以后，人们群众的生活水平更是上了一个新台阶，特别是家庭卫生间的革命，抽水式马桶、陶瓷面盆、浴缸等卫生洁具的出现，使得木质的马桶、澡桶、脚盆等古老的容器逐渐退出了生活的舞台。现在，它们只能静静地处在博物馆的一隅，成为人们对昔日生活记忆的一个符号。而在市井间，早已听不到箍桶匠的吆喝声了。

锢锅锔碗锔大缸

炉匠担子,犹如沧桑岁月的一个印记

现在不慎摔碎个盘碗啥的，人们都是一扔了之，不会太心疼。但在旧时，老百姓的生活大都很艰难，因此生活都非常节俭。家庭中的一些生活用具，也都是物尽其用。只要没有完全损坏，就不能随意丢弃。这种传统，造就了民间日常用具修理业的繁荣。

比如居家生活中不可缺少的铁锅、饭碗、茶壶、茶盘、碟子、水缸、腌菜坛子等等，在使用的过程中难免有所破损。这时候，就可以花不多的价钱，请锔匠对其进行锔补，使之完整，从而继续使用。

锔匠，是我国民间一个古老的行业。民间对锔匠的称谓很多，如“锔炉匠”“锔碗匠”“锔锅匠”“小炉匠”“锔漏匠”等，其名称因地域不同而各异。

锔艺是我国古代劳动人民发明的修补器物的独特方法，至今已有上千年的历史。锔匠这一行当具体起源于哪一个年代，已难以考证。

但在宋代画家张择端创作的描绘汴京景物的《清明上河图》中，就已经出现了宋代锔艺匠人的形象。而山东民间锔匠所供奉

在旧时的街市或陋巷里，经常能见到锔匠在修补破碎的器皿

的祖师爷胡鼎真人的原型，即打油诗的开山鼻祖——唐代诗人胡令能。因其从事“钉铰”之业，故而被时人称作“胡钉铰”。如果这一考证属实的话，更是将锔艺的起源上溯到1400年前的唐代。

旧时，从事锔匠这一行业的，分为三种情况。一种是只锔碗、盆、水缸等陶瓷器皿。从业的手艺人挑着一个挑子，一头是小木凳，供干活时坐着；一头是带抽屉的小木柜，放置干活的各种工具，其中最主要的是金刚钻头，还有扣钻头的小铁碗、弓子、小钳子、小锤子、油灰（腻子）盆、装各种锔子的铁盆等；柜上挂一面小铜锣，随着挑子的晃动，发出声响。他们有时候也吆喝：“锔盆锔碗，锔大缸啊！”

若遇到生意，便拣路边停下来，坐在马扎上，在弯曲的腿上铺一块帆布，将摔碎的碗对准，夹在两腿间，先按裂缝长度计划用几个锔子，然后在裂缝两侧成对钻孔。这钻孔的工具如拉胡琴的弓，弓弦上再绕上一个10厘米长、下端镶有金刚钻钻头的细圆轴。俗话说“没有金刚钻，别揽瓷器活”。这话一点都不假。那钻头上安的的确是货真价实的钻石，只有钻石才能钻动坚硬的瓷器。不过，那钻石细小得可怜，比小米粒还小，安进钻头里似针一般。

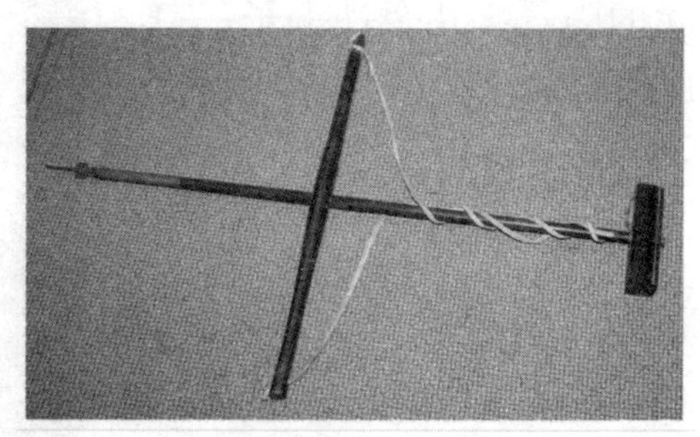
锔匠使用的手钻

这时候，锔匠师傅不紧不慢地来回拉动竹弓，随着

经锔匠师傅一双巧手修补过的瓷罐

金刚钻头的不断旋转，发出“呲咕呲”的声音。钻孔以两个为一组。瓷碗质地坚硬且光滑，钻孔是需要软硬兼施，而且钻了没几秒，就得把钻头提起，将唾沫涂在钻孔处，待冷却一些后再继续钻孔。钻孔的大小、距离、深浅，全都掌握在锔匠师傅的经验和感觉之中。钻好孔，便把订书钉一般的铜钉钉入，还用小紫铜锤轻轻地敲击铜钉，让铜钉牢牢地嵌入小孔之中。

随后，再在裂缝处涂抹一种黏性强的白瓷膏，这碗就算锔好了。看上去，碗上像爬了一条蜈蚣，但并不妨碍使用。从碗内看到的，只是一条裂缝，其他地方皆很平整光滑，盛菜盛饭毫无影响。不过在洗碗的时候要当心，轻拿轻放，这样可以延长其使用寿命。

大的陶器，如几乎每家必备的水缸、面盆、腌菜坛子等，当然不能用锔碗的小锔子，而是用长约5至10公分的大铁锔。钻头是钢质的，因为陶器的硬度远不及瓷器，且需要钻大孔。钻杆、钻弓粗长。锔的方法与锔碗无异，只是陶器重，不易搬动，多进入门户就地锔。在锔的时候，还经常需要助手协助扶稳。再大的陶器，几个铁锔子一钉，滴水不漏，十分牢固，再用一二十年不成问题。

另一种情况，则是只锢锅、锔锅，而不修理陶瓷器皿。操此手艺的匠人，一般推着个小推车，车上放着修理的

明代佚名画家笔下的《锔缸图》

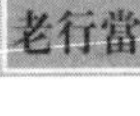

工具和加热用的小火炉等。他们除了锢锅，也能锔锅。也就是说，不仅能修补锅的裂缝，还能补窟窿。他们的吆喝声为：“锔锅哟，锢漏锅！”

旧时，铁锅是我国民间每家每户必不可少的生活用品。据考证，早在两千多年以前，我国民间就已经开始制作铁锅了。但以前的铁锅质量不过关，生铁锅比较脆。铁锅损坏有两种情况，一是碰破摔碎，也用锔子锔上。一种是在铸造时掺入了沙子，平时无碍，一旦锅铲把沙子碰去，露出沙眼，便会漏汤漏油，换新锅又舍不得，难题就只能找锔匠来解决了。

锢锅的工序要复杂一些，锔匠师傅先把锅灰、铁锈做一番清理，这样可以焊得牢固。小铁炉里放柴生火，手拉风箱，待炉火旺了之后便放煤球。煤球燃烧起来之后，就在小铁炉中间放一个用耐火材料做成的小坩埚，坩埚里面放着铁粉。慢悠悠地拉动风箱，直到坩埚里的铁粉变成红红的铁水。

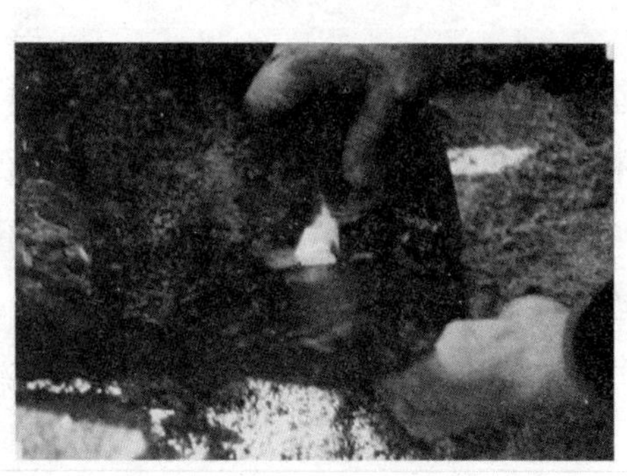

锔锅匠正在把融化的铁水填补在铁锅的漏洞处

锔匠师傅事先将一块防火的石棉遮在左手上，然后用一个小勺从坩埚里舀出已经熔化的铁水，对准铁锅的砂眼放上去；继而，迅捷地用一个圆柱形的石棉布墩将穿过砂眼的铁水压扁、磨平。待冷却之后，再用一块砂布将修补的疤痕细细地打磨平整。

如果洞大，要用这种方法焊两三次，才能把洞完全补好。最后，再用小锉刀把修补处锉平，破铁锅又可以煮饭了。

第三种，是既锔碗，又锢锅。这类手艺人也是挑着一个担子，一头是设计巧妙的四屉柜，内放各种工具和材料，柜上同样挂着一面小铜锣；另一头是一个风箱和长方形的小火炉。他们不吆喝，凭着锣声，住户就知道是干什么的了。

在那些艰涩的年月里，锔锅匠为普通百姓节省下一笔不小的开支

这些锔匠的手艺真是高超，无论是破锅破碗，还是烂盆碎盘，只要经过他们的手，都能“化腐朽为神奇”，顿时变得焕然一新。在那些艰涩的岁月里，锔匠的存在，确实为普通百姓节省了一笔不小的开支。

随着人们生活水平的不断提高，不锈钢锅、高压锅、电饭煲、电磁炉等现代厨具，早已替代了昔日煮饭用的大铁锅。偶有使用铁锅的，在破碎之后，无非再花钱买一口新的罢了。而那些不慎打碎或裂纹的瓷盘、瓷碗，也都是一抛了之，至多说一声“岁岁平安”，以讨个口彩。

于是，锔匠这一行当的生意逐渐冷淡，最后趋于消失。

编织竹器竹篾匠

自古至今，中国人对竹子就有一种特殊的情感。人们不仅喜欢种植竹子、欣赏竹子，而且还喜欢用竹子编织各种生活器具。

在过去，由于人们对竹编器具的需求量很大，因而随处可见出售竹编器具的摊点

旧时，尤其是在广泛种植竹子的南方地区，竹编器具非常多，如竹篮、箩筐、筛子、笆篓、斗笠、蒸笼、撮箕、席子、筲箕、竹帘等等，几乎遍及人们生活的角角落落。编织这些器具的手艺人，被称为“篾匠”。过去，不论是在城镇还是农村，都开办着不少篾匠铺，专门编织和销售竹质器具，备受人们的欢迎。

篾匠是一个十分古老的行业。据史料记载，早在2000多年前的战国时期，李冰在修建水利工程都江堰时，就使用了大量竹子编成的“竹笼”。人们在“竹笼”里装上大量鹅卵石投入岷江中，筑成了一条一百多丈长的大堤，遏制了水势，把江水导入正流。这条采用“竹笼”修成的堤就叫“百丈堤”，造福了一方百姓。由此可见，竹篾匠这一行的历史十分久远。

秦、汉时期，竹编扇子、斗笠、席子、帘子等，已经在民间广泛使用。到了宋代，竹编的技艺日益成熟，不仅竹编的生活器具异常丰富，还出现了许多竹编工艺品。篾匠们除了能用竹篾编织龙灯、花灯、走马灯、香篮、花篮之外，还能编织各种字画，工艺极其精美。据说当时在每平方寸的面积上，工匠们可以编织120余根篾条，有的还饰以金线。匠人编织手艺之精巧，由此可见一斑。

巧手篾匠根据竹篾的不同色泽编织而成的“梅兰竹菊”挂屏

清末民初，是我国民间竹编行业的鼎盛时期。始创于清朝同治、光绪年间的成都竹丝瓷胎，享誉全国。

成都竹丝瓷胎是以景德镇名瓷作为内胎，用细如发丝、轻薄如绸的竹丝，精巧编织，依胎成型，紧扣瓷胎。编织好的成品，不论是竹丝本色，还是编织上的游龙戏珠、花鸟山水等图案，都是平滑光亮，色泽雅致，清新自然。

这种精细的竹丝瓷胎工艺品不松不裂，不受虫蛀，经久耐用。既具备较高的艺术观赏性，又具有保护器皿的作用。1915年，篾匠老艺人张国正编织的饭碗、餐具、竹丝帐子，参加了在美国旧金山举行的巴拿马万国商品博览会，曾获得无数人的好评。当然，过去大部分篾匠艺人，不会刻意去追求作品的艺术效果。为了生计，他们大都编一些普通百姓的日常生活用具。

篾匠通常挑着担子，走街串巷招揽生意，因此也算是“吃百家饭”的一行。篾匠担也是典型的“八根系”，一头是工具箱，一头是材料架。工具箱，木质结构，椭圆形状，尺把高，箱盖打

以四川成都竹丝瓷胎工艺制作的酒具

开以后形成一个半圆形敞口，里面装有篾刀、小锯、刨子、小凿之类的必备工具。

有一种特殊的工具是篾匠独有的，即“度篾刀”。这玩意不大，作用却有些特别，它像一把铁打的小刀，一面有一道特制的小槽，不论它插在任何地方，柔软的竹篾都能从小槽中穿过去。度篾刀分为大、中、小三个型号，每位篾匠不准备上十把八把的，是开不了张的。担子另一头放着长长短短的竹片，竹架上挂着锯子、圈成圆圈的竹篾，下面挂着一些竹筛、竹篮之类的半成品，可以说是既是材料架，又是展销台。

篾匠走街串巷的时候，走一阵儿，就会放下担子，亮开嗓子拖着长音吆喝几声：“扎篾席嘞——编筛子——”声音悠长悦耳，很有穿透力。

竹篾匠使用的各种篾刀

接到生意后，篾匠先按所编物件的不同需求，把竹片劈成不同的篾条。最外面一层带竹子表皮的叫“篾青”，不带表皮的叫“篾黄”。

篾青最适合编织细密精致的竹器，加工成各类极具美感的篾制工艺品。篾黄柔韧性差，难以剖成很细的篾丝，故多用来编织大型的竹篾器具。劈好篾条之后，还需要把篾条刮光滑。篾匠在做这道工序的时候，如果有人观看，他就会故意显示一下自己的手艺，便多了一些表演的成分。只见他弓着腰，用胶皮轻轻地按住刀口，篾片从刀口上滑过。篾匠迅速地抽动篾条，一遍又一遍，脚底下“盛开”了一堆竹花，被刮过的篾条薄如蝉翼。

一切准备就绪，篾匠拍去衣服上的竹屑，扫出一块干净的地面，蹲下身来开始编织器具。由于篾条柔软，必须用竹子来做骨架，方能以骨架为基础进行编织。所以，扎架是一个很重要的环节。

竹编的编织技法很多，有垂直经纬编、六角六方编、三角眼编、多边钱眼编、虎头眼编、转角立体编、回旋还原编等各种编法。

旧时的竹篾匠在编织斗笠

柔软的篾条，在篾匠粗糙的手指间上下翻飞，令人眼花缭乱。篾匠们一边与身边围观的人拉着家常，一边编织着手中的器物。他们的手掌上好像长了眼睛，根本不用双目，手中那翻飞穿插的篾条，便细密地编结在一起。谈笑之间，筛子或筲箕等小物件便粗具雏形。再经过锁口、打磨后，一件精致的竹器就诞生了。当然，这份娴熟的技艺，若没有经过多年的吃苦实践，是磨练不出来的。

以前，活跃在山村乡野的竹篾匠大多各有专长，并非所有的器具都能编织。比如有的只做粗糙的谷箩、土筐、草篮、畚箕等农具的；有的只编织精细的蚕匾、晒匾和各种竹筛的；还有编织篾席的；另有少数竹匠专门编织精细的女红盘、首饰盒和花篮之类的工艺品。

那些只编织篾席的手工作坊，称为“篾席坊”。过去，篾席在农村的用途非常广泛，比如将其铺在地上掼稻，铺在木架上晒棉花，篾席还可以隔房间，钉天花板，还可用来搭席棚。

编织篾席的工序，与其他竹编器具一样，都要进行剖竹、刮篾。若没有一点真功夫，是难以将大毛竹剖成整齐平滑的篾条的。等把竹篾一条条剖好之后，即可开始编席。编席是从一只角

各式各样的竹编器具

开始编，席的纹路为斜编。编席的工具也很简单，仅是一把大剪刀，还有一根长竹尺，作为提梭和紧竹篾所用。篾席坊所编的篾席基本有两种规格，一种为长方形，约两米长，1.35米宽；还有一种1米宽，10米长，这种篾席斜盘在一个大圆竹匾中，中间可堆稻谷也可放米。这种篾席的性质，与北方民间所用的折子类似。

在旧时的仓库中，如粮栈、棉花栈、盐栈里面，为了防潮和保持货物的清洁，多用篾席。

竹篾匠作为一个有着两千多年历史的古老行当，在发展的过程中形成一些隐语行话也不足为怪。旧时的篾匠们，将毛竹称为“青龙”，他们从事的手艺称为“捉青龙”。其他，如刀为“青锋”，锯为“百脚”，钻为“刻孔”，刨子为“削光”，度篾刀为“杀关”，笼筛为“千人眼”，箩为“坐头”，吃茶为“慢山”，饮酒为“盘山”，工钱为“穿头”等等。

当然，上述所举，只是篾匠行当隐语行话中的寥寥几种罢了。现在，随着篾匠行业的日渐消失，那些隐语行话也犹如天书一般，湮没在岁月的深处。或许，再经过一段时间，人们将篾匠这个曾与人们的生活息息相关的行当也给遗忘了。

吃苦耐劳石匠行

南北朝时期雕凿的麦积山石窟佛像

在我国民间的众多行业中，石匠算不上是很抢眼的代表，但是石匠却是历史传承时间最长、最久的一个职业。

现在，我们在游览一些名胜古迹的时候，只要稍微一留意，就能发现一些古代石匠为我们留下的杰出作品。其中颇具代表性的，有被誉为“世界第一大佛”的四川岷江的乐山大佛，通高71米，头高14.7米，头宽10米，肩宽24米，眼长3.3米，耳长7米，头上发髻共有1021个。耳朵眼中间可以并立两人，赤足脚背上可以站立百余人。这尊宏伟的佛像，就是石匠们靠一把铁锤，一根铁凿，从唐代开元元年（713年）开凿，一直凿到贞元十九年（803年），几代石匠们在荒山野岭中共凿了90年才完工。

此外，还有著名的龙门石窟、麦积山石窟、大足石刻等几十万尊佛像，皆是石匠们的杰作，也是华夏之宝。

当我们凝视这些作品的时候，一定会不由自主地发出一个共同的赞叹：“古代石匠真是伟大！”

石匠，是一种不仅要靠技艺，而且更要靠体力吃饭的行业。

从事石匠这个行业，不仅需要技术，而且还需要有强健的体魄

旧时，在乡村的路上，经常会见到横七竖八地堆砌着一些乱石。一群光着脊背的石匠，在烈日底下。一手握錾，一手握锤，“叮叮、当当”地与顽石做着交流。豆粒大的汗珠从他们黧黑的肌肤上，不断地涌出来。

在过去，石匠这门手艺与人们的生活息息相关。先不说那些千姿百态、不计其数的石佛像和精美的园林石雕，单就普通百姓的生活来看，也绝对离不开石匠的贡献，比如建筑时所用的阶檐石、门础、石鼓；喂养牲口家禽时用的马槽、猪食槽、鸡槽；农耕时所用的石磙、碓子，以及居家生活使用的石臼、石磨、石凳等等，几乎遍及人们生活的每一个角落。

因为时时处处都用得到石匠，所以在古时，石匠这门手艺很吃香。谁要想当石匠，先需要拜师学艺。有的地方拜师还很讲究，除了敬师傅酒席，还要祭拜石匠的先祖鲁班。拜完师之后，先当一年的学徒，为师傅打下手。虽说力气不少出，但一分钱工资没有，师傅只是包吃住。直到一年后，师傅才会付给徒弟少量薪酬。干满3年之后，才能出师自个儿干。

石匠常用的工具有二锤、錾子、钢钎、红线墨斗等。其中錾子是最主要的，也是用得最多的工具。

錾子，是用坚硬的钢筋制作而成的。錾子分为两种，一种是尖錾，呈锥形，像钉子一样；另一种是平錾，是平口的。尖錾一般是用来打窝、镂空用，而平錾则是在后期铲平用的。

从事石匠这项手艺的，一般都是些青壮劳力。因为吃这行饭，不仅仅需要技术，而且还要有充沛的体力作保证。因此，石匠的饭量普遍比平常人的都要大。俗话说："婆媳的肚量，石匠的饭量。"当然，也有些地方用这句话来形容铁匠的饭量，其意是相同的。铁匠与石匠一样，也都属于重体力的技术活。

石匠的工具——锤与錾子

石匠们的胃口特别好，吃饭也比一般人吃得快。那些白花花的令人眼晕的肥肉片，到了石匠的嘴里，却变成了珍馐美味，他们总是吃得津津有味。

石匠这一行，也有粗细之分。粗石匠一般是在山上采石，然后将石头切成大小长短不一的原料石。细石匠，一般是在山下或磨或雕等，比如到了清代末期时，细石匠在为官宦人家建坟时，还要刻石人、石马、石供，为死了丈夫守寡一辈子的妇女建造贞节牌坊等。这些物件，都需要石匠们流着汗水，一錾子一錾子地敲出来。

相传，石磨是由春秋末期著名发明家鲁班发明的

石匠一般都是集体作业，但也有一类石匠却像其他手艺人一样，依靠走街串巷招揽生意，那就是錾磨匠。

"錾磨哟——錾磨——"在旧时的乡村街头，经常会听到这样声音悠长的吆喝声。这就是錾磨匠在招揽生意。

在古代，因为科学技术不发达，没有电力，更不可能有电动磨粉机等设备。那么，人们吃的米粉和麦粉是从哪儿来的呢？

原来，当时人们都是把米或麦放在石臼里，用粗石棍来捣。用这种方法很费力，捣出来的粉有粗有细，而且一次捣得很少。

传说，到了春秋末期时，著名创造发明家鲁班发现了这个问题，他就想找一种用力少，且收效大的方法。经过一段时间的思考与反复实践，他终于想出了一个办法：他用两块有一定厚度的扁圆柱形的石头制成磨扇。下扇中间装有一个短的立轴，用铁制成，上扇中间有一个相应的空套，两扇相合以后，下扇固定，上扇可以绕轴转动。两扇相对的一面，留有一个空膛，叫“磨膛”。

旧时，石磨是人们加工面粉的主要工具

磨膛的周围，则雕刻上一起一伏的磨齿。上扇有磨眼，磨面的时候，谷物通过磨眼流入磨膛，均匀地分布在四周。当两扇转动时，咬合的磨齿将谷物磨成粉末，从夹缝中流到磨盘上，过箩筛去麸皮等就得到面粉了。

到了晋代时，人们发明了水磨，以水力代替人力；同时又发明了连磨。这些发明，在当时的世界上均处于领先的地位。

石磨的发明，是古代粮食加工工具的一个重大进步。直到今天，古老的石磨，在我国民间的少数地区，以及在一些独特食品的制作工艺中仍在继续使用。

在旧时的农村，石磨是最常见的，且不可或缺的一种工具。不过，石磨用的时间久了，就会出现问题。因为磨齿的边沿一旦被磨损得圆滑了，就磨不出面了。这个时候，就需要请錾磨匠来

石磨使用时间久了，就会出现故障，需要有錾磨匠来进行维修

对石磨进行一番维修。錾磨匠每到一户人家去錾磨，东家管饭，工钱都是明码实价。

錾磨时，他们先将磨扇翻起来，沟槽朝天放在磨架上。然后找一个木凳坐下，脚踏磨架，一手拿锤，一手持錾，娴熟地敲打着，錾子在磨槽上有节奏地游走。“叮叮、当当”，石屑伴着金星，令人眼花缭乱。

他们一沟沟地錾，用力十分均匀。磨齿的沟槽偏深或偏浅，都将影响到磨面的效果。錾磨，手上的功夫很重要。只有錾出来的石磨沟槽宽窄、深浅一致，推起来的谷物才能沿着磨齿顺利流出。錾好一副石磨，包括换磨芯，往往需要一整天的时间。

錾石磨，看起来简单得谁都可以胜任。然而，如果没有一定的经验，錾出来的石磨干转转，就是不下面粉。这就好像最简单的加减法一样，结果世人皆知，但验算过程只有数学家才懂得。

随着时代的发展，电磨早已替代了石磨，尤其是城市人食用的面粉大都是面粉厂加工好的，谁还会记得石磨呢？

石磨，作为一种对旧时生活的见证物，已被人们摆进了博物馆的展台。对于现代的年轻人来说，大概也只能通过博物馆来认识这种古老的工具了。同时，随着空压机、冲击机、切割机、电动刻刀等众多先进工具的广泛应用，那种传统意义上的石匠，渐渐地被时代所淘汰了。

正在进行艺术品创作的现代石匠

炉火精锻打铁匠

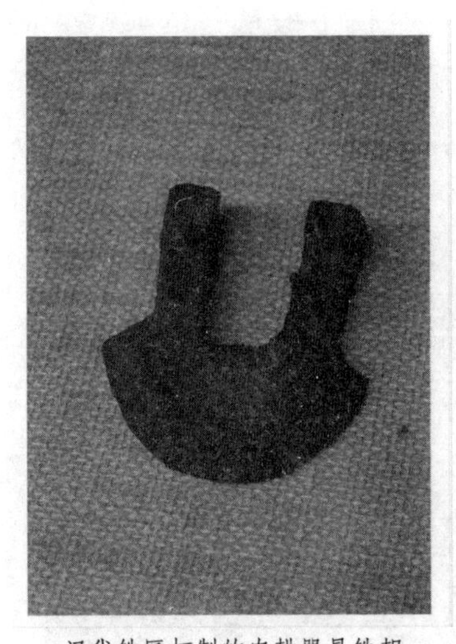
汉代铁匠打制的农耕器具铁耜

铁匠，是我国民间一个非常古老的行业，其主要以铁为原料，制作加工各种农用生产工具和日常生活用品。在20世纪80年代前后，铁匠这个行业，在我国农村的许多地区仍颇为盛行。

据史料记载，在春秋时期，铁农具已经开始出现了。到了战国时期，铁农具的使用范围在我国民间迅速扩大。由此可见，至少在春秋战国时期，铁匠这个行业已经形成了。

拉风箱，夯铁锤，烟熏火燎，铁匠自古就是我国民间最苦最累的行当之一。故而，北方民间才会流传着“铁匠炉，开水壶”的俚语。

然而，就是这样一份苦差事，古代却有一位著名的文人雅士对其钟情不已。他就是三国时期著名的艺术家——嵇康。

少年时期，嵇康就才智过人。他胸怀博大，不重名利，喜好弹琴吟诗。当时有一首著名的琴曲叫《广陵散》，天下只有嵇康一个人会弹奏。

嵇康虽然很有学问，但却不愿意当官，终日和阮籍、山涛、向秀、王戎、阮咸、刘伶等名流游历于山水之间，放浪形骸，饮酒清谈。这几个人，后来被人们称为“竹林七贤”。

嵇康作为一代名士，却有一个与文人的雅趣格格不入的爱好，那就是打铁。嵇康家的院子里有一棵大柳树，每到春天，柳枝发芽，形成了很大的一片绿荫。这时候，嵇康就在柳树下支起炉火，开炉打铁。据说，嵇康的打铁技术非常高超，附近的百姓经常请他打造铁器。嵇康从来不收取报酬，如果有人过意不去，给他带来一些酒食，他就会非常高兴。然后停下炉火，拉住来人和他一块饮酒，常常是一醉方休。醉了之后，嵇康就旁若无人地躺在柳树底下睡觉，从此，便留下了“柳下锻铁”的典故。同时，也为铁匠这个古老的行业增添了一分美谈。

“竹林七贤”之一的嵇康酷爱打铁，为后世留下了“柳下锻铁”的典故

旧时，从事铁匠这一行业的手艺人有两种经营方式，一种是有固定的作坊，称为“铁匠铺”；另一种方式则是师徒几人合伙推着工具，走南闯北去打铁，后者多称为“铁匠炉”。

常见的铁匠铺，多为一间低矮、破旧的老房子，墙壁下摆着一些简单的生活用具，屋子正中放着一个大火炉，即烘炉。炉边架一大风箱。风箱一拉，风进火炉，炉膛内火苗直窜。由于常年烧煤，炉台与四周的墙壁，甚至铺里简单的生活用具都被熏得乌黑。铁匠铺的墙壁和铁架子上，或挂或摆着各式各样的铁制器具，如镰刀、锄头、大镢、镐头、铲刀、剪刀、菜刀、火钳等等。

铁匠铺大都有自己固定的生意，他们大都为所在的村庄或相邻的几个村庄打制铁器，更多的还是修理的活儿。比如磨短了的锄，用钝了的铡刀，断了柄的犁铧等农耕用具。遇到这些问题，人们便会请铁匠帮忙修理一下，以备耕种时使用。旧时，农村物资十分匮乏，即使有卖的，也没有钱买，大家就只好修旧利废。

那些固定的铁匠铺，多为家业祖传，却并没有特殊的店名。大多都是以铁匠姓氏后面加上“家炉”两个字为店名，如“李家炉”“张家炉”等等。

明代画家仇英笔下的铁匠铺

时间一长，人们就习惯性地把他们的姓和铁匠连在一起称呼，其真实的名字反倒被人们给淡忘了。

讲究一点的铁匠铺，每锻打出一件农具或其他的器具，都会在器具的暗角处打印上一个“李”字、“工”字，或是花瓣之类的记号。他们通过这种方法将自己的产品与集市或杂货摊上的那些劣等品区分开，以此维护自己的声誉。

那些流动的铁匠炉，一般都是由三个人组成的。旧时，铁匠的手艺是不外传的，只能一代一代地传给自己的亲人。因此，三者的关系，要么是父子，要么是兄弟，再不就是叔侄。

三人有明确的分工，一个主锤，一个副锤，一个帮手。帮手负责烧火、打杂，有时也兼做副锤的替身。铁匠们走南闯北，全靠两只脚板和一辆木架子独轮车。铁匠的独轮车货架子在车轮两侧，中间突出的轮子要用木条包起来。车盘很大，装东西自然多，那车架子的木工活儿都是明榫暗嵌的，精细而牢固。

一辆架子车推着全部家当和干活儿的家什，如风箱、铁砧、大小锤及夹钳等。还有生活用品，如米、面、油盐等。

流动铁匠炉生意最红火的时节，分别是在初春和秋后。初春之时，农耕即将开始，常言说“一年之计在于春”，为了保证春耕生产的顺利，农家都要在农具上下本钱。那张锨在冬天挖渠的时候卷刃了，那把三齿钩也断头了，是否该早点维修一下呢？家里的劳力又增添了一个，农具是否该再增添两件呢？这一些，都是农民在春耕前需要考虑的。

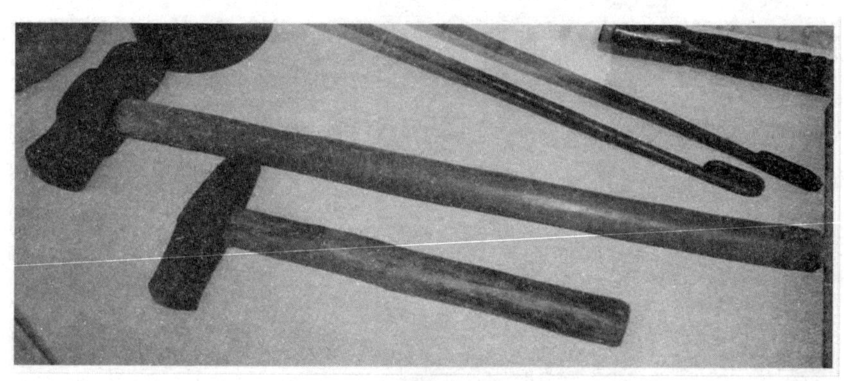

铁匠师傅在打铁时所使用的大锤和二锤

到了秋后，经过大半年的农业劳动，锄镰锨镢等生产工具用得比较多也比较费，有的卷了刃了，有的碰出了豁子，有的折断了，都需要修理好后为下一个季节做准备。这就为那些走南闯北的铁匠们提供了源源不断的生意。有时候，他们在一个地方支炉，就能干上十天半月的。

旧时，流动铁匠炉在哪儿支炉，也要遵守一定的行规。一般有铁匠铺的村庄，他们都不会主动前去支炉。除非那家铁匠铺正处在歇业中，或者经过本地铁匠铺掌柜的应允，才会前去支炉。铁匠行业特别忌讳在别人的地界争抢同行的饭碗。

但从另一个角度来说，铁匠铺一般有常年的主顾，流动的铁

铁砧子

匠炉初来乍到，一时难以得到本地人的信任，生意自然不会太好。既然如此，还不如去寻找没有铁匠铺的村庄支炉。

选择好地方之后，铁匠们便在村口一避风处立起炉灶，安营扎寨。他们先是用土和耐火沙(没有耐火沙就用普通的沙子和成泥)，在一个由铁棍交叉支起的方铁板上盘起炉灶。灶口如海碗口大小，也不深，不到半尺。一个两寸粗的铁管，把风箱和炉灶连在一起。旁边埋下一个树墩，上面稳坐一铁砧，铁砧上方圆而光滑，如乌龟壳，下面则四四方方。“龟壳”上还有一圆孔，砧身上则伸出一个牛角似铁尖，似有妙用。

然后，三个人腰间都系上围裙，生起炉火，添上烟煤，拉起风箱，把炉火烧旺。烧铁时，掌锤的师傅把毛铁放进炉里，旁边拉风箱的人越是用力，风箱的风吹得越大，炉里的火苗就越旺。不长时间，看炉里的毛铁发出绿色的火苗，证明这铁烧好了。掌锤师傅用铁夹钳，把烧好的铁从炉里拿出来，放在铁砧上。而后，由师傅掌主锤，下手握大锤进行锻打。掌锤师傅经验丰富，右手握小锤，左手握夹钳。在锻打的过程中，掌锤师傅要凭目测和经验不断翻动被锻打的铁料。使之能将方铁打成圆铁棒或将粗铁棍打成细长铁棍。可以说，在老铁匠的手中，坚硬的铁块要方就方，要圆即圆，要长即长，要扁即扁，要尖即尖。

“叮当”作响的打铁声，响彻在昔日的农村街头

当锻打的铁块变成理想的器物之后，铁匠师傅便使用夹钳夹着刚锻打好的器物，往凉水里一蘸，只见水盆里“刺啦”一股青烟冒起，淬火之后，就算完成了。

淬火和回火技术，全凭实践经验，一般很难掌握。各种铁器，虽然外形制作精美，但若师傅淬火或回火的技术不过关，制作出来的铁器就会很不耐用，甚至干脆不能用。不需要用来切割的铁器锻打好之后，直接淬火就行了。而柴刀、菜刀、镰刀之类的器具，还多了一道磨刀工序，用磨刀石将刀刃磨到锋利为止。

铁匠学艺，需要先从帮手开始学活，慢慢地观察副锤是怎么干的，不忙时就拿起大锤来练练。待到有了一定的基础之后，主锤就会叫他学着抡大锤，干副锤的活。从不熟练到熟练，再到巧干，就成为名副其实的副锤了。当了副锤之后，要细心观察主锤的动作和技巧，慢慢地学习和掌握，就能成为主锤了。

传说，铁匠的祖师爷为“李耳老祖”，农历二月十五日为老祖生辰，铁匠铺众师徒皆要祭拜，以图炉红火旺，生意兴隆。

铁匠行，奉“李耳老祖”为祖师爷。李耳，即道家学派的创始人老子

铁匠这个行业在两千多年的发展历史中，逐渐形成了许多隐语行话，比如他们将炉灶称为“红摆”，铁砧称为“硬汉”，大锤称为“千挝”，手锤称为“输掖”，夹钳称为“钳红”，风箱称为“抽风”，剪刀称为“两开交”，煤炭称为“养红料”，煤屑称为“落红”，钢称为“九锻头”，铁称为“怕风火”等等。

旧时，在我国北方民间一些地区，还有举行“铁匠会”的习俗。比如河北唐山一带的“铁匠会”，定在每年农历二月二十三这天。每到这一天，铁匠们就会聚集在集市上，搭起炉灶，燃起炭火，拉起风箱，将烧红的铁块放在砧子上，抡起铁锤，各自施展自己的绝艺。“叮叮、当当”，火星四溅，吸引四村八屯的农民前来观看。人们纷纷拿来用坏的农具，找到自己中意的铁匠修理。这一习俗，历代相传，但在今天已经消失了。

随着社会的进步和机械制造业的迅速发展，“叮叮、当当”的打铁声，渐渐地从人们的身边远去了。铁匠，这个曾经与人们的生活关系极为密切的行业，如今即使在农村也销声匿迹了。

砥锋砺刃磨刀匠

手持“抢镰”的磨刀匠，正在走街串巷招揽生意

“磨剪子唻——戗菜刀——”

旧时，无论是在繁华的城镇街市上，还是在偏僻乡村的旧街老巷，时而会听到磨刀匠高亢悠扬、抑扬顿挫的吆喝声。而且这一声声划破长空的吆喝声，往往还有乐器相伴。

磨刀匠所用的响器有两种，或是铜号，或是铁镰。使用铜号时，先将号对天举起，憋足劲，“滴滴、嗒嗒”一吹，接下来便吆喝一声“磨剪子来——戗菜刀——”那吆喝声的响亮程度，与号声不相上下，能够传出老远。使用铁镰的时候，手提一串互相搭连的长方形厚铁板，前后一晃，便“当啷、当啷”作响，跟着便是一声吆喝。这种响器，行话叫“抢镰”，也有的地方称为“犁铧片”。

听到磨刀匠的吆喝声之后，那些家庭主妇或年迈的老妪，便会从针线笸箩里翻出两把半新不旧的剪刀，或从厨房里拿出有些卷刃的菜刀，交给磨刀匠修理一番。

磨刀匠是一个十分古老的行业，它是伴随着金属刀具与剪具的广泛使用而出现的。中国人使用刀与剪的历史，非常悠久。早

除了"抢镰"之外，旧时的磨刀匠还使用铜号来招揽生意

在原始社会，我们的先人就开始用石头、蚌壳、兽骨打制成各种形状的刀。既可以作为武器，又是生活中不可缺少的烹饪工具。

夏代铸铜工艺已经有了一定的水平，那时铸造的青铜刀大都是仿照石刀、骨刀等制成。夏代的铜刀虽然没有脱离石刀、骨刀等形状，但与原始社会时期的石刀、陶刀、骨刀、蚌刀等相比，质地更加坚硬，刃部更加锋利。

秦、汉时期，随着钢铁技术的成熟，真正意义上的钢铁厨刀也就出现了。剪刀，是由小刀演变而来的。古人常用小刀作切、削、裁、割之用，然而在切割丝帛的时候感到非常不便。于是，人们在实践中使用两把小刀相对而切，这样丝帛就容易断开。这就是剪刀的雏形。

据考古发现，在铁器盛行之前，我国民间已经有了铜剪刀。我国制作剪子的工艺十分先进，并州（今山西太原）产的剪刀，在唐代时已经享誉全国。唐代大诗人杜甫在《戏题王宰画山水图歌》中云："焉得并州快剪刀，剪取吴淞半江水。"

到了明末清初时，南方出了个"张小泉"，北方出了个"王麻子"，都以制作剪刀的技艺精湛而出名。

磨刀匠的整套工具

磨刀剪的手艺，从何时开始成为民间一个专门的行业，并开始游走于市井招揽生意，

并没有详实的史料记载。而在南宋文人吴自牧撰写的记录南宋都城临安世情风物的著作《梦粱录》里面，便有“修磨刀剪、磨镜，时时有盘街者，便可唤之”的记载。由此可见，这一行业至迟在南宋时期就已经形成了。

这一行当的手艺人谋生，绝少群聚，都是形单影只地在街巷游走。磨刀匠的行头好像都是一模一样的。都是肩扛一条长凳，一头固定两块磨刀石，一块用于粗磨，一块用于细磨，蹬腿上还绑着个水铁罐。凳子的另一头则绑着坐垫，还挂了一只篮子或一只箱子，里面装一些简单的工具，如戗刀、水刷、水布、锤子等。

磨剪子戗菜刀虽然是无本的生意，但这也是需要手艺的细活。如果手艺不精，干不了多长时间，就很难招揽到生意了。

青州街头的磨刀匠铜塑像

民间平时所用的刀具很多，诸如砍柴刀、切菜刀、裁纸刀、斩骨刀等，剪子也分为很多种，如长剪、短剪、宽剪、窄剪、圆头剪、尖头剪等等。磨刀匠在磨刀剪的时候，不仅要了解刀与剪的种类和用途，还要懂得怎么开磨。这是一个有经验的磨刀匠所必须具备的，否则不仅磨不光亮，而且也不够锋利，以后就很难挣饭吃了。

磨刀匠在磨菜刀的时候，劈开双腿，跨坐在凳子上，那姿势仿佛是在骑马。磨菜刀一般要经过粗磨和细磨两道工序，先在砂砖上进行粗磨，然后在油石上进行细磨。条凳旁边挂着小水桶，磨刀时不断淋水，以降低摩擦产生的温度。冬天，还要在小桶里放些盐，防止水冷结冰。磨一阵之后，磨刀匠就要用手指在刀刃上轻轻地刮两下。然后，眯起一只眼睛，看看刀锋是否锋利。有的菜刀变钝了，光磨还不够，就要用戗刀将它戗薄。

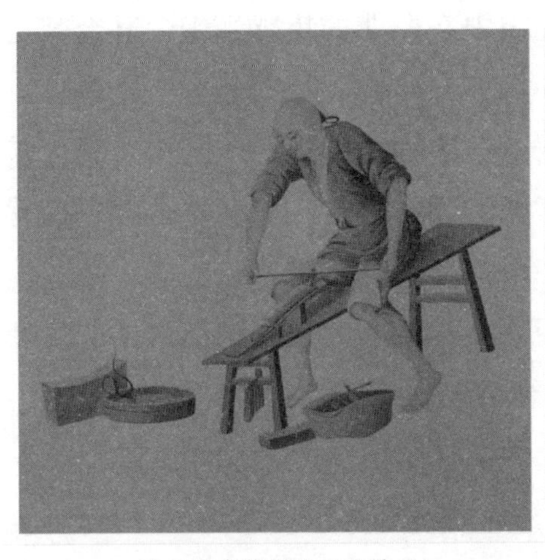
磨刀匠在使用戗刀戗菜刀

戗刀，是一根尺把长的铁杆，两头有横扶手，铁杆中间镶着一把优质的戗刀，用它可以将刀的两刃刮薄。说得通俗点，戗刀，就是一把铁刨子。送来修整的刀剪，如果无需戗的，磨刀师傅一般很少动戗刀。这倒不是说磨刀匠偷懒，而是他们爱惜顾客送来修理的刀剪。因为铁匠们在制作刀剪的时候，都经过了淬火工艺，也就是说刃口一带已经钢化了。如果使用戗刀，肯定会伤了刀剪的刃口。磨刀匠毕竟不是铁匠，不烧红炉不架铁砧的，不可能为刀剪淬火。所以，非不得已，这行当的匠人是不会轻易动戗刀的。

磨剪刀与磨菜刀相比，前者难度要大一些。菜刀是一片，而剪刀是两片，要求合在一起后，刀尖对齐，松紧适度，紧而不涩，松而不旷。因此，在磨的时候，手上的力度一定要掌握好，如果按在剪刀片前面的力量过大，剪刀口就没有了；如果按在剪刀片后面的力量过大，剪刀背就变薄了，以后剪刀用起来费力。

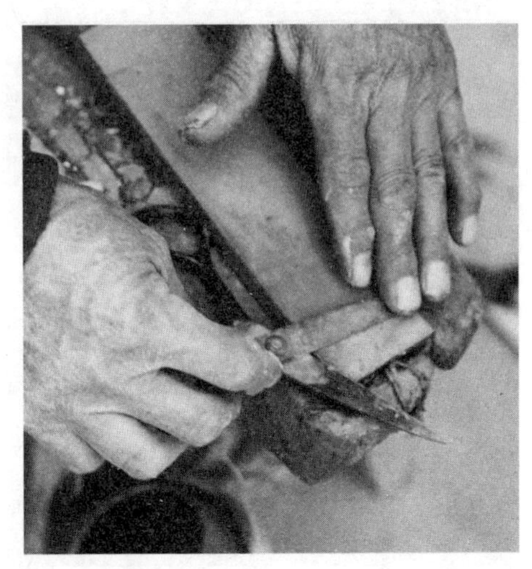
与磨菜刀相比，磨剪刀的难度要大一些，需要掌握更多的技巧

剪刀磨好之后，磨刀匠用破布条或者纸条试验刀刃，轻轻一剪，布条或者纸条一刀两断，功夫才算到家。

当磨刀匠们把磨好的剪子或菜刀还给主人的时候，那脸上的每一条皱纹里都蓄满了笑意。这一刻，他或许正沉浸在职业的快感当中，甚至忘记了谈报酬。

“磨剪子来——戗菜刀——”这抑扬顿挫的吆喝声，早已被尘世的喧嚣给湮没了。有时幸而听到，也给人一种恍若隔世的感觉。

那些淳朴的磨刀匠，已经逐渐从人们的视线中消失了。有磨刀或磨剪子需求的人们，大概只能碰运气了。

“八作”之首木匠行

木匠是一个与人们的生活息息相关的行业，时至今日仍不可或缺。

木匠，是人民生活中最不可缺的工匠之一。时至今日，这一行业仍与人们的生活息息相关。因此，我国大多数地区都将木匠列为“八作”之首。无论在城镇还是乡村，与其他工匠相比，木匠的地位总要显得高一些。以建造房屋为例，木匠与瓦匠合作，总以木匠领作。上梁唱喜歌，一个木匠，一个瓦匠，也总是木匠领唱。

旧时，人们在生活中更加依赖于木匠。每家每户，无论生活水平高低，都离不开木匠。木匠的手艺，几乎渗透到人们生活中衣食住行的每一个方面。这样说，并非言过其实。比如在旧时，人们穿的衣服、盖的被褥，大都是自家纺纱，而后送到织布匠处织成。再请裁缝缝制而成。纺纱的纺车，织布的织布机，自然是木匠制作的。

耕田的犁耙，车谷的风车，提水的水车，榨油的油榨，凡此种种，哪一样少得了木匠的参与？

在“行”这一方面，旱路的马车、轿子，水路的帆船、木舟，也都是木匠的杰作。而在“住”这一方面，人们就更加离不开木匠了。旧时，农村的房屋，大多是木结构。从房柱到房梁、檩条、间壁、门窗，无处不是木匠制作而成。一座木结构的房子，除了房柱之下的垫石是由石匠打造而成，瓦片由瓦窑烧制，泥瓦匠盖就，其余部分基本都是木匠的手艺。因此在过去，木匠是一个比较吃香的行业。

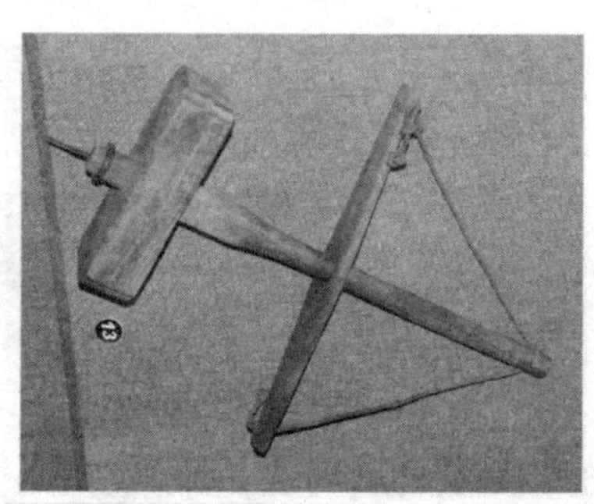

木匠师傅使用的刨子和木钻

木匠这个行业有着非常悠久的历史。据史料记载，早在先秦时期就已经有了这个职业。但由于在古时，木匠被视为一个下等职业，因此贵族并不学习木工这门手艺。但也有例外，比如明熹宗朱由校就因为酷爱木工制作，而被后人称为“木匠皇帝”。另外，在中国近代艺术史上，星光闪耀的国画大师齐白石，也是木匠出身。

在民间，传统木匠分为“粗木匠”和“细木匠”两类。修造房屋者为粗木匠，也有的地方称为“大木匠”，而且大多数人认为，称“大木匠”比“粗木匠”更加合适一些。造房屋工程很大，但不是粗活，所以说称“大木匠”较为贴切。

大木匠主要从事建房上梁等营生

从事制作家具和各种雕刻工艺的木匠，称为“细木匠”或“小木匠”。因为制作家具比造房子小得多，称“小木匠”没有丝毫贬低这类木匠之意。

一般情况下，大木匠做活总是搭帮合伙的。几个脾性相投的人，根据雇主活儿的大小，时分时合，形成一个松散的小班组。因为有些活儿不是一个干得了的。譬如拉大锯，一定要两个人才能干。做木架，木料粗大沉重，一个人搬挪很不方便。尤其是建房上梁，那更是需要帮手的营生。一个人手艺再巧，也无法做活。

无论古今，在数位木匠师傅组成的小班组里面，总会有一位领班师傅，旧时称为“掌墨师傅”。这也是技术最高的木匠师傅，深受众人的信服与尊敬。掌墨师傅的主要任务就是设计构件的形状与尺寸。他不需要画图纸，图纸早已经印在他的脑海里。无论建多大的房子，只要雇主说出尺寸，他的心里就有个大概，而后将尺寸大小画在将要制作的木材上。负责制作的木匠，依据尺寸、形状制作就可以了。所有构件制作完毕之后，经掌墨师傅抽查之后，再进行组合。

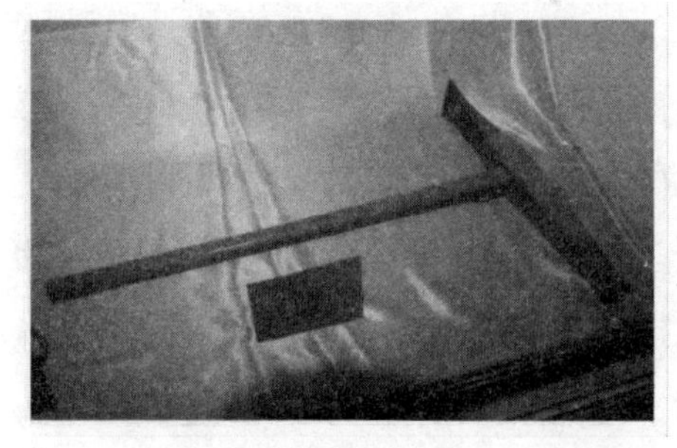
刨锛，是大木匠在平整檩条时所使用的工具

修建普通的农舍，对掌墨师傅来说可谓小菜一碟。最显示掌墨师傅手艺的，是修建庙宇或桥亭。这些建筑一般都设计有飞檐斗拱，而普通的乡下木匠，擅长飞檐斗拱手艺的并不多。这时候，就看掌墨师傅的本领了。因此，掌墨师傅看上去总是比其他木匠神奇。

在我国民间不少地区，建房上梁时，有“踩梁”的习俗。所谓“踩梁”，就是由掌墨师傅从已经安装好的梁木上走一个来回。踩梁师傅，要穿上主人家早就准备好的新鞋，不能穿旧鞋踩梁。踩完梁之后，该定梁了。定梁，就是由掌墨师傅举酒敬天神、地神、鲁班祖师。三杯酒敬罢，此梁已经得到认可，正式定为新屋栋梁了。

房梁是房屋的根本，象征着立基安稳长盛不衰。大凡修造房屋的人家，无不看重上梁。而掌墨师傅一直是上梁这道工序的绝对主角，他们必然会受到人们更多的尊重。

细木匠擅长制作家具和雕花，以细活拿手。虽然说细木匠的活儿大木匠干不了，但大木匠从事的营生，细木匠也干不了。两者皆精通的木匠，可谓少之又少。

这种做工精美的蝙蝠橱，便是细木匠的“作品”

旧时的婚嫁仪式，少不了细木匠打制的新家具与陪嫁品。细木匠中的专工木匠种类很多，他们有的只做一种或有关的几种活儿。当然，他们开始的时候也是什么都做。在做的过程中，逐渐找到了自己的专长，摸索到了自己的绝活儿，然后专门做这一种东西。时间久了，专工的活儿越来越精，名气也越来越大。比如清代文学家蒲松龄在《日用俗字》中，就罗列了细木工的极为繁多的种类：“方桌琴床帐坚固，抽屉橱柜木焦干。书柜衣盆高架搁，椅桌榻杌细藤穿……”

本钱大的木匠，开设铺面，名为“木匠铺”；本钱小的木匠，则接到主家的雇请之后，上门服务。后者由于比较机动，只要手艺精良，会更受人们的欢迎。

作坊里的木匠，有固定的工作台。所谓工作台，就是用厚木板钉成的木架子，摆放在干活的地方，一般不挪动。串乡的木匠，有作无坊，到雇主家干活时，临时支一个。

木匠吃的是百家饭，干的是百家活，什么样的雇主都有，什么样的活儿都能遇到。在雇主眼里，凡是用木头做的活儿，木匠都应该会干。因此，作为木匠即使以前没干过，也绝不轻易说出

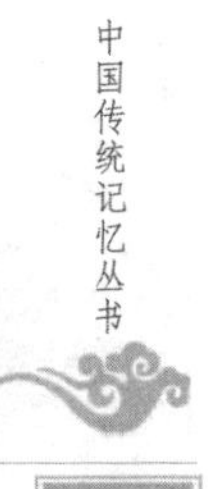

“没做过、不会做、做不了”之类的推辞话语，总要千方百计、想方设法完成它，使雇主满意。

有的细木匠有自己的作坊，但大部分是携带工具到雇主家做活

木匠们对饭食从不挑剔，雇主给做什么就吃什么。吃百家饭的人，什么样的雇主都能遇到。贫困的，富有的，大方的，吝啬的，木匠们都能随遇而安，只要吃饱肚子，有力气干活就行。绝大多数的雇主也是极尽所有，尽量让木匠吃得好些。

木匠作为一个古老的行业，且为“八作”之首，自然有很多讲究。旧时，木匠这行有个江湖语，叫“甲乙生”。为什么这么叫，一时也说不出个子丑寅卯。从事木匠这一行的，大多从十五六岁就开始拜师学艺。经过几十年的木匠生涯，他们所说的话里面不免带些行话。

人人皆知木匠的祖师爷是鲁班，名叫公输盘，春秋战国时期鲁国人。因此，在我国民间一直流传着“鲁班管三线”的说法。相传，鲁班有三个徒弟，大徒弟名叫张大，是石匠，管红线；二徒弟名叫陈齐，是木匠，管黑线；三徒弟名叫李春，是瓦匠，管白线。因此，匠人相遇，只要自报家门是“管黑线儿”的，人家就知道你是木匠。

鲁班不仅木工技艺精湛，而且还发明了不少木工工具，因此被后世的木匠奉为祖师爷

另外，木匠行话称墨斗为“提炉”，刨子为“光子”，锯为“洒子”，尺子为“较量”，斧子为

"百宝斤头"，做门窗为"穿墙"，做窗扇为"开风洞"，锯木头为"洒一洒"，凳子为"垫身"，椅子为"反背"，桌子为"四脚撑"等等。

旧时，每年农历五月初七，木匠师傅们都要聚会拜祖。是日，由行业头领主持。每人都将一件工具放在祖师爷的牌位前，焚烧黄表纸祭拜。俗信，纸灰落在谁的工具上，就表示祖师向谁"赐巧"，他的手艺必大有长进。

木匠们正在忙碌着制作出海的渔船

木匠还有其他不少忌讳，如做完活打扫场地时，一定要留一些刨花给主人收拾，表示以后还有活干。但在做棺材的时候，绝不许留刨花给主人，因为那是不吉利的象征。

修船的木匠必须遵守海上的规矩，比如要翻过来修船的另一面，不能叫翻过来，要叫"滑过来"。忌讳怀孕妇女进入干活的场地，更不愿她碰触木匠工具，据说是怕她们带来不好的运气。这是木匠的一个忌讳，实际上是怕无端惹出是非。

木匠师傅喝酒，只是一小杯，从不多喝。这样不会加大雇主的开销，更不会留下嗜酒的坏口碑，也是为了自身安全着想。木匠干活离不开带刃的工具，酒喝多了，难保不伤手碰脚，何况有时候还要上脚手架，蹬梯爬高。尤其怕脑子迷糊，画错了尺寸，坏了雇主的木料，坏了自己的名声。

木匠拜师学艺，尤为讲究。哪个人想学木匠，需要有一位威望人士做"保人"，领着拜师人到师傅家，由保人当面讲明师徒之间的约定。

主要约定是：学徒期限为三年零一节（学徒三年后到第四年的端午节），中途不准退师；学徒期间不开工钱；学徒期间不准结婚成家；师傅负责徒弟的穿衣吃饭。这些条款，保人早已对徒

木匠作业使用的各种工具

弟及其家人预先讲妥，这时是正式宣布生效。

拜师人点头表示同意，然后认师行礼，跪地磕头。第一个头是要磕给祖师爷的，若没有鲁班像，就摆放一张锯或一把斧子代替。然后再给师傅磕头，若师母在场，当然也要磕头。大礼行过，拜师仪式也就结束了。

拜了师，这只是跨进了行业门槛，至于能学到多少本领，全靠自己的用心和努力。木匠这一行，师傅带徒弟，只教三年，三年能学会了即出徒，三年学不会也不教了，卷铺盖卷儿走人。

春季是木匠最为忙碌的一个季节，也是学徒生涯开始的好时机。首先要学习使用工具，木匠的主要工具有锯、斧、刨、锤、凿、锛、铲、锉、尺、墨斗等。初学木匠一定要学推刨子，刨子的种类很多，常见的有大刨、二刨、小净刨，还有拉刨等。大刨主要是刮平，小刨主要是净面。推刨时，眼睛要往前看，刨几刨，便瞄一瞄，达到平光为准。刮平的标准，是放料板时落地不响。这既需要有臂力，又要有很好的眼力。

师傅带徒弟，不仅传手艺，更要传授规矩，传授在本行业做人做事的道理。因为木匠干活的场所有点特殊，他们大都要进入雇主家中。在庭院或室内，一干就是十天半月，甚至数月半载的也有。东家因为忙于别的事情，不能时时守在眼前。有些时候，木匠师傅还兼顾“看家”的责任。

木匠学徒非常不容易，大都从技术单一，但却极费体力的活儿做起

在这样的环境下，木匠的心态要清净平坦，心无杂念，专心干好自己的活儿即可。

木匠四乡闯荡生活，虽然靠的是手艺，但更不能缺少人品。技术差尚可学习弥补，若名声坏了，谁家还敢雇呢？这种修为，从学徒开始，就已经深深地注入内心。

三年学徒期满后，师傅会送一套工具给徒弟。这既表示对徒弟的关爱，又蕴含着你已学成，可以离开师傅独立工作之意。学徒满师后，有两条路可走，一条是继续留在师傅处，在师傅的统领下，过安定的日子，可免去四处奔波，独自张罗开业的烦恼；另一条路，则是在满师后马上离开师傅，去开创自己的天地。

两条路都有利有弊，前者虽然稳定一些，但在收入上难免被师傅“糊涂”去一些；后者则需从头开始，能否打出名气，闯出一番名堂，完全看徒弟个人的本领和处事了。由此可见，每一个行业的生存都是非常不容易的。

木匠行业，至今仍无时无刻地服务于人们的生活。只不过，木匠师傅所用的传统工具，如锯子、刨子、凿子等，大都被电动工具所替代了。那些古老的行规与行俗，也大都被新一代的木匠逐渐遗忘了。但是，人们仍希望“本分做人，规矩做事”这一点，能够在木匠行当里永远传承下去！

印花添彩染布匠

旧时，大大小小的染坊遍布全国各地

无论古今，吃饭穿衣，都是人们生活中的头等大事。旧时，由于受社会条件的限制，不可能有现代这样花色万千的衣饰材料。尤其是对普通百姓来说，其着装更为朴素。他们用来制作衣服的布料，大都是自己手工纺织的土布。

手工纺织出来的土布是原白色的，人们为了着装美观，在采用土布缝制衣服的时候，便根据个人的喜好，将白色的土布染成各种颜色。而染布这一工艺，就需要由那些掌握一定技艺的染匠来完成。

染匠，亦称“染布匠”，是我国民间一个非常古老的行业。我国印染工艺的历史非常悠久，早在距今六七千年的新石器时代，我们的祖先就已经懂得使用赤铁矿粉末，将麻布染成红色。如当时居住在青海柴达木盆地诺木洪地区的原始部落，已经能够把毛线染成黄、红、蓝、褐等颜色，织出带有彩条的毛布。

据西周时期著名政治家周公旦所著的《周礼》记载，在周代时，官方已经设有“典丝、典枲、内司服”的机构，掌管当时的染织业，并有“染人”“掌染草”等职务。在当时所属的“百工”之内，还有专门从事染织的生产作坊。

我国古代染色所用的染料，是以天然矿物或植物染料为主。随着印染业的发展，我国许多主要的染料，如蓝靛、茜草、红花、黄栀等染色植物，已多数由野生采收改为人工种植，成为早期农业生产中的重要经济作物。

我国民间土法染布用的染料靛蓝与洋红

汉代的印染工艺有涂染、浸染、套染等多种技法。涂染，是使用矿物染料对布料进行印染的一种方法，它将染料用干性油调和作为胶黏剂，然后使染料黏附在纤维上，达到染色的效果。浸染，则是直接放在染料中泡染，多采用植物染料。套染，则能够产生多种色彩的效果。

唐代，是我国封建社会经济文化鼎盛的时期，染织工艺已经相当发达。唐代的印染技法很多，其中比较常见的有夹缬、蜡缬、绞缬、拓印等。到了明代，我国民间的印染技术愈加成熟，染坊也有了很大的发展。明代官方设有染料局，掌管各地染料的生产与经营。当时，安徽芜湖是印染业最发达的地区。

民国时期北方民间的小染坊

清代蓝印花布的技术，已经遍及全国各地。其中最著名的产地有浙江的嘉兴、江苏的苏州和南通，湖北的天门，湖南的常德等地。

染坊，是染匠们染布的作坊。旧时的染坊，有“大行邱”和“小行邱”之分，清末民初还出现了“洋色邱”。大行以染成批布匹为主，以流水线的方式，规模化生产。小行以染零星杂色布料及旧衣为主，事无巨细，样样都要拿得起来。而“洋色邱”，是指专门使用外国进口染料的染坊。

在过去，由于颜料单一，人们多穿蓝色衣服，故而土法染蓝布特别流行。染蓝布的时候，先将土靛放在簸箩里，在水缸中淘洗，使细靛漏下，再把碱和石灰加入水中。接下来是疏缸，下靛后，用棍子不断地搅动缸水，待颜色深浅均匀之后即可开始染布。

染布的时候，在缸中间悬挂一个铁丝编成的网状“缸罩子”，把缸水分成上、下两层；把布浸在上层，染半小时后取出。第一次染出来的是浅蓝色，晾干后再染一遍就深一些，愈染愈深，由浅而深的颜色依次是二蓝、深蓝、缸青。最深的蓝色近于黑色，称为“青”。“青出于蓝而胜于蓝”的成语，就是由此而来的。

若在土布上染花，先要请画匠在纸上画好图案，然后将图案制成模板；再用黄豆粉、石灰粉和“牛骨胶”调成糊状，将布平置，上铺模板，均匀地刮到模板镂空的图案中；接着把印有花纹的布放到染缸里染出底色来。待染色晾干之后，用刀将石灰渣刮掉，如底色是蓝色，就变成了蓝底白花布。花布上的图案内涵丰富，大多取材于民间传说或吉祥纹样，如“凤戏牡丹”“喜鹊登梅”“连年有余”“百年好合”“长命富贵”等等。

蓝印花布曾在我国民间风靡一时

在旧时，一些规模较大的染坊，还有专门的“踹匠”。踹匠的职责，就是把因印染而缩水的棉布进行碾压，使其恢复原先的长度。他们使用的工具叫“踹布石”，形如元宝，又称“元宝石”。

踹布石的上部即一元宝形石件，下为一长方形垫石，中心纵向

呈浅凹状，与元宝石底部横向的圆弧相吻。用踹布石去踹布时，先将布匹卷于轴上，置放在凹形的承石上，再把踹布石压在布轴上。人站立在踹布石的两个尖端上，双手扶住两边的撑杆，双脚不断晃动踹布石，反复碾压布轴，使布面平整光亮。不过，规模较小的染坊，一般不备此物。

一般只有那些规模较大的染坊，才使用这种元宝形的踹布石

“大行邱”一般不做零散客户的生意。平常人家欲染零星杂色布料，一般去找小作坊。当有顾客送来印染的土布时，染布匠便会送给顾客一个“印子”作为凭据。

印子，是用小竹片做成的，一面并排烙两个编号，另一面烙一个符号，然后从正中劈成两块，各钻小孔穿系。平时拴在一起，收布时，把其中一块交给顾客，作为取布凭证，另一块拴在布头边角上。既作为布主的记号，又作为布染何种花色的记号。

印子的拴系，也有一定的讲究。印子拴在布角上，表示要染深蓝；印子拴在距布角一指处，表示要染二蓝；印子拴在距布角二指处，表示染月白色；印子拴在距布角三指处，系双扣鼻，表示要染蓝印花被褥面；而印在拴在距布角四指处，则表示染蓝印花布料。染布匠在拴系印子的同时，还会告诉顾客，一匹白布能缩水多少，以免染完后发生争执。

染坊生意清淡的时候，他们会挑着担子走街串巷招揽生意。他们并不是每天都染布，而是等到布料收到一定数量之后才开始染。

还有一种走街串巷的染匠，可以根据顾客的需求现场染色，且立等可取。因此，这种便捷式的染匠担，备受人们的欢迎。过去，人们在旧街老巷里，时常会听到“染衫、染裤、染布……”的吆喝声，他们有的挑担，也有的推着独轮车，其工具无非是小炉、四方形水铁罐和各种颜料。有的染匠还捎带着自己染好的布料，一是作

旧时，一些勤俭的妇女往往会自己动手在家里染布。因此，市井间出现了许多以售卖染料为业的商贩

为招幌，二是有需要的人可以购买现成的布料。

头发花白的老太太，能说会道的邻家婶子，花儿一样的大姑娘们，闻声而来，将染布匠团团围住，讨价还价，异常热闹。在物质并不丰富的年代里，为了节省，人们对衣服布料都是物尽其用。有的人家把大衣服改成小衣服，就需要染一染，也有的买了价钱便宜的布料也要染一染，更有褪了色的衣服也要染上一染等。

当有人要染衣料时，染布匠便把水铁罐里倒上水，水量至少能把待染的衣服布料浸泡过来。再点上柴草把水烧开，放入染料，使其融化。然后把要染的衣服布料等物品用水全部打湿后放入罐内。此时，染布匠手持一根较长的竹竿或木棒，不断地翻动和搅拌所染的东西，持续时间要在10分钟以上，中途还得添加些促染剂。

染布匠们凭借着多年的经验和反复搅拌的手感，使得衣服不会染花。染好的布料、旧衣，要放进另一个桶内。这个桶同样也得放满水，也得把水烧热，并且也拿棒翻动和搅拌。但是，这一工序的主要作用是洗，是把没有染上的浮色洗掉。最后，染布匠将染好的衣服布料等捞起滤干，交给顾客，并且关照他们回家以后要用凉水浸泡上一天再晾晒，这样就不容易褪色了。

染坊除了染布之外，还染丝线

最能显示染布匠技艺的是“回染布”。衣服被褥褪色后再染色，就是回染。有的人家在回

染的时候，仍染原色的，这样就比较容易。但有些人家嫌弃以前的颜色，希望回染时，染成其他颜色，这就十分考验染布匠的技术。比如将蓝色的染成咖啡色的，如果把握不好，衣物布料啥的就可能被染得不伦不类。一位技艺高明的染布匠，能够把回染布染得颜色细腻，从外表看好似新的一样。这也是染布匠在民间广受人们欢迎的一个重要原因。

旧时，每逢农历四月十日、九月九日，民间的染匠都要祭拜染业之神

染匠这个古老的行业，在发展的过程中，也形成了许多行俗行规。旧时，染坊将梅、葛二仙奉为祖师。每年农历四月十日、九月九日，染匠们都要将盛着印子的木盒子连同丰盛的供品摆在供桌上，祭拜染业之神。

染布匠行业内部，也存着许多别人听不懂的隐语切口。比如他们将染料称为“膏子”，染缸称为“墨悲”或“酸口”，石灰称为“白盐”，染缸下的地灶为“地龙”，待染的棉纱为“千绪”，绸布为“软披”，棉布为“硬披”，衣服为“片子”等等。此外，在所染衣物布料的颜色名称上也是以暗语称之，如绿色为“翠石”，靛青为“烂污”，白色为“月白”，浅蓝为“鱼肚”，墨色为“蓝元”等等。这些隐语切口的产生，其目的就是维护本行业的利益。

染坊晾晒的彩印花布

在20世纪80年代以前，染布匠这个行业在民间仍十分兴盛。此后，随着的确良、凡立丁、涤卡等新面料的普及，以及现代印染工艺的飞速发展，手工印染这一行业很快就消失了。

砌墙盖房泥瓦匠

吃苦耐劳的瓦匠师傅们，正在为新建的楼房盖瓦

泥瓦匠，又称“瓦匠”“泥水匠”“瓦工”等，是专门从事砌墙、盖房等活计的手艺人。泥瓦匠与木匠一样，也是一个历史十分悠久的行业，时至今日，泥瓦匠与人们的生活仍息息相关。

这个行业起源于何时，并无详细的史料记载。但是，当我们的先人懂得营造房屋的时候，这门手艺便已经诞生了。在远古时期，我们的祖先为了避寒暑遮风雨，防止虫蛇猛兽的侵袭，选择住在山洞或树上，这就是所谓的“穴居”和“巢居”。经过不断进化，古人开始营建房屋。据考古发掘证明，我国最早的房屋建筑，产生于距今六七千年前的新石器时代。由此可见，泥瓦匠这一行当的历史之久远。

在我国大部分地区，人们喜欢将泥瓦匠称为“师傅”。从这个“称呼”也可以看出来，人们对这个行业还是比较尊重的。

泥瓦匠也是一个“吃百家饭”的行当。哪家要建房或翻修房子，就会雇请他们上门做活。短则数日，长则数月半载的也有。泥瓦匠平时比较松散，遇到建房或修房的时候，便由领作师傅负责联络，集合到一起作业。

从事泥瓦匠这一行业的，自身都是一些农民。在没有活儿的时候，他们各自做各自的事情，或种地，或做一点其他的小副业，以贴补家用。即使师傅与学徒之间，也没有木匠行那么多的规矩，不用天天在一起。

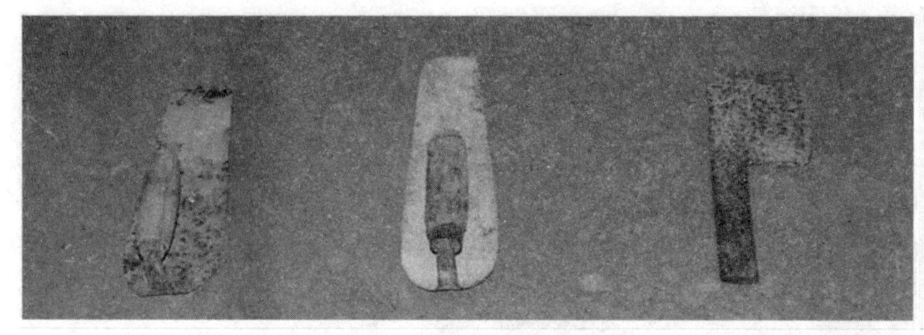

瓦匠师傅使用的瓦刀与抹子

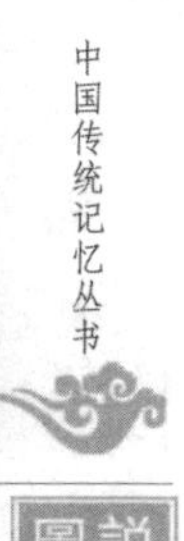

旧时，普通人家建房，尤其是农村地区，根本没有钢筋、水泥等现代建筑材料。人们使用的材料，大都是泥巴、乱石、泥坯等。泥瓦匠是名副其实的“泥水匠”。

家境稍微富裕一点的，有盖“陡砖”房的。陡砖，也叫“立砖”，就是将砖立着用。墙的外皮是砖，防雨，墙里子还是土坯，这样省砖。那时候的砖，也多为青砖。这样一来，就非常考验泥瓦匠的手艺，而且在建造的过程中还潜藏着一定的风险。正是由于这个原因，那时候人们在建房动工之前，东家总要提前请阴阳先生择一个黄道吉日。

旧时农村的房屋许多是以土坯为材料建成的，非常考验瓦匠师傅的手艺。这是民间用来制作土坯的模具

开工当日，要杀鸡、摆酒、放鞭炮，然后还要敬天地、敬神仙，祈求施工过程顺顺利利、平平安安。

从前的泥坯房，看起来简简单单，实际上盖起来很不容易。对于泥瓦匠们来说，在施工的过程中，要遭遇不少困难。首先就是奠基上的困难。在20世纪60年代的一首歌曲里面有这样一句歌词："万丈高楼平地起"。当然，这是用来形容高楼林立，时代巨变的。万丈高楼为什么能够在平地上矗立起来呢？就是因为地基打得好。若地基松软，莫说高楼，就是不足一丈高的泥坯房，照样墙体开裂，甚至屋顶塌陷。

过去，农村建房子打地基，一般就是沿着墙基挖出一道地槽，然后在里面砌上石头，与地面持平即可。难就难在基槽该挖多深。挖得深，当然保险，但把地面上用的石料都一笼统填到地下去，那么砌墙时用啥？东家该愁得睡不着觉了。

若挖得浅了，地基硬度不够，盖起的房子住不了多久，墙体便会下陷、开裂，更令人忧心。对泥瓦匠们来说，不仅落得东家的埋怨，而且在四村八疃也坏了名声。

明代画家仇英的画作里面也有泥瓦匠的身影

这个时候，就全凭泥瓦匠的经验了。他们往往会使用一根铁钎，不时地扎一扎基槽下面的泥土，测试一下基槽底下的硬度。最终，他们会根据自己多年的经验，估算出一个合适的深度，一般八九不离十。

再一个就是盖瓦难。在过去，许多人家由于经济拮据，建房时买不起瓦。但是，新建的房屋总不能露天吧？于是，人们便以麦秸草来替代瓦，而后在屋脊上盖上一排脊瓦作为固定，这样，便可以节省下一笔可观的费用。对泥瓦匠们来说，垒麦秸草绝对是一项手艺活。屋顶上垒的麦秸草，既要求紧密，又要求高度、坡势一致。这样修建出来的草坯房才会耐风吹，且不易漏雨。如果麦秸草垒得过于松散，房顶就容易漏雨；若坡势不一致，有高有低，冬天容易存雪，夏天则容易存雨水，麦秸草容易腐烂，房顶便坏得早。

旧时，北方农家的房屋多为草坯房。泥瓦匠根据自己的经验，总能将麦秸草垒得紧密而又坡势一致

盖瓦虽然比用麦秸草垒砌省力一些，但也很考验泥瓦匠的手艺。他们站在屋顶刚刚架好的横梁和椽子上，一次一次地接住从地面抛上来的瓦片。虽然比站在墙头上稳当多了，但同样不能失手。瓦片易碎，稍一失手，瓦片就碎了。瓦片碎得多，东家的心也会碎的。到了晚饭时，泥瓦匠那杯酒还能喝下去吗？还有，盖瓦的时候，一块压着一块，看似简单，其实也有很多讲究，压多压少难以把握。压多了就很费瓦，东家备的瓦可够？压少了，容易漏水，新盖的房子就漏水，谁能愿意？东家不愿意，泥瓦匠更不愿意。如果盖瓦出现问题，声誉就没了，谁还请你干活？

泥瓦匠常用的工具有瓦刀、灰板、抹子、线坠、木尺、刨锛、锤头、墨斗等。泥瓦匠跟木匠一样，也是奉鲁班为祖师爷。不过，泥瓦匠这个行当，却没有木匠行那么多的忌讳与讲究。当然，它毕竟是一门极为古老的行业，在生存发展的过程中，也形成了一些本行业的隐语切口。如泥瓦匠将瓦称为“翘饼”，砖称为“土薯”，瓦刀称为“齐头”，和泥刀称为“拖平”，盖瓦房称为“出山”，开窗口称为“做龙门”等等。

旧时盖房用的鞍瓦，俗称“脊瓦”

这些古老的隐语切口，对现代的瓦匠们来说，恐怕早已不知其名了。现在，瓦匠仍是这个社会上不可或缺的一个行业。那些默默无闻的瓦匠师傅，为整个社会的发展，做出了巨大的贡献。只是，那些头戴安全帽、攀登在脚手架上，建造的动辄就是数十层摩天大厦的建筑工人，与昔日的泥瓦匠相比，已经不可同日而语了。

妙手回春小铜匠

1957年山东长清小屯出土的商代青铜举方鼎

铜匠，顾名思义就是以给人打制和修补铜器为生的匠人。铜匠这个行业，在我国民间有着十分古老的历史。早在商、周时期，我们的祖先就开始铸造和使用铜器了。

在过去的众多老行当之中，铜匠是技术含量非常高的一个行业。他们心灵手巧，技艺超群，而且其手艺与人们的生活息息相关。因此，人们对从事这个行业的匠人非常欢迎。或许是因为与其关系密切的原因，人们都喜欢将铜匠师傅称为“小铜匠”。无论年轻还是年长，皆称其为“小铜匠”，彼此显得亲密。

旧时，人们生活中所用的器具，以陶器和铁器居多。当然，铜质的器具，由于结实耐用，且不易生锈，从而受到人们的喜欢。在普通百姓家中，或多或少都有铜器具在使用。

对于那些富裕的家庭来说，铜器具几乎遍及生活的角角落落，如铜壶、铜锅、铜盆、铜铲、铜瓢、铜菜盘、铜香炉、铜烛台、铜脚炉等等。

我国江南一带，民间使用铜器具的情形更加普遍。江南地区由于特殊的地理位置，冬天阴冷潮湿，但人们又没有北方以火炕取暖的习惯。为了抵御阴冷潮湿的天气，汤婆子和手炉，便成为

旧时，在普通百姓家中，或多或少都有铜质器具在使用。这是沿街售卖铜壶的商贩

家家必备的两件取暖用具。

手炉的作用，犹如今天人们偶尔使用的“暖手宝”，大都为铜制的。手炉，一般都小巧玲珑，内装炭火，可以捧在手上，或笼入袖内取暖，故名“手炉”。

手炉的起源，相传产生于隋代。隋炀帝南巡到江苏江都，时值深秋，天气寒冷。江都县官许伍为拍皇帝的马屁，叫铜匠做了一只小铜炉，放进火炭，献给炀帝取暖。隋炀帝十分高兴，捧在手上，便称之为“手炉”。

汤婆子，也大都是以铜质为主。人们将汤婆子注满开水，然后放进冰冷的被窝里，到天亮还是热乎乎的。冬季焐个汤婆子，早已经成为江南人的一种传统和情结。

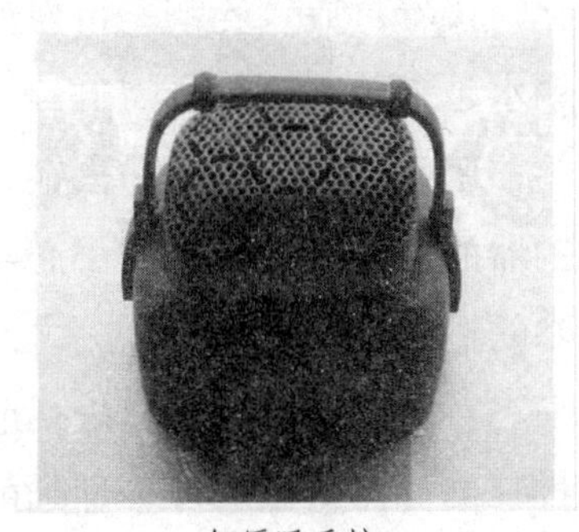
铜质暖手炉

这些铜器在使用的过程中，难免会造成损坏，人们大都不舍得丢弃，而是找铜匠修补好之后继续使用。

小铜匠们凭着肩上的一副“百宝箱”，还有手中一套“万能技”，很快起死回生，变废为宝，替人们修补好各种损坏的铜器。因此，在建国初期，小铜匠的生意仍然比较红火。

铜匠分为“生铜匠”和“熟铜匠”两种，“生铜匠”以浇铸铜器为主，“熟铜匠”以加工铜件和维修为主。

生铜匠，或挑或推着风箱炉子和浇铸各种铜器的模具及使用的工具，走街串巷，流动经营。他们浇铸的品种很多，如铜面盆、铜烛台、铜勺、铜汤婆等等。但凡常用的铜制器具，他们大都能制作出来。

生铜匠挑着担子走街串巷,以浇铸各种铜器为业

每当铜匠一进村，喜欢看热闹的男女老幼，便将铜匠担团团围住了。需要加工铜器的人，陆陆续续前来接洽。只见铜匠师傅笑呵呵地接过一笔笔生意，然后按照先后顺序依次将客户排好队，将人们所要加工的铜器以及送来的废铜的斤两一一统计清楚。然后，便支起风箱，生起炭火，一字摆开模具，开始化铜浇铸。坩埚，是铜匠用来化铜的工具。随着越烧越旺的炉火，坩埚逐渐开始变红。他就将碎铜一块一块地夹入坩埚内，碎铜在高温下慢慢地融化，接着再放入碎铜，再慢慢地融化。此时，只见坩埚里橘红色的铜水越来越满。待所需的碎铜全部融化完之后，铜匠师傅就停下风箱，用耐高温的小勺撇去铜水浮面上的杂质，然后准备好所要浇铸铜器的模具。再用火钳小心翼翼地从煤炉内夹出坩埚，慢慢地将沸腾的铜水倒入模具。片刻之后，再将一勺清水注入模具，只听“刺啦”一声，从模具里冒出一股白色的水雾。稍后，铜匠师傅慢慢地打开模具，但见一件金灿灿的铜器出现在人们眼前，令周围的人啧叹不已。

铜匠师傅不仅手艺高，而且人品也好。每浇铸完一件铜器，他都会将多余的那些碎铜或铜粒等收集好了，等客户来取货时一并返还。客户一般都是不要的，由铜匠留下，但他们也从不白拿，而是根据剩铜的多少，将加工费打点折扣，显得大度而客气。

熟铜匠，一般有个固定的小门面。但在生意清淡的时候，他们通常也会挑着担子，走街串巷招揽生意。熟铜匠的担子都很讲究，一般是采用上等的樟木或血榆制成的。

担子前面，是一个形似床头柜的木柜。柜内从上至下分为几层抽屉，分别放置着木榔头、小铁锤、钻子、钳子、锉刀、凿子

从事生铜匠这一行的，不论年纪多大,人们都习惯称其为“小铜匠”

等修理工具。它们是铜匠的吃饭家什。木柜上端悬空架设的横档上，过着十几片铜片。担子后面，是一个分成两层的木架子。上层放一只髹体搪泥的小炉子，下层堆放碎煤块和碎木片。

比较讲究的铜匠，还把木柜和木架漆得乌红油亮。甚至，还在上面雕刻出精美的吉祥花纹，比如如意、铜钱等图案。

与其他的挑子不同，铜匠们口中并不吆喝，手里也不敲击什么发声的响器。但是，只要他们的挑子一动弹，马上就会发出一种永恒不变的“沁铃、哐啷”声。原来，这声音是由木架上的那十几片铜片相互撞击发出来的。它们既是招揽生意的响器，又是修补铜器的材料。

铜匠接到生意放下担子之后，便生起炉子，用坩埚熔化铜片，以备焊补之用。修补铜器，必须掌握好炉火。根据不同制品的修补要求，控制不同的炉温。铜匠通过熔炼和敲、刮、钻、凿、剪、钳、锉、焊等不同的手段，将残缺铜器镶配完好，破旧铜器整形如新。修理时，忙而不乱的铜匠一边与身旁的人谈笑风生，一边操作着手中的工具。很快，手中的铜器就修好了。

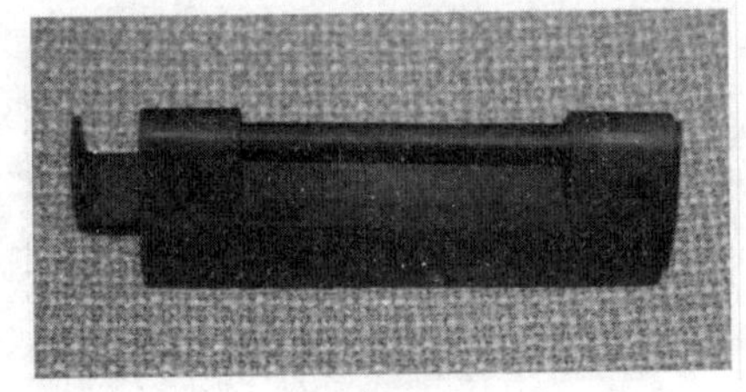
清代的铜锁

因为旧时的锁多为铜制的，故而铜匠还有一手修锁、配钥匙的绝活。凡铜锁坏了或钥匙坏掉，找到铜匠担就迎刃而解了。

铜匠行业也有自己的行业神，那就是太上老君。在天界，太上老君须眉皆白，峨冠白带，守着八卦炼丹炉传道。在人间，他则是铜匠们信奉的行业神。因此，铜匠们若出远门做活，在临行之前，都要在太上老君的神位前焚香跪拜，祈请太上老君的保佑。

旧时的铜匠们将太上老君视为本行业的庇护神。

铜匠学艺也非常不易，要想成为铜匠，至少要当三年学徒。平常除干些粗活杂活之外，还要伺候师傅全家，其辛苦就不必多说了。

随着时代的发展，铝制品、塑料制品、不锈钢制品等，早已替代了铜器的角色。铜匠这个行业，也逐渐退出了昔日辉煌的舞台。如今，那“沁铃、哐啷”的声音，犹如回荡在心灵深处的天籁之音，给人们带来一种莫名的怀恋……

整旧如新弹棉匠

弹棉花，又称“弹棉”“弹花”，是我国民间一个十分古老的行业，至迟在元代就已经出现了。元代农学家王桢在其撰写的《农书》里面，对弹棉花有这样的记载：“木棉弹弓，以竹为之，长可四尺许，上一截颇长而弯，下一截稍短而劲，控以绳弦，用弹棉英，如弹毡毛法，务使结者开，实者虚。”通过这段文字的记载可以看出来，弹棉花工艺在元代时就已经十分成熟了。

旧时，无论在城镇，还是在乡村，都存在着许多弹棉坊

所谓“弹棉”，就是在棉花去籽以后，用弦来弹，一般是将旧棉弹成新棉的样子。棉花之所以要弹，多因旧被褥的棉花胎睡了好几年之后，被压得又薄又硬，逐渐失去了保暖的作用。经过弹棉匠一弹，棉花胎变得又松又软，盖在身上不仅恢复了保暖的作用，同时也令人感到舒服。

过去，每到农闲时节，尤其是在秋后，无论是在城镇的喧哗街市上，还是在乡村的土街陋巷里，时常能够听到“弹棉花，弹棉花喽……”的吆喝声。弹棉匠的扁担，一头挑的是大弹弓和牵线杆，另一头则是碾饼、弹锤之类的工具。

大部分弹棉匠都是携带者工具，走街串巷，到雇主家弹棉

北方弹棉花的弓子，大多采用自然生长的弯曲树木；南方弹棉花的弓子，基本是采用竹片制成的。尽管弓子的用料不同，但弓弦都一样，都是采用牛筋。

人们闻声之后，有需要弹棉花的人家妇女便会走出来，与弹棉匠讨价还价一番。待讲好价钱之后，便将弹棉匠领进屋里。弹棉匠首先要安排做活的场地，一般是选一间带炕或板床的空房，或者临时腾出一间住房来使用。

当然，有的人家室内不够宽敞，弹棉匠就会在院子的空地上，用条凳支上门板，搭个简易“板床”亦可开工。

弹棉匠将一丈多长的大弹弓，下头顶在窗台前，上头吊在房檩上。这样做的目的是为了使弓子更加具有弹力，从而把沉重的弓体带起来。同时，弓子在上下颤动的过程中也能够减轻弹棉匠的臂力。准备工作做好之后，弹棉匠便将需要弹的棉絮平摊在炕上。

在弹棉花的时候，弹棉匠用木锤敲击弓弦。以弓弦的振动拉动棉纤维，以达到棉花纤维重组的目的。当弓弦埋入棉花，声音低沉，没有余音；弓弦浮出棉花，声音高亢，则余音悠长。

在木锤的击打之下，棉弓上的弓弦在激烈地抖动着。土炕上的棉絮一缕缕地被撕扯着，向四处飞溅，像一群陡然飞起的洁白小鸟。棉弓指向哪里，哪里就是一阵喧腾，此起彼伏。就这样一弓弓地弹，就把棉絮弹好了。

最后，由两人将棉絮的两面用纱纵横布成网状，以固定棉絮。将网纱布好之后，再用碾饼（木制圆盘）开始压磨，使之平贴、牢固。裹棉絮所用的网纱，一般都是白色。但用作嫁妆的棉絮，必须

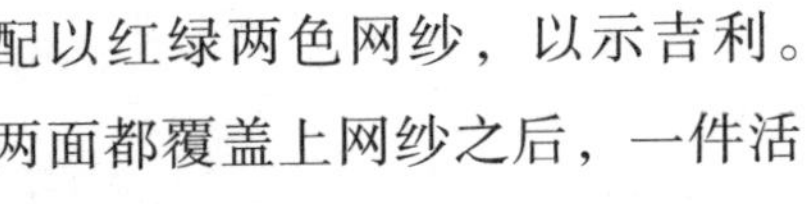

弹棉花的木锤

配以红绿两色网纱，以示吉利。两面都覆盖上网纱之后，一件活儿就算完成了。

弹棉匠大都两人搭档，一般都是师徒、父子、叔侄关系等。因为在旧时，弹棉花这个行当的传承方式，都是师傅带徒弟，或父传子，所以很多弹棉匠的手艺都是祖传。

手工弹棉，不仅是一项技术活，而且还特别考验弹棉匠的体力。由于长时间需要用右手使劲，弹棉匠的右边胸肌和右手腕关节，都明显大于左边。而右手虎口处的老茧，更是隔三差五就要用小刀割一次。

在那些生活艰涩的岁月里，勤劳俭朴的农家妇女们也会自己动手弹棉

弹棉花尽管看似简单，其实做起来很费工，也很费事。弹棉匠的手艺再熟练，一天也只能弹一两条，效率很低。

然而，随着社会的发展，尤其是在20世纪80年代以后，人们用来御寒取暖的材料，除了棉花之外，还出现了鸭绒、羊绒、驼绒、羽绒棉、太空棉等众多新型材料。棉花，在人们的生活中不再像旧时那样占主导地位。尤其是在棉衣制作方面，已经很少有人使用棉花作为保暖材料了。不过，现在还有很多人喜欢盖棉花絮的被子。棉花的继续使用，则意味着弹棉花这个行当不会一下子消失。但是，手工弹棉的工艺早已经被机械化操作所替代，而那些身背木弓，手持木锤的传统意义上的弹棉匠，已经基本上绝迹了。

汗流飘香榨油匠

旧时的街头上经常有挑着油篓的卖油郎在沿街叫卖

榨油匠，就是过去我国民间以黄豆、花生、芝麻、棉籽、油菜籽等为原料进行榨油的工匠。在我国民间的众多行当中，榨油匠是一个比较特殊的行业。虽然不用受风吹日晒的折腾，但榨油匠不仅需要技术，更需要有强健的体魄，非一般人所能从事的。

在榨油技术没有出现以前，古人做饭炒菜都是以动物的油脂作为烹饪的原料。如古代典籍《诗经》与《礼记》中所提到的“膏”，就是指动物的油脂。

榨油技术，大约产生于汉代。最早用来榨油的原料是“胡麻”，即现代所说的芝麻。据《汉书》记载，芝麻乃张骞从西域带回来的种子，所以芝麻初名“胡麻”。汉代时，芝麻已经开始大量种植。但是榨油技术如何发明的，早期又是如何操作的，并无史料记载。

到了北魏时期，在贾思勰撰写的《齐民要术》里面，较为详细地记载了压榨菜籽油的方法：“取诸麻菜子入釜，文火慢炒，透出香气，然后碾碎受蒸……”当时采用的是杠杆式榨油方法，即在石头制作的油盘上，摞起油饼，上面压一木杠子，一头固定，另一头压石头，也称“千斤坠压榨法”。

北魏农学家贾思勰在《齐民要术》里面详细记述了当时的榨油方法

到了北宋时期，大型楔式榨油机出现了。它在当时是十分先进的，正是它的出现，才促使了真正的专业榨油作坊的产生。

到了明代，植物提取的素油品种日益增多。据明代科学家宋应星《天工开物》记载："凡油供馔食者，胡麻、莱菔子、黄豆、菘菜为上；苏麻、芸台子次之；茶子次之，苋菜次之；大麻仁为下。"

此外，在《天工开物》里面，还详细记载了油料作物的出油率，如胡麻每石得油40斤，莱菔子每石得油27斤，芸台子每石得油30斤，菘菜、苋菜子每石得油30斤，茶子得油15斤等。但在《天工开物》以及前代的史料中，都没有提到花生油。花生油大概是诞生最晚的植物油。直到清朝乾隆年间刊印的《滇海虞衡志》一书里面，才首次提及花生油。

油匠从业的作坊，称为油坊。过去的油坊大致分为两种，一种规模较大，常年营业；另一种则是季节性的，多是在秋后营业，规模也比较小。

选在秋后营业，主要有两个原因：一是秋后油料作物充足，再一个是在入冬之后，油料作物的出油率高。

油坊无论大小，其设施基本差不多，双灶台、一副石碾子、一根硕大的榨油木、一个悬空的油锤等。所用的木材，多为檀木、夜合、皂角等坚硬而有弹性

传统手工榨油之碾粉工序

的老树。

榨油匠在油坊里做活，一般长年赤着脚，穿条短管单裤，夏天打赤膊，冬天穿短袖袄，头包布金，显得十分精悍。土法压榨工序复杂，工艺要求高，分别要经过翻炒、碾粉、蒸粉、做饼、入榨、出榨6道工序。

传统手工榨油之蒸粉工序

油匠们在油坊里做活也是各司其职，流水作业。以压榨菜籽油为例，他们在榨油时，先要把菜籽过筛，清除杂物、细末，然后倒进灶台的大锅中炒干。炒的时候，要用木铲不停地翻动，特别是要控制好火候，不时地抓起一把，仔细看一看、尝一尝，要香而不焦，才能保证油的香和纯度。接着，将炒干的油菜籽倒入碾槽中碾碎。碾子一般由牛来做动力，碾一次约需要半个时辰。

然后，将碾碎的菜籽粉末在甑中蒸熟后，迅速端起倒入铁箍中，用稻草包起来，光着脚丫在上面来回踩。一番忙碌之后，一块块大饼似的“麸饼”便踩结实了，摞在一起，装入旁边的一个直径1米，长约4米，中间被挖空的樟木或檀木“油榨”里面。也只有用此类木材制作的油榨，才能经受住油锤力若千钧的无数次撞击。

数百斤重的油锤，被从结实的房梁上垂下来的两根粗大的铁链拴牢，平衡悬空，挥动自如。它宛如一根硕大的保龄球棒，粗的一端箍着一道铁圈，防止撞击或是迸裂。

油匠们将油亮的木楔插入油榨之后，然后挥动悬挂在房梁上的巨锤撞击木楔。“砰——砰——”，一声声沉闷的撞击声令整个油坊都在跟随着颤抖。

随着一次次撞击，木楔逐渐深入，油饼越挤越紧，菜油便顺着榨槽流到下面的油盆里。开始像滚落的珠子，接着如下坠的细线，

早期,身体健硕的榨油匠们都是木榨进行榨油

继而似涓涓细流。

流出的油，使打油匠兴奋异常。他们用尽全身力气，将巨锤更加猛烈地撞击木楔，节奏越来越快。“嘿哟、嘿哟”的号子声也越来越洪亮。

操作油锤看似简单，但没有经过专门训练的人，要把油锤撞到木楔上面是相当困难的。榨油匠熟能生巧，一会儿扭动身子打翻锤，一会儿前后交替打花锤，一会儿随心所欲打甩锤……无论采用何种技法，都能将巨锤狠狠地击中目标。

旧时，开油坊也有很多禁忌。譬如坊址不能设在村落中间，怕油锤撞击时，惊天动地的轰响，震断了村中的风水龙脉；开榨期间，油坊内的所有事务均有男人打理，惟恐女性冲撞了油神；油匠在油坊里作业，最忌讳说“把式”这个词，因为“把式”与“把屎”谐音，“一把屎”是说明饼没有做好，榨出来的不是油，而是干稀都有的油渣……

榨油匠们在使用手动铁质榨油机榨油

榨油匠这个行业也有很多隐语切口，比如将芝麻称为“尖口”，菜籽称为“未老”，黄豆称为“笼口”，麻油称为“滑老”，菜油称为“清老”，豆油称为“浑老”，熬油灶称为“老虎”，黄牛称为“摆老”，驴称为“条鬼子”，石磨称为“大轮子”，油榨称为“逼照”，豆饼称为“薄板”，油勺称为“兜子”，油篓称为“笼子”，油缸称为“大口”等等，这里不再一一进行叙述了。

在20世纪80年代以前，手工榨油的工艺，仍在我国民间许多农村地区延续着，不过木质榨油机已经逐渐被铁质榨油机所替代。

改革开放以后，出现了电动榨油机，榨油效率大大地提高。从此，手动铁质榨油机也退出了历史的舞台，那铿锵的油锤撞击声与油匠响亮的号子声，在人们的记忆里越来越模糊了……

抟泥烧器制陶匠

龙山文化时期（距今4000~4600年）的陶鬶，古人用来蒸煮食物

旧时，人们的生活条件还比较落后，居家过日子大都离不开土陶器。比如陶盆、陶罐、陶缸、陶甑等等，甚至连便溺的器具也使用陶质的。如果古人的生活离开了陶器，恐怕就会像现代人在生活中缺少了通讯工具一样不便利。

陶质器具，虽然说没有现在的铝、不锈钢、塑料等材质的器具结实耐用，但因其价格便宜，备受老百姓的欢迎。这也是土陶器能够在我国民间盛行数千年的一个主要原因。

既然市场需求量大，自然催生出很多以制陶为业的工匠。在过去，这是一个比较红火的行业，而且遍及全国各地。当然，“制陶匠”这个名字，大多为今人或书面语所用。现实中，人们一般称此行业的工匠为“陶工”或“窑匠”，再通俗一点就是“烧窑的”。

陶器是古人生活中不可或缺的物品，因此售卖陶器的商贩很多

在过去，窑匠的涵盖范围比较大，除了制陶的工匠之外，烧瓷的、烧炭的、烧砖瓦的，都统称为“窑匠”。

烧制陶器，是一个又脏又累的行当。由于每天跟泥巴打交道，风吹日晒，炭火烘烤，自然衣着脏旧，肤色黧黑，这成为陶工们一个最明显的标志。故而，我国民间各地均有这样一句俚语，在指责一个人衣着脏乱、不修边幅的时候会说：“看，你跟个烧窑的似的。”

尽管这个行业又脏又累，但在过去还算是一个比较吃香的行业，它毕竟可以养家糊口。而且从事这个行业的，也必须具有一定的技术含量，不是随随便便一个人就能烧出陶器来的。

古人制陶之制泥工艺

一件生活用陶器，看似普普通通。其实，烧制一件陶器要经过非常复杂的工艺流程，仅主要程序就有制泥、拉坯、晾坯、装窑、烧窑、出窑等。每一个程序，都有一定的技术与经验。先说到泥，仅这一项就必须经过选、晒、拣、压、和、踩、翻、捂、揉等十余道工序，方能成为可用的熟泥。

拉坯，更是一道对技术要求相当娴熟和精细的工序。所谓“拉坯”，就是工匠们将和好的熟泥，放在旋转的轮盘上，用手和刮板，把坯拉成所需要的陶盆之类的圆形。拉坯全靠手法熟练，凭借一双灵巧的双手，可拉出各种形状的坯。拉坯时，需要动作快慢、松紧适宜，要做到眼准、手稳，两臂不能摇摆，且用力必须均匀。若用力过紧，则容易导致泥料颗粒分布不均，收缩不匀，烧制后会发生变形。

坯子的主要结构成型之后，工匠们还要根据所制作的陶器用途，在其相应的位置上捏按上钮。然后，经过晾干之后，才可以将坯子装入窑内点火。为了节省窑内空间，在烧制的时候，总是大件套小件。如盆分为大盆、二盆、三盆、四盆，最小的称碗盆，套在一起烧制。因此，民间才会有这样一句歇后语：“窑里的盆，一套一套的。”

古人制陶之拉坯工艺

烧窑的火候也非常关键，大窑需要连烧三天三夜才能成为熟器。“满窑昼夜火冲天，火眼金睛看碧烟；生熟总将时候审，此中丹诀要素传。”从该诗中可以看出烧窑技术的关键作用。火候不到，烧出的陶器经不住水泡，且易碎；烧得过久，窑里的陶器容易烧裂，影响产量。只有在火候恰到好处时才行，不仅开裂得少，而且用手指一弹“当当”作响。这样的陶器才坚固耐用，且不怕水浸泡。这对于掌窑的大师傅来说，必须具有丰富的经验。

旧时，做陶匠这一行也十分迷信。他们相信，只有在窑神的庇护之下，窑业才能兴隆。窑神是何人物，说法不一。有的地方信奉舜帝，有的地方信奉太上老君，但更多的是祭祀宁封子。每年农历二月十五日，陶工们都要祭祀窑神。是日，摆酒上供，祈求神灵保佑。除了公祭之外，各家的窑场在开窑时，也要祭拜窑神，仪式同样隆重。在古代，科学技术尚不发达，陶工们将烧窑的成功与否，寄托于神灵的护佑，也就不足为怪了。其实，这是古代劳动人民的一种淳朴与美好心愿的表达。

制陶匠这个行业，一般都是祖传，不带外徒。当然，这是针对拉坯、烧窑火候的掌握等精细工序来讲，一般不外传。但烧窑毕竟是苦力活，离不了帮手。一些大的窑场，数百人手也很常见。因此，徒弟还是要收的。只不过在传授技艺方面，在主要的工序上有所保留罢了。

旧时的制陶匠们在开窑之前，都要祭拜窑神，以祈求神灵护佑

出窑，对于窑匠们来说是一件又劳累又兴奋的事情

外面的人入行，处境大都挺艰难的。他们所干的都是苦力活，而且大多时候都是光着脚干活，不怕累、不怕脏、不怕烫，必须练就一双“铁脚”才能坚持下来。即便是出苦力，未经师傅同意，也严禁偷师学艺。否则，一经发现，轻则受罚，重则开除出行。

学徒的期限至少3年。在这3年里，学徒免费食宿，但没有工资。当然，也有一些为人师者心地较为善良，对徒弟比较关照，或允许早一点出徒，或适时地给一点点报酬，但这毕竟是少数。

也有些学徒，甚至沦为“家奴”的处境，他们只能做一个工序的活，如烧灶的就不得转作制坯；工伤或年迈不能干原来的活，就要停手停口等。他们每天往往要干十四五个小时的活，而且还经常吃不饱。因此，陶工在学徒期间致病致残的事件，也时有发生。正是因为这个原因，我国民间曾流传过这样一句俚语：“陶工苦，学徒更比黄连苦。”

解放初期，我国民间的制陶行业仍比较红火。然而，从20世纪70年代末起，随着铝制品、塑料制品以及不锈钢制品的普及，陶器逐渐从人们的生活中销声匿迹了。制陶业也逐渐在人们的记忆里变得模糊了。当然，仍有少数人因为个人喜好，在生活中还会选择性地使用部分陶质器皿，但也比

今天，陶器已基本退出了生活的舞台。制陶匠们多从事工艺品的创作，这是广东石湾陶匠的作品

较少见了。

不过，作为工艺品之陶，仍在我国民间制陶的舞台上坚守着。那些通过制陶来寄托自己美好情感的手艺人，可以称得上是名副其实的“陶匠”了！

毫厘必究钉秤匠

在商品交易的漫长历史中，杆秤是保证公平交易必不可少的工具

自古至今，秤都是商品交易中必不可少的工具。如果缺了秤，恐怕大多数交易会变得混乱、无序，甚至闹出许许多多无谓的纠纷。

秤，是公平与诚信的象征，更像是一条无形的“法规”。现在所见的秤，大多是电子秤。但是，只要细心留意一下，就会发现，仍有许多商贩在使用杆秤。杆秤虽然没有电子秤称重和计价快捷，但它的优点是便于携带，所以至今仍在使用。

当然，现在所用的杆秤，也基本上都是公斤秤，这与古代的杆秤也是有很大区别的。旧时，杆秤的需求量非常大，这样便出现了以专门制作和维修杆秤为业的工匠，即“钉秤匠”。

钉秤匠，是一个极为古老的行业。它的出现，是随着杆秤的诞生与广泛使用而发展起来的。关于杆秤的起源，在我国民间曾流传着这样一种说法：相传，在春秋末期，大商人陶朱公，受打水的横杆启发，发明了杆秤。他以北斗七星，南斗六星和福禄寿三星，共计16颗星星为记号，在秤杆上刻下16颗星花。每个刻度代表一两，每一两都用一颗星来表示，俗称“柴秤星”。另外，第一颗星又叫做“定盘星”，其位置是在秤砣与秤钩成平衡时秤砣的悬点。确定好

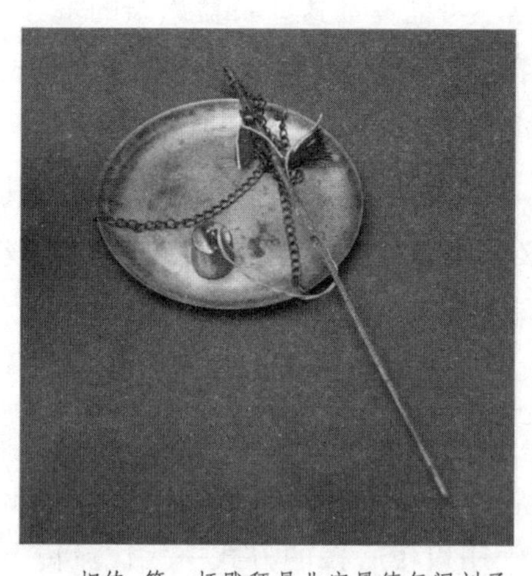

相传，第一杆戥秤是北宋景德年间刘承硅发明的

“定盘星”之后，就是一把好秤了。如果商人给顾客称量货物少给一两，则缺“福”；少给二两，则表示既缺“福”还缺“禄”；少给三两，则表示“福”“禄”“寿”俱缺。

秤星的颜色，必须为白色或是黄色，不可用黑色，表示用秤做生意的人，心地要善良，不要昧良心，不要做黑心的生意人。

陶朱公发明秤，应该是后人的一种附会。陶朱公，即春秋末期的大富贾范蠡，曾在越国任大夫。因为精于理财，又肯散财，所以被后世奉为“财神”。这样一位善于经商的大名人，后人把经商必备的工具秤附会成由其发明的，也是情理之中的事情。

其实，木杆秤是在东汉初年才出现的。而第一杆称重更加精细的戥秤，则是在北宋景德年间，由主管皇家贡品库藏的官员刘承硅发明的。

秤务放开之后，官府会定期对民间用秤进行校验，以保证称重的准确

秤乃国家计量器具，非同儿戏。因此，最早的钉秤匠是由官府统一指派的，私自制作杆秤属于违法行为。后来，随着社会经济的发展，杆秤的需求量也越来越多。仅仅由官府指派的那些工匠来制作，显然无法满足社会的需求。另外，还有数量众多的年久杆秤需

要修护。仅凭已有的工匠，显然不可能完成这些日益繁杂的事务。于是，官府渐渐地放开了对钉秤匠这个行业的管理，使其慢慢地成为民间的一个行业。

虽然说钉秤匠成为了民间三百六十行的一个老行当，但它与其他行业多少有点不同。钉秤匠必须具有高度的责任心，容不得一丝马虎。稍有不慎，秤就会出现偏差。如果钉秤匠由于自己的疏忽，而导致制作出来的秤短斤少两，从而使买卖双方发生纠纷，那么这名工匠就会因此臭了名声，甚至因此而被迫离开这个行业。

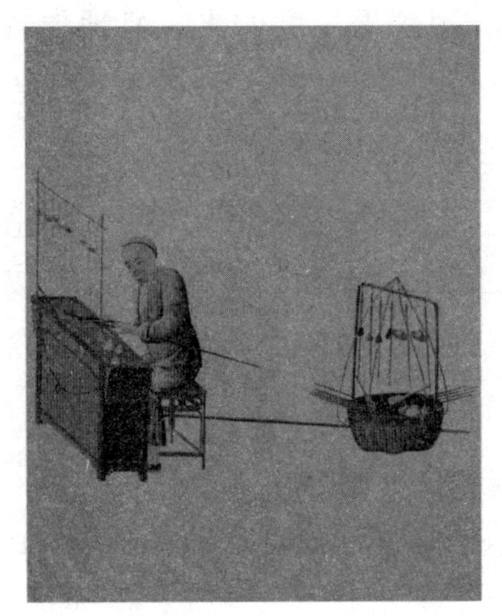

因为杆秤的使用量巨大，所以民间出现了众多以制作和维修杆秤为业的工匠

钉秤匠的手艺为家传式，采用口传心授的方式一代代流传下来。杆秤总体分为秤砣和秤杆两部分，秤杆又有秤钩、秤盘、秤刀、秤系、秤星、秤箍等部件组成。秤砣为生铁铸成。杆秤看似结构非常简单，其实制作工序极为复杂。据说传统古式杆秤的制作，有150道工序。

钉秤匠所用的工具，有推刨、锯、割丝刀、步弓、大钻、小钻等。钉秤匠制作杆秤，首先要选择上好的木料，秤杆一般使用紫檀、苏木或梨木等，利用其他木料也要染成紫红色。选好木料后，按照所需尺寸下料，然后用推刨把木料刨成一头粗一头细的圆柱形秤杆。在秤杆的粗头钻上安装秤钩、秤系的孔，两端包铜箍，再装上秤刀、秤钩、秤盘，就可以确定定盘星的位置了。校秤时，把一斤、二斤等重量不同的砝码依次放在秤盘里，另一端通过移动秤砣，找出其在相应的位置做上记号。这道记号，就叫“定盘星”，其余便按此推断重量。然后以步弓分别将其分为16等份（因旧时16两为一斤），便可钻眼安星了。

一杆秤上有多少星，便需要有多少眼。一根承受30市斤的秤要钻近300个眼。这道程序，需要极大的耐心，稍不注意就会钻透木杆

戥秤的要求更加精密，故而在钉秤匠中出现了部分专修戥秤的工匠

而报废。然后，再将铜、铝、锡或银丝嵌割到每个钻眼里面。最后用磨石及砂纸磨平磨光，使秤星闪闪发光。

杆秤的最后一道程序是上色，需要青灰色秤杆的，用五倍子、明矾捏碎沾水后涂抹；喜欢红褐色的，用泡过的红茶渣、石灰搓揉抛光……秤的颜色，完全凭客户的喜好来决定。最后再在秤杆上涂上蜡油。至此，一杆木杆秤才算真正做好了。

钉秤这个行业，非常考验一个人眼力与耐力，因为用眼过度，很多钉秤匠尚未年老，便双目凹陷，而且背驮严重。通过这些，也足以看出一门职业的不易。

而今，使用杆秤的人已经越来越少。而随着电子计量产品的进一步普及，杆秤终将会退出历史的舞台。那么，早已式微的钉秤匠这个行业，也只能变成一种岁月的记忆了。

第三辑：手工绝艺篇

铜锣声响吹糖人

糖人，深受孩子们的喜爱。吹糖人的不论走到哪里，总能吸引来众多的孩子

吹糖人，是我国民间一个古老的行业。据说在宋代时就已经有了这个行业，时称“戏剧糖果”。关于这一行业的起源，在我国民间流传着这样一个故事：

相传，朱元璋为了使朱家的天下能够永继下去，就建造了一处“功臣阁”火烧功臣。刘伯温侥幸逃脱，被一个挑糖担儿的老人救下。

从此，刘伯温隐姓埋名，跟老人学会了这门手艺，天天挑着糖担儿换破烂。在卖糖的过程中，刘伯温创造性地把糖加热变软后，制成各种糖人儿，有小鸡、小狗什么的，煞是可爱，小孩们争先购买。在卖糖人期间，许多人向刘伯温请教学吹糖人儿，刘伯温一一教会了他们。于是，这门手艺一传十、十传百，后来传遍天下。

旧时，做这种生计的人大都是挑着担子走街串巷的，集市、庙会更是少不了他们的身影。担子的一头是一个带架子的长方柜，柜下方是一个半圆形开口木圆笼，里面有一小炭炉，炉上有一个用来盛糖稀的铁锅或铜锅。木架分为两层，每层均有数个小插孔，上面插着各式糖人，奇形怪状，从它们那很明亮的薄膜糖皮看去，就知道里面完全是空气。

吹糖人艺人吹塑的“耗子骑猪”糖人，显得滑稽而可爱

木架边挂着装有小苇秆的布袋，架下有两个抽屉，放着各种形状的木模子与滑石粉。担子的另一头，亦为一木柜，里面存放着未溶化的麦芽糖和苇秆等。

吹糖人这一行，做得是孩子们的生意。一年当中，尤以正月和一些庙会期间生意最为红火。因为在正月里，孩子们大都能从大人们那儿获得一点压岁钱；再加上在正月期间，大人们都图个吉利，面对孩子们的纠缠，一般都不会拒绝。

而在一天当中，也多半上午的生意要好一点。因为各家住户的孩子们都已吃过了早饭，拿着几个零钱出门玩耍，遇到这吹糖人的“大掌柜”，便你拥我挤地围上去看光景，吹糖人的艺人便不愁没有买卖做。

如果一时不见小财神们前来照顾生意，他们就会用力敲打起铜锣来。敲锣的方法也有一定讲究，多是乍敲的时候用力极轻，继而一点点发力，铜锣的声音逐渐震耳。一个回合，便有节奏地敲打数十下，反复敲打，直到把那些“小馋虫”勾引过来为止。

然后，吹糖人的艺人便放下担子，并把后面的挑子移过来当凳子坐。之后，再把前挑的扁方箱向前推一点，以便伸手从锅里取糖稀。吹糖人的糖稀是以麦芽和黏米熬成糖稀状，然后染成红、绿、金黄等色。吹糖人的糖稀必须加温，冷的糖稀硬邦邦的无法吹。

现代民间糖塑艺人以糖稀制作的蝎子

吹糖人的手艺人，通常以铜锣来招揽顾客。木箱架子上插的糖人，以“猴拉稀”最受孩子们的欢迎

吹糖人的艺人也真有一套，只见他用小铲取一点热糖稀，放在沾满滑石粉的手上揉搓一阵，然后用嘴衔一段，待吹起泡后，迅速放在涂有滑石粉的木模内，用力一吹，稍过一会儿，打开木模，所要的糖人就吹好了。再用苇秆一头沾点糖稀贴在进气口上，一个糖人就大功告成了。“糖人”有各种形状，如金鱼、小鸡、老虎、小鸟、老鼠偷油、葫芦、苹果、西瓜、灯笼、大肚弥勒等等。

最令人哭笑不得的作品是“猴拉稀”，吹出一空腔的猴子，内灌糖稀，使之从屁股下边流出，流入一小“马桶”中。名称虽然不雅，但颇讨孩子们的欢心，争相购买。

糖人不仅好玩，而且甘甜好吃。手里有零钱的孩子自然会毫不犹豫地购买，而那些没钱的孩子或跑回家里缠着大人买，或羡慕地盯着那些糖人，久久不肯离开。

在过去，很多手艺人是既吹糖人，又画糖人。与吹糖人相比，画糖人要简单一些。但也需要掌握一定的技巧。说是简单，只是相对而言。如果没有经过长时间的实践，也很难制作出漂亮的糖画。

民间糖画艺人以糖稀画的龙

画糖人的过程，是待糖稀溶化之后，吹糖人的艺人手持一把精致的小铜勺，舀上少许糖稀，在大理石画板上作画。先是微微倾斜手中的小铜勺，让里面的糖稀缓缓地流出，紧接着手往上一

提，就成了一条糖线；随着手腕上下左右翻转，一个个或人物或动物或花卉就出现在大理石板上。制作糖画是没底稿的，画稿全在艺人的脑子里。制作糖画必须胸有成竹，要趁热一气呵成。其手法的敏捷，作画速度之快，着实令人叹服。如画龙，那龙画出来之后，如真的一般，腾空而起，张牙舞爪，大显神威。

民间糖画艺人在用糖稀作画

常说“画龙点睛”，糖画龙同样最后点睛。先飞速画出龙头、龙身、龙尾，最后以纯熟的技巧在双眼的部位流注两个不大不小的糖点，再用一端有个小圆洞的竹签在糖点中央一压，那龙立即暴睁环眼，神气活现了。

至于画个蝴蝶、小虫、小鸟、小猪啥的，更是得心应手，眨眼间就可以完成。画完一副糖画，便在画上流注两个糖点，将竹签平黏在糖点上，冷却后将竹签一提，整幅糖画便被提了起来。

民间糖画艺人制作的立体糖画“猴骑三轮车”

画糖画的除了画平面画之外，一些手艺高超的艺人还制作花篮、灯笼、轿子等立体工艺作品。方法是先用糖稀在大理石板上制成糖板，再将几块糖板拼合，用糖汁黏牢。

关于糖画的来历，在我国民间还有一个非常有趣的民间

糖画这一绝技，相传是由唐代大诗人陈子昂首创的

故事：

相传，唐代大诗人陈子昂在家乡时，很喜欢吃黄糖（蔗糖），不过他的吃法却与众不同。生性浪漫的大诗人，首先将糖溶化，然后在清洁光滑的桌面上浇注成各种小动物和花卉图案。待其凝固之后，拿在手上，一面赏玩一面食用，自觉雅趣脱俗。

后来，陈子昂到京城长安游学求官，因初到京师人地两生，只做了一个小吏。闲暇无事时，便用家乡带去的黄糖如法炮制，以度闲暇。一天，陈子昂正在赏玩自己的“作品”，谁知宫中太监带着小太子路过。小太子看见陈子昂手中的小玩意，便吵着要。太监问明这些小玩意是用糖做的时，便要了几个给了太子，欢欢喜喜回宫去了。

可是，小太子很快就将这些糖做的小玩意吃掉了，便哭闹着要。这事情惊动了皇帝，太监只好如实禀报。皇帝也感到很新奇，立即下诏宣陈子昂进宫表演。

陈子昂将溶化的糖稀倒在大理石板上，很快就制作出了小狗、小猫、小鸡等糖画。一下子见到这么多既好玩又好吃的糖画，小太子破涕为笑。皇帝也为陈子昂娴熟的糖画技艺而啧叹不已。由此，陈子昂得到了升迁，官至右拾遗。

后来，陈子昂告老还乡，为了纪念皇上的恩遇，同时也因闲居无聊，便收了几个徒弟传授此技。这些徒弟又传徒弟，并将它传向四方。有的干脆以此为业，走街串巷现做现卖。

民间糖画艺人以糖稀画的鲤鱼

糖画生意虽小，但因

曾得到过皇帝的赏识，所以生意十分兴隆，学的人越来越多，并代代相传，流传至今。当然，这只是民间附会的一个传说罢了。对于糖画的真正起源，还不足以为据。

据考证，糖画是起源于明代的“糖丞相”。清代小说家褚人获撰写的《坚瓠补集》里记载，明代习俗，每到新年祀神时，经常以糖稀印铸成各种动物及人物作为祀品。其中，所铸的人物通常是“袍笏轩昂”，俨然文臣武将，故时称为“糖丞相”。

天津“泥人张”捏塑的吹糖人艺人，形象非常生动

每一位吹糖人的艺人，都希望自己生意能够红火。因此，他们除了在“吹”与“塑”的技巧上狠下功夫之外，在促销上也想尽办法。“转彩”，便是旧时吹糖人小贩经常采用的一种办法。所谓“转彩”，就是卖糖人的小贩设置一个转盘，上面画着各种形状的图案：有制作工艺简单的“公鸡”“桃子”等，还有工艺复杂的“板龙”“花篮”等，当然最多的还是糖块。

孩子们付了钱之后，用手拨动横竹条，竹条随之转动。等它停下来时，时针停在哪个格子上，便得哪个格子里的彩，不是糖画就是糖块。不过，以得糖块的机会最多，因为糖块格宽大，糖画格窄小。偶尔也有运气好的，花很少几个钱，转得大个的“板龙”“花篮”等糖画。

这种促销方法，具有赌博的色彩。吹糖人的小贩，正是抓住了孩子们求奇求好的心理，既增加了生意的娱乐性，又提高了销售数量。

走街串巷吹糖人的，为了让生意好做，糖人可以不必用钱来买，而是用牙膏皮来换。两个牙膏皮，便可以换一个孙猴或是其他的小糖人。这一招，颇受儿童们欢迎，常常有小孩子把家里还没用完的

旧时街头的转糖担，每时每刻都会勾引起孩子们单纯的欲望

牙膏挤出来，用牙膏皮去换糖人吃，即便挨一顿打也觉得甜滋滋的。

解放之后，随着人们生活水平的提高，以及卫生意识的增强，吹糖人这一行业逐渐没落了。从事这一行当的手艺人也越来越少，甚至濒临绝迹。

时至今日，吹糖人这项民间绝技，尤其是糖画艺术，又得到越来越多人的认可和关注。艺人们的地位也日益提高。无论在庙会上，还是在其他一些民俗活动中，仍能够目睹到它们的奇特风采。

而今，在年节或庙会期间，偶尔还能见到吹糖人的艺人

现在，人们购买糖人与糖画，大都是因为好奇与喜欢，很少是为了食用。糖画在不添加各类颜料，并在保证卫生质量的情况下，是可以放心食用的。

那些既美丽好玩，又甜美可食的糖人儿，一定会给人们带来更多的欢乐。同时，这一古老的行业，也会健康地传承下去。

祈福迎祥印年画

旧时的年画作坊，在晾晒刚刚印制的年画

年画，顾名思义就是过年时张贴的画。春节，是中国民间最为隆重的一个节日，拥有各种各样的节日习俗。而在过去，无论是南方还是北方，民间都流行着张贴年画的习俗。年画，就像现在的“春节晚会”一样，是年节里一道必不可缺的风景，沿袭了千百年。而那些张贴在墙壁上的丰富多彩的年画，不就是一台静止的、最为淳朴的“春晚”吗？

年画，曾拥有广阔的市场。全国各地有不计其数的以印刷和出售年画为业的手艺人和商贩。印年画这一行当，在中国民间曾经兴盛了很长一段时间。

在我国历史上，民间对年画有过多种称谓。宋代时称年画为“纸画”；明朝时称为“画贴”；清代时南方称为“画张”，北方则称为“卫画”。

清朝道光二十九年（1849年），天津宝坻文人李光庭在其所著的《乡言解颐》中写道：“扫舍之后，便贴年画，稚子之戏耳。”这是迄今所知，关于“年画”这一称谓最早的记载。

清朝光绪末年，天津杨柳青齐健隆画店刻印了一种宣传新思想的年画，如《女子爱国》《劝办学堂》等，在画面上刻有“改良年画”等字样。从此，“年画”这一名称才统一起来。

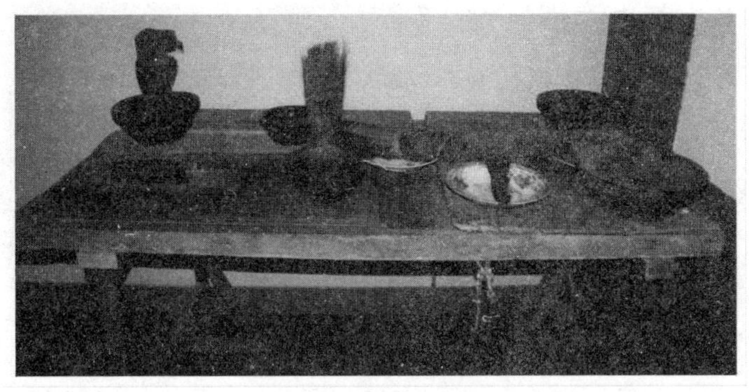

印制年画的案子与工具

年画的起源，可以追溯到人类远古时期的自然崇拜和神灵信仰观念。我国早期的年画都与驱凶避邪、祈福迎祥这两个主题有着密切的联系。在人们祈祷丰收、祭祀祖宗、驱妖除怪等年节风俗习俗化的过程中，逐渐出现了与之相适应的年节装饰艺术。

年画的前身，则是古代的“门神画”。所谓“门神画”，就是贴在宅院的门上，用来镇宅避邪的门神。

关于门神的起源，在我国民间一直流传着这样一种说法：相传，神荼、郁垒是东北鬼门的护守，经常在度朔山章桃树下检阅百鬼。对那些肆意害人的恶鬼，便用苇索把它们捆绑起来，交给老虎吃掉。

因此，人们在年节时，便将这二位神灵的形象或雕刻或绘制到木板上，在除夕之日悬挂在门旁，并画老虎于门上，以御恶鬼。

到了北宋时期，繁荣的商业和手工业，以及丰富多彩的庆贺新年的民俗活动，为年画的发展提供了良好的社会条件。

中国民间最早的门神画形象神荼和郁垒

这一时期，也是中国雕版印刷事业最为发达的一个时期。手工技艺的进步、大众文化的繁荣和社会事业的需要，使雕版印刷书籍在质量与数量上都达到了一个新的高度。

宋代时，民间印制年画行业已经十分红火

此时，专营雕版印刷佛像的纸马铺，也在汴京（今开封）出现了。纸马铺的出现，标志着雕版印刷版画范围的扩大。

宋代文人孟元老在其《东京梦华录》中写道：“近岁节，市井皆印卖门神、钟馗、桃符，及财马、钝驴、回头鹿马、天行帖子。”通过这段简短的文字记载，可以看出当时的年画种类已经比较丰富了。

南宋时期的木版年画更加丰富。南宋文人吴自牧《梦粱录》对当时的年画作了详细的叙述：“岁旦在迩，画门神桃符、迎春牌儿，纸马铺印钟馗、财马、回头马等馈于主顾……”文中提到的各种形式的年画，均是在作坊中大量复制的。

当时，在京师聚集着一大批善作年画题材的画家，如杨威、陈坦等。年画的题材也大为扩展，如戏曲、风俗、美女、娃娃等年画题材开始出现。

清代，是我国民间年画业发展的鼎盛时期。年画产地已经遍布全国各地，如天津杨柳青、潍坊杨家埠、苏州桃花坞、广东佛山、福建泉州、四川绵竹、河南朱仙镇、河北武强等地，都是非常著名的产地。

山东潍坊杨家埠年画作坊故址

此外，年画在行销和印数上都有不小的提升，如山东潍坊杨家埠在兴盛时期年印数达七千多万份，天津杨柳青仅“戴廉增”一家每年就产销100多万份。在当时，对丰富人民的精神生活，起到了很大的作用。不仅销售的数量大，而且销售面也非常广，比如天津杨柳青、苏州桃花坞等地的年画，曾远销到东南亚、西欧等地。

印刷年画时，首先要将年画纸和木版分别固定在印刷床子（案子）上。印刷床子中间有一个大夹子用来固定画纸，大夹子和案子中间留有约五寸宽的间隙，以便印好的年画从中间放下吊在下面。

然后，用棕刷在木版上刷上颜料，将画纸盖在木版上，而后用“擿子”擦压。擿子是木版手工印刷中所特有的工具，由棕丝包裹棉布制成，上有木把，用来印画压纸、抚纸。经过擿子擦压，白纸即着色成画。印完一张后，随即垂于案子之下，再印另一张，以次类推。

但在一幅年画中，一种颜色只对应一种类型的木版，第一遍印的是黑白线条的底稿，然后再一遍一遍地套上颜色。一版一色，一般要套印五六次才能把一幅年画印好。

民间年画作坊用来印制年画的印版

在套印颜色时，要注意先印浅色后印深色，颜色要求印得薄而均匀。一般来说，每印完一色后，可以将其撑到画架子上阴晾到八成干，取下压平再印第二色。过干，则会导致套色不均匀或套不上去。

旧时，民间印刷年画所用的颜料，大都是采用土法制作的植物颜料，以及部分矿物颜料。例如槐黄，即用5斤槐米加入8斤水，在铜锅里熬制而成，然后加入少许碱、矾、胶等即可使用。

后来，随着各种各样化工颜料的出现，年画艺人们在印刷年画的时候也开始选用化工颜料。这样不仅节省了成本，而且也提高了年画的印刷质量。

传统年画产地所生产的年画有“春版”和“秋版”之分：春版，即春天生产的年画，因春季无需赶活，加工时可以精心一点，而且春天上色干得较快，画面颜色显得鲜艳明快；秋版，为秋天生产的年画，因为赶年关的销售高峰，多追求数量，印刷则比较粗糙一点。

清代民间年画作坊的艺人们正在忙着雕刻年画的印版

旧时，印制年画的手艺人大都是一些普通的农民。平时，他们忙碌于田间地头，以务农为业。每年在秋收之后和春耕之前这段时间里，便受雇于画店从事年画印制。

年画生意，有时节的限制。每年春节前的两个来月时间，是生意最红火的时段。

河南朱仙镇年画“和合二仙”

每年冬至前后，那些年画产地的年画作坊，家家灯火通明，通宵达旦印制年画。各路年画商贩则云集而来，有的产地甚至多达数千人。

年画交易现场，熙熙攘攘，讨价还价之声不绝于耳。售卖年画的艺人们为了避免赊账，潍坊一带的年画艺人们还编创一首流行小曲，听起来十分有趣：“一进门来苏东坡，坐在韩信问萧何；不是本号不赊账，如今要账太啰嗦；赊账如同三结义，要账就像请诸葛。”

那些大大小小的年画作坊，一直忙碌到腊月初，货色交齐，商旅车马才络绎散去……

今天，随着人们生活方式的改变，年画早已退出了居家装饰的舞台。而印年画这个行业，距离人们的记忆也越来越遥远了，甚至被很多人给遗忘了。它只是作为一门传统民间艺术，在有限的范围内延续着。

古老的年画虽然早已经退出了生活的舞台，但在现代人的眼里仍然充满新奇

然而，这个行业在昔日所创造过的辉煌，却是其他民间行业所无可比拟的。时至今日，在世界上没有任何一个画种的印刷数量，能够达到年画的印刷数量。年画，曾经是名副其实的世界上读者最多的画种。

一双巧手捏面人

民间巧手妇女制作的“凤凰”花馍

捏面人，在旧时称为“捏粉人”“捏粉团”等。因捏面人所用的面粉是江米面，所以北方一些地区也将捏面人的艺人称为“捏江米人的”。现在的名称则比较文雅，谓之“面塑”。

捏面人这个行当具体起源于哪个朝代，已经无法考证。不过，在《论语》《礼记》等古代典籍中，均有对时人驱疫除病的祭祀场面的记载：祭拜者头顶着面制的鬼怪头具，一边舞蹈，一边祈祷神灵。另据唐代封演《封氏闻见记》一书记载，在唐玄宗驾崩的时候，送葬者不计其数。在众多祭品当中，便有用面捏制的假花、假果和粉人。通过这些史料记载可以看出，面塑在我国历史上出现非常之早。

吉祥喜庆的“连年有余”花馍

然而，由于面塑作品极易受潮发霉、变质，或虫蛀、干裂等，民间面塑实物很难长久保存。故而，在现代考古发现中，面塑实物极其难得。但是，这一点并不能完全影响我们对这个古老行业的憧憬和遐想。

1959年，考古工作者在新疆吐鲁番阿斯塔那古墓群的一座唐代永徽四年（653年）的古墓中，发现了面制的女佣头、男佣上半身像和面猪。这是我国发现的距今最为久远的面塑实物。

此刻，我们或许可以做出这样的推断，面塑最初是作为祭祀供品出现的。古代，人们在祭祀的时候，勤劳手巧的农妇用白面做出各种动物、瓜果等式样的蒸馍作为供品，并在上面涂以各种颜料，借此增添喜庆的色彩。这些用面做成的“果实花样”既好看，又好吃，还蕴含着求吉纳福的祝愿，深受人们喜爱。后来，逐渐形成一种习俗，逢年过节、婚丧嫁娶以及其他喜庆吉日，都要捏制面塑以示庆贺。

慢慢地，在社会上便出现了专门捏面人的师傅。他们用一双巧手或者模子将面料捏成各种人物、动物，沿街叫卖。那些色彩绚丽的面人儿，逐渐成了专供人们欣赏的民间工艺品。

在过去，从事捏面人这一行业的，多是一些上了年纪的农家汉子

旧时，从事捏面这一行业的，多是些上了年纪的农家汉子。在农闲时，或节日庙会期间，挑着担子走街串巷献艺。担子的一头是一个木柜，柜子上插着几个面人，作为展示之用，另一头是板凳之类的用具。他们一边走，一边敲打着小锡锣。清脆的锣声，很快便引来一群围观的孩子。捏面人的艺人将担子放下，摆稳柜台。柜面下是一个抽屉，里面放着不同颜色的面团，以及用来加工面人的工具，如签子、铲子、刮刀、压板等等，有竹子的也有铁的。

这一类手艺人一般很少吆喝，也不主动揽客，只是低头默默地捏。围观的人眼巴巴地盯着看，捏得好，自然有人买，捏得不好，说了也白费口舌。

看捏面人的捏制面人，绝对是一种视觉上的享受。比如说捏齐天大圣孙悟空吧，先取一块黄色的面团捏出人形，然后分别加工头、躯干和四肢。其中最难的是那张脸，不仅要将猴的特殊脸型和五官塑造出来，而且还要使其透出英武之气。最后将头、胳膊和腿的姿势摆活，手里握上一根明晃晃的金箍棒，一个活灵活现、神通广大的齐天大圣便诞生了。围观的人无不为之啧叹。

民间面塑艺人捏塑的“齐天大圣”

捏面人的艺人为了增加面人的灵性，有时候还需要借助羊毛、羽毛、丝线等材料，来制作人物的胡须、冠顶和各类道具等。譬如许仙手中的小纸伞，猪八戒手中的九齿耙，张飞手中的丈八蛇矛枪等。

民间面塑艺人捏塑的钟馗形象

面人的形象多为传统戏曲、四大名著、民间传说、神话故事中的人物以及十二生肖和其他动物。比如唐僧师徒、八仙、福禄寿三星、钟馗、嫦娥、哪吒、刘备、张飞、关羽、杨家将、水浒英雄、十二钗等。

最初，捏面人用的都是生面，保存不了多长时间就霉变了，而且容易开裂。民国初年，北京有位名叫汤子博的捏面人艺人，对原料加以改进，在面粉里添加适量蜂蜜、甘油等材料。这样一来，捏制的面人不仅不容易开裂，而且存放很长时间都不会发霉。汤子博也因此在北京声誉鹊起，被时人誉为“面人汤”。

汤子博独创了一门绝活，那就是“核桃面人”。他能够在半个核桃壳里塑出20多个小面人，每个身高只有七八毫米，头部如米粒大

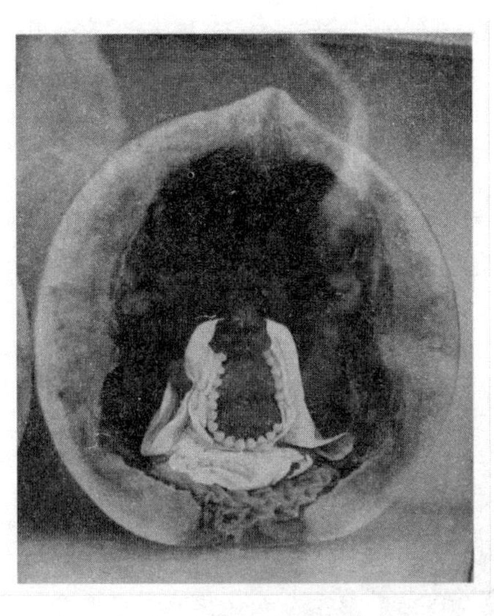

北京“面人汤”捏塑的核桃面人

小，但面部表情形象生动，眼珠黑白分明，十分传神。

在末代皇帝溥仪举行婚礼时，“面人汤”曾受命精心捏制了“麻姑献寿”“旗装宫服佳人”等面塑作品作为大礼献给皇帝。至今，这些取材丰富、色彩艳丽的面塑作品仍珍藏在北京故宫博物院中。

“面人汤“还是一位颇具爱国情怀的民间艺人。1937年，日本侵略军侵占北京。在那些黑暗的日子里，他义愤填膺地塑造了明代抗倭英雄郑成功、张千斤、李八百等塑像，以示爱国胸襟。他的举动惹恼了当权者，伪警竟将他所有的创作工具都砸烂了，并对他进行人身威胁。由于生活艰辛，有朋友准备介绍他赴日本去卖艺，结果被他严词拒绝。因此，他只能含泪变卖藏书贴补家用。

上海捏面人最著名者当属赵阔明，他的作品可以和“面人汤”相媲美，有“北汤南赵”之美誉。

赵阔明，1901年出生在北京一个贫苦家庭，从小就开始卖苦力为生。他做过堂倌、小贩、轿夫、车夫等。虽然生活艰辛，但是赵阔明的兴趣却颇为广泛。他喜欢武术，还爱好唱戏。在19岁的时候，他才开始学习捏面人，但是赵阔明心灵手巧，且极富想象力，进步神速。

民间面塑艺人捏塑的老子形象

然而，赵阔明并没有因此而满足。他毅然奔赴天津，拜访一些民间面塑高手，吸取众家的长处，使自己面塑的手艺进一步提高。他在32岁时，在天津就被誉为“面塑大王”。

20世纪30年代，他举家迁到上海，结识了上海民间面塑艺人潘树华，并借鉴对方的艺术之长，使艺术进一步提高，最终成为享誉全国的面塑艺术大师。

时至今日，仍有不少年轻的面塑艺人在传承着这个行业

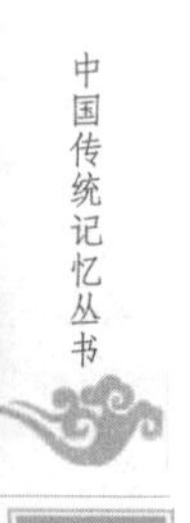

时至今日，许多老行当都已经退出了历史的舞台。不过，捏面人这门老手艺，由于一直受到群众的喜欢，现在各个流派的传承还算良好。这对于喜欢这门老手艺的人来说，也算是一种幸运吧！

栩栩如生编棕草

草编龙

编草，就是以苇叶、蒲草、金丝草、马蔺草、棕榈叶、麦秸草等为原料，编织出各式各样的小耍物。编草，是一门古老的手艺。在我国民间，从事这一手艺的，大都为农民。他们在农闲之余，通过这门手艺，编织一些有趣的小玩具出售，从而赚一点闲钱贴补家用。

过去，在集市或庙会上，经常能见到编草艺人的身影。他们大都是一些衣着粗陋，面容黧黑的中年男子。他们的摊子很简单，大都是守着一捆青草，眼前摆着一个小木架，上面插满他们编出的各式各样小玩具。有的干脆连那个小木架也省略了，将编织出来的小玩意直接摆在脚底下。

他们并不特意去招揽生意，只是随意地拿起几片草叶，两只粗糙的大手娴熟地编起来。眨眼之间，栩栩如生的蚂蚱、蝴蝶、蝈蝈等小玩意，便展现在围观者的眼前。一些小孩子经不住那些小玩意的诱惑，便会央求身边的大人买一个。因为这些小玩意的价钱非常便宜，大人们多会给孩子们买

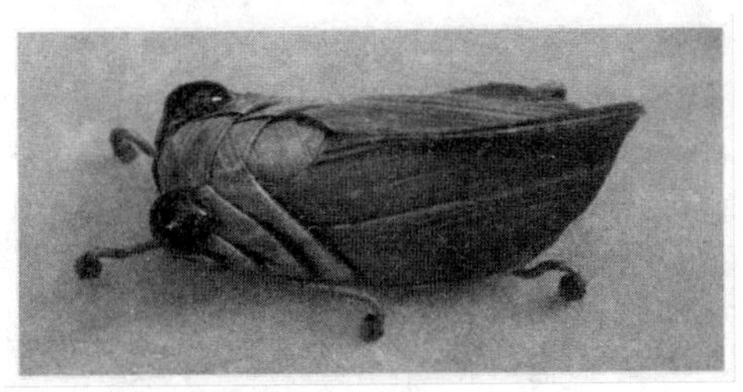
蝉 棕编玩具

两个玩耍。

也有些编草的艺人，将提前用麦秸编成的蝈蝈笼，或用棕榈叶编成的各式各样小动物，摆在集市或庙会上售卖。尽管只是一些供孩童玩耍的小动物，但摊子前总会挤满不少好奇的大人围观。

过去，售卖棕草玩具虽说获利微薄，但因为是无本生意，许多手巧的农人在农闲之时仍愿意从事此业

对于农民来说，野草应该是最易得的材料。编草玩具这一行，虽说赚不了几个钱，但却是无本的生意，只凭一双巧手即可赚点零用钱。这对勤劳俭朴的农民来说，应该是一个乐于从事的行当。因此，自古至今，在全国各地均有从事编草玩具的手艺人。

由于各地物产的不同，他们创作时所选的材料也往往各有所钟。比如在北方的盛夏时节，麦收刚过，遗留了大量的麦秸。旧时，这些麦秸大都被农民作为柴草储存起来，以备生火煮饭之用。那些色泽金黄的麦秸，在巧手的艺人眼里，便是上佳的创作材料。他们精心挑选一些优质的麦秸，将其编成一个个精巧的，且透着黄金色泽的蝈蝈笼。

昔日，买一个麦秸秆编的蝈蝈笼，是那些喜欢养蝈蝈的孩子们的一个小心愿

盛夏，正是蝈蝈引吭高歌的时节。农村的孩子们大都喜欢捉蝈蝈，这是他们心爱的耍物。编草艺人们便用肩挑着或用独轮车推着，上面挂满漂亮的蝈蝈笼，到集市上或走街串巷叫卖。因为价格便宜，那些喜欢养蝈蝈的孩子大都会缠着

大人讨几文钱买一个，然后将心爱的蝈蝈养在里面。而城镇里的那些孩子，不像农村的孩子那样条件便利，能亲手捉到蝈蝈的孩子比较少。其中有些编草的艺人发现了这个商机，也会自己捉一些蝈蝈喂养在蝈蝈笼子里面，一同出售。当然，价钱要比单纯的蝈蝈笼贵一点。

挂满蝈蝈笼的挑子，在小贩的肩头上轻轻地颤动着，里面的蝈蝈则放声高歌，此起彼伏。小贩们不论走到哪里，总能吸引过来一群好奇的孩子。他们羡慕地看着那些蝈蝈笼，有的孩子则赶紧跑回家里跟大人要钱购买。

而在我国南方，尤其是四川、贵州、湖南和云南等地，编草玩具的艺人多采用棕榈叶作为创作材料。艺人们在编玩具的时候，先将棕榈叶破成细丝，经过穿插、折拉、编扣、打结等方法进行造型。他们凭着灵巧的双手和丰富的想象力，能够编出各种各样的小玩意。

以棕榈叶编织的小玩具，大致可分为两种形式：一种是以新鲜棕榈叶编织而成的。编草艺人走街串巷或在集市、庙会上设摊，守着一堆鲜绿的棕榈叶，眨眼间编织出一些蚂蚱、蜻蜓、蝴蝶之类的小玩意。虽然细看上去有些粗糙，但因为外形比较相似，颜色翠绿惹眼，且售价便宜，也能讨得一些孩童们的欢心。不过，这种小玩具只能算是应景之物，即使细心保存，差不多十来天也会失水收缩，最终成为一团无甚意义的枯草。当然，对于大多数的孩子们来说，这样廉价的草编玩具，买来之后，尚未等到其失水收缩，便已经耍坏了。

另一种，则是用老棕榈叶编织而成的。编草艺人先将采来的粽叶按纹路折叠，扎紧后放入开水里煮，煮至由青转黄成熟为止。然后，日晒夜露，完全干

在现代的庙市或旅游景点处，偶尔还能见到编草玩具的手艺人

透。编织出来的小玩具，再涂上一层清漆。这样的草编玩具不仅不会变形，而且能够保存好多年。

采用老棕榈叶编织的小玩意，除了蚂蚱、蜻蜓、蝴蝶等简易的之外，还有青蛙、虾、老鼠、仙鹤、雄鸡、龙、凤凰等。编草艺人在创作的时候，还独出心裁，在编好的小动物上做一些巧妙的点缀，如用红豆作为小动物的眼睛，俗称“点睛”。蛇眼用豆肉，蜻蜓眼用豆壳，虾眼则用整个豆粒。有些小动物的身子和脚爪，用细铁丝作骨架。其形态美观逼真，栩栩如生，人见人爱。当然，这种草编玩具比前者要贵一些，毕竟一份价钱一份货嘛。

棕编玩具眼镜蛇

棕草玩具，既是孩子们喜爱的玩具，又是一种艺术欣赏品，从中折射出中国古代劳动人民的聪明才智和审美情趣。

能工巧匠捏泥人

威风凛凛的儿童玩具泥老虎

"一双手，一把泥，捏出人间百样情。"这首歌谣所描述的，就是捏泥人的手艺人。捏泥人，现在较为文雅的称谓是"泥塑"或"彩塑"，是我国民间一个历史非常悠久的行业。在旧时，由于受生产条件的限制，见不到像现在这样材质丰富的时尚玩具，更没有神奇迷人的电子玩具。

古代的玩具，就像那些淳朴而又艰涩的岁月一样，透着一种原始的美感。在那些古老而淳朴的传统玩具当中，泥塑玩具因为色彩鲜艳，形象逼真，且经久耐耍而备受人们的喜爱。尤其像泥叫虎、泥哨、摇猴、泥咕咕等。既外形美观，又能发出各种奇妙声音的泥玩具，更是孩子们的首选玩具。

旧时，捏制和出售泥玩具的手艺人很多

旧时，捏泥人这门手艺，只是被人们视为一种养家糊口的谋生手段。从事这一手艺的，也大都是些普普通通的庄户人。平时犁田种地，在农闲之时，便用泥巴捏一些小玩意，经过晾晒或低温烘烤，再加以彩绘，然后在年节或庙会期间销售。这些泥玩具的销售对象主要就是孩子，因而售价很低，并不像今天在礼品店或艺术品店里售价这样高。在今天，这些泥塑作品已经被视为艺术品来对待。

尽管价格低廉，但从事这门手艺的人，仅凭一双巧手，其他几无成本，再加上销售量大，他们的收入自然还说得过去。或许，正是由于这个原因，捏泥人这一行当，在全国各地均广泛流行。

关于泥塑这一行的起源，在我国民间还流传着这样一种说法，认为它起源于上古时期的女娲造人。当然，这种说法应该是后人出于生殖崇拜心理附会而成的。但是，从中也反映出了人们对这门手艺的喜爱之情。

红山文化时期(距今约五六千年)的泥塑女神头像

自新石器时代之后，这门手艺一直没有中断过。到秦、汉时期，已经发展成为当时社会上一个重要的行业。

两汉以后，随着道教的兴起和佛教的传入，以及民间对众多神话人物奉祀活动的增加，社会上建造道观、佛寺、庙堂的风气逐渐兴盛起来，这就直接促进了泥塑偶像的需求和泥塑行业的发展。

泥人，是古代孩子们最喜欢的玩具之一

古代的工匠们，以纯熟的技艺、高度概括的能力和丰富的想象力，把泥塑和彩绘巧妙地结合了起来，以捏、塑、贴、压、削、刻等传统技法，塑造出了许许多多造型优美、神态生动的艺术形象。

到了宋代，不但宗教题材的大型泥塑佛像继续繁荣，小型泥塑玩具也迅速发展起来。有许多巧手艺人专门从事泥人制作，并且已经开始作为商品出售了。

宋代文人孟元老《东京梦华录》云：“七月七夕，潘楼街东宋门外瓦子，州西梁门外瓦子，北门外、南朱雀门外街及马行街内，皆卖磨喝乐，乃小塑土偶耳。悉以雕木彩装栏座，或用红纱碧笼，或饰以金珠牙翠，有一对值数千者，禁中贵家与士庶为时物追陪。”

磨喝乐，就是古人在七夕节时专门用来乞巧的一种泥人。宋代民间出售磨喝乐，除了采用普通的买卖方式外，还有些商贩采用“扑卖”的方式。所谓“扑卖”，就是小贩以赌博的方式来招揽生意。多以投掷铜币为之，视铜币的正反面来定输赢。“扑卖”带有赌博的性质，又有游戏的色彩，用于出售泥玩具是很相宜的。东京城里设有许多“扑卖”的摊点，吸引着众多前来“扑卖”磨喝乐的市民。

宋代七夕节时专门用来乞巧的一种泥人——磨喝乐

南宋时期的杭州，也是捏塑磨喝乐盛行的地方。当时，泥人制作主要集中在“砖街巷”，产品多为泥娃娃，以至后来这条巷子改名为“孩儿巷”。

到了明、清时期，小型玩赏性的泥塑蓬勃发展起来，尤其是民间工艺品泥塑，十分富有创造性，具有较高的艺术水准。

清代中晚期，是玩赏性泥塑的巅峰时期。几乎全国各地都有生产，其中著名的产地有无锡惠山、天津、北京、陕西凤翔、山东高密、潮州大吴以及河南浚县和淮阳等地。

旧时，在人们的眼里，那些玩赏性的泥人只不过是孩子们一时的玩具罢了。纵使那些做工精美的手捏戏文，也并没有真正将其与艺术挂上钩而悉心加以收藏。因此，全国各地虽然从事泥塑的艺人不计其数，作品更是层出不穷，但真正留下姓名与事迹的艺人却很少。

清代泥塑作坊的手艺人在捏制泥人

其中最为有名的，当属天津的“泥人张”。因为名气大，所以也就留下了很多作品与轶事。

天津“泥人张”彩塑的创始人名叫张长林。张长林，字明山，后以字行。清道光六年（1826年），他出生于一个小手工之家。

张明山幼年的时候就开始跟随父亲学习泥塑的手艺。他天资聪颖，心灵手巧，技艺长进非常快。有一次，张明山背着父亲捏了一些小动物，一个个都活灵活现。没想到的是，他一摆出去，眨眼间就被人们抢买一空。于是，张明山就开始用泥捏制各种小动物售卖，后来又学着捏制人物。经过不断研究和刻苦实践，他练就了一手泥塑的绝活。

天津“泥人张”张明山捏塑的《刘海戏金蟾》

那时的天津，已经是一个重要的港口城市。商业、贸易发达，庙会异常兴盛，经常有梨园名角到天津来演出。

清道光二十四年（1844年），著名京剧演员余三胜来天津演出。在清道光、咸丰年间，余三胜与程长庚、张二奎齐名，并称为“老生三杰”或“梨园三鼎甲”。

余三胜一来到天津，顿时引起巨大的轰动，真可谓万人空巷。

当时，在戏楼里看戏的，有一个18岁的青年。这个青年到戏楼里来，并不单纯为了看戏。只见他从袖口见掏出一团泥巴，趁着余三胜演出时，观其形，察其貌，不停地摆弄着手中的泥团。

北京泥塑艺人捏制的骑黑虎兔儿爷

戏演完了，他则从袖筒里拿出一件栩栩如生的余三胜的舞台塑像，惊得四座连呼："神了，神了，只比真人少一口气!"

这个塑像的青年，就是张明山。从此，"泥人张"名噪天津。

时至今日，"泥人张"已经传承到第六代，其艺术水准仍然是我国泥塑行业的翘楚。

过去，在我国北方地区，尤其是北京、山东等地，还有一种非常有趣的泥人——兔儿爷。

所谓"兔儿爷"，其实就一种人形兔首的泥玩具。最早的时候，兔儿爷是专供儿童在中秋节祭月用的。后来，则完全成为了孩子们的耍物。

那时的兔儿爷，多是用泥模子扣出来的，也有手工捏的。经过民间泥塑艺人的大胆创造，兔儿爷的形象已经极其人格化了。它是兔首人身，手持玉杵。后来，有人仿照戏曲人物，把兔儿爷塑造成金盔金甲的武士，胯下的坐骑有老虎、狮子、大象等猛兽，还有孔雀、仙鹤等飞禽，以及麒麟、宝葫芦等传说中的灵物。

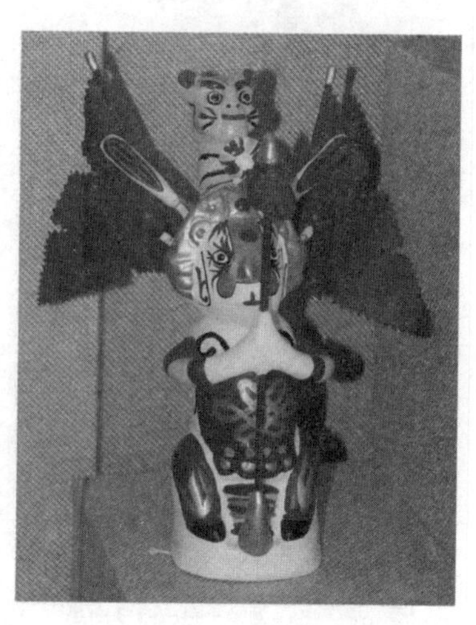

山东济南泥塑艺人捏制的背令旗捣药兔子王

其中，还有一种肘关节和下颌能够活动的兔儿爷，俗称"吧嗒嘴"，更加讨人喜欢。它虽然是祭月的供品，但更是一种深受当时孩童们喜欢的玩具。

在老北京，上至东安市场的高级货店，下至各大庙会集市及繁华地区的街市，都会遇见出售兔儿爷的摊点。

兔儿爷，在山东济南、青岛等地则被称为“兔子王”。济南传统的兔子王，有十几个品种，数十个式样，如“小花脸”“小插旗”“女王子”“小坐蹲”“小锅腰”等。

那些可爱的兔子王，除了在店铺和街市的摊点上售卖外，还有些商贩会用担子挑着走街串巷叫卖。他们的担子只要一放下，立刻就会有孩子们围拢过来。那些兔子王真是太有趣了，有的孩子看得入了神，有的拿起兔子王拉拉线绳玩起来，有的赶紧跑回家央求大人买一个回家。

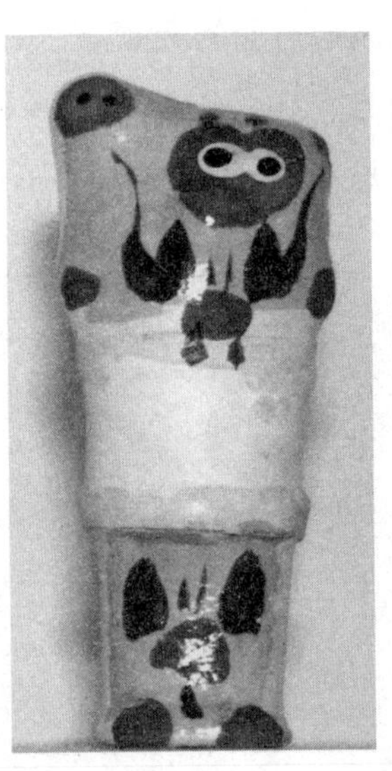

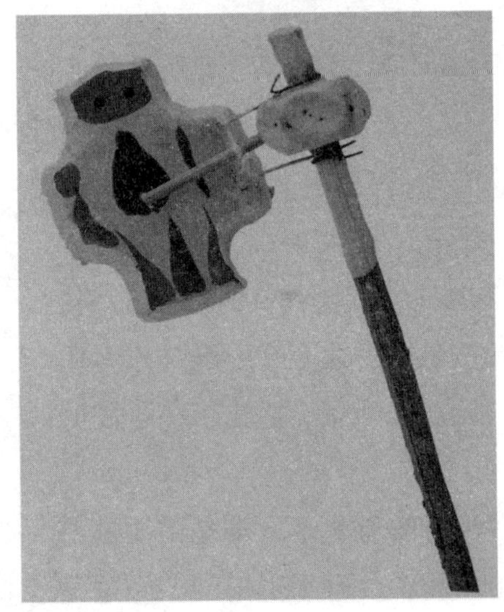

山东民间泥塑玩具“摇猴”(左)与“吧嗒猴”(右)

然而，随着时代的发展，塑料玩具、毛绒玩具以及现代电子产品类玩具的大批量生产，对传统的泥塑玩具带来了极大的冲击。

这些现代工艺制作的玩具，不仅具有色彩鲜艳、造型逼真的特点，而且更增加了玩具的趣味性与手动性，因此越来越普及。而泥塑玩具却渐渐地失宠，在大型超市、玩具店等都难以寻觅到泥塑玩具的踪影了。

慢工细活打金箔

商代晚期工匠以金箔刻制的太阳神鸟

金箔，就是将金片捶打成厚度不超过0.1微米的薄片，用作建筑、器物、佛教塑像装饰，以表现富丽堂皇或尊贵庄重的气质。

金箔这种东西，自然界里并没有现成的，而是由工匠加工出来的。在古代，由于没有现代机械加工设备，金箔都是用纯手工打制出来的。因此，打金箔这一行业，在我国民间出现得非常早，历史极为悠久。

中国是世界上最早发现和使用黄金的国家之一。据考古发现，在河南安阳等地出土的殷商文物中，即有金箔。由此可见，我国至迟在商代中期便已经掌握了打金箔的技术，只不过在当时还没有发展成为一个行业罢了。关于打金箔这一行业的起源，在旧时打金箔的手艺人当中，曾流传着一个“仙家造金箔”的传说：

相传，葛仙翁（葛洪）与吕洞宾携手云游四方。他们经过大佛寺时，见这里佛像年久失修，没有光泽。原来，神像都是泥塑的，当地人没有足够的钱为神像塑金身。

于是，他俩约定各为一尊泥佛像锤造金箔贴裹，看谁先完成。葛仙翁和吕洞宾都把自己身上的金饰品拿出来，垫铺在石块上锤打起来。烈日之下，他们打得浑身燥热。

吕洞宾趁葛仙翁去河里洗澡的空儿，多打出许多块金箔。眼看处于下风，葛仙翁急中生智，把石块斜横起来，在石块的棱角疙瘩顶上锤打，身上的黑长衫飘裹在金箔上也顾不得整理。

东晋著名医学家葛洪被打金箔工匠奉为本行业的祖师爷

可在这时候，葛仙翁锤打出来的金箔又薄又光，不一会儿就超过了吕洞宾。最终，吕洞宾只能甘拜下风。原来，由于锤面与石块的接触面变小后，金块受压力反而加大，加之黑衫裹垫，金箔受到约束，不易破损。这样不仅成型快，而且色泽亮。从此，打金箔的手艺就在民间流传开来。

因此，我国民间打金箔这一行，将葛仙翁奉为祖师爷。旧时，打金箔的人家都供奉着葛仙翁像，四季上香，香案边还要放一把锤，祈求神灵保佑打金箔顺当。

当然，这个传说只是民间的一种附会而已，还不足以为据。根据考古发现来推断，打金箔这个行业大约形成于六朝时期。

六朝时期，是佛教极为兴盛的一个阶段，各地大修庙宇，并塑造了不计其数的佛像，从而使金箔产业化成为可能。

东魏时期的彩绘贴金石雕菩萨立像

最早记载金箔生产技艺的文字，见于明代宋应星撰写的《天工开物》一书，里面这样写道："凡造金箔，既成薄片后，包入乌金纸内，竭力挥椎打成。凡乌金纸由苏、杭造成，其纸用东海巨竹膜为质……"

明、清时期，是金箔制

造业的鼎盛时期。据史料记载，清代初期，仅金陵（今南京）城里就有数十家锻造金箔的作坊，从业工匠有200多人。

金箔有“红金”“黄金”之别。晚晴以来，又有“库金箔”“苏大赤”“田赤金”“选金箔”等诸多称谓。“库金箔”的颜色发红，金的成色最好，张子也最大，约三寸见方；“苏大赤”颜色正黄，成色较差，张子约二寸八分见方；颜色浅而发白的叫“田赤金”；“选金箔”，颜色如金而实际上是用银来熏成的。

金箔的制作，要经过化金条、拍叶、做捻子、打金开子、切金箔等十多道工序。

古代工匠在作坊里打制金箔

打金箔是一件特别细的活，两人面对面坐着打。木凳很低，而铁锤的柄很短，约一尺左右。铁锤呈长方形，上下皆平头，两人皆双手握锤不紧不慢，你一下我一下地捶打着金箔包。

干这种活不像打铁，打铁是担心烧红的铁料冷掉，所以挥锤迅疾，俗话说“趁热打铁”就是这个意思。可是，打金箔不能快，锤也不能重。重了金箔会被打穿。故两个人在锤箔的时候，用力要均匀，这就是所说的“慢工出细活”。

金箔坊中的工匠们，先把薄金板捶打成仅有0.025毫米的金叶。然后，将金叶夹在以竹子特制的“乌金纸”内，再把乌金纸夹在牛皮纸内捶打，一直将其捶打成极薄极薄的金箔为止。

经过这种方式捶打出来的金箔，薄如蝉翼，软似绸缎。民间传说，一两黄金打制出来的金箔能够覆盖一亩三分地。当然，这种说法显然有夸张的成分。

我国传统的金箔工艺，每克黄金可以打制1.3平方米的金箔，约0.1微米厚。那么，0.1微米厚的金箔是个什么概念呢？

金箔薄到光线可以直接透过金箔，呈半透明状。由于金箔太薄太轻，如果吹口气，金箔就会飞到空中。如果对着金箔咳嗽两下，气流就会把金箔击穿。

然而，坊间上市销售的金箔大都5厘米见方，但刚锤打出来的金箔皆为毛边。毛边属于半成品，无法上市。这就需要将打制成的金箔切割成小金箔。但这样薄的金箔切起来非常麻烦。

切金箔不能直接切割，而是一张张分别夹在油纸内切割。待切成5厘米见方大小之后，再将其包装成百张一本，才可以供应客户。

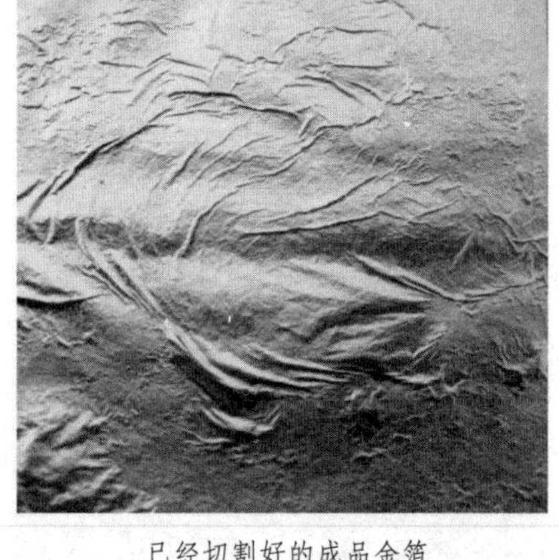

已经切割好的成品金箔

捻金线，则是由打金箔行业衍生出的一门手艺。虽然说金线只是金箔的附加产品，然而其制作工艺远比金箔复杂。

捻金线是一门很精细的手艺，男人的手指太粗又缺少耐心，干不了这门细活，只有请妇女担任。金线，是将金箔贴在特殊的纸张上，用雨花石或玛瑙石抛光后切成细丝。然后由女工以纤纤玉指，捻纱线为芯，再将金箔捻于棉线外。捻金线不能心急，只有一点点细心地搓捻才不会出次品。金线要捻得一般粗细，这样才可以顺利穿过针孔。

金线主要用于帝王贵族的官府刺绣。帝王龙袍上的九条大龙，多用金线绣成，还有皇后的凤冠霞帔，也绣有一根根金线。

古代帝王龙袍上的龙饰，就是以金线刺绣而成的

隋、唐之际，金线已经被广泛应用到了皇室贵族的衣饰当中。如织金锦，就是一种以金线显花的御用锦。唐代还有一种“蹙金绣”，

即盘金，也是一种以金线显花的精美刺绣。

唐朝诗人对金线参与的刺绣也多有咏诵，如李白在《赠裴司马》一诗中写道，“翡翠黄金缕，绣成歌舞女”；白居易在其诗作《秦中吟》中也写道，“红楼富家女，金缕刺罗襦”，等等。

清代时，苏州所生产的金线，通过江宁织造局大多运往北京皇宫，故江宁织造后人曹雪芹在《红楼梦》第三十五回《黄金巧结梅花络》中写道：“若用杂色的，断然使不得，大红又犯了色，黄的又不起眼，黑的又过暗。等我想个办法儿，把那金线拿来，配着黑珠儿线，一根一根地拈上，打成络子，这才好看。”以上写的是宝玉、宝钗和莺儿谈女红刺绣丝线搭配颜色的学问。同时，这也反映出了大观园的一些小姐、丫环的闺房中都藏有金线。

现代，随着科学技术的发展，通过一些机械设备，可以轻易地锻造出中意的金箔，再也不用像从前那样劳心劳力了。然而，像切金箔、捻金线这样极为细致的活儿，还是需要由人工来完成。只是，今天从事这些行业的艺人已经越来越稀少了。

清人所绘的《三百六十行图》之打金箔

或许不久以后，随着金箔与金线需求量的进一步减少，以及一些更加先进设备的替代，手工打金箔和捻金的行业，最终也会走向消亡。

绣娘绣出一方天

手工刺绣，又名“针绣”，俗称“绣花”。它是以绣针引彩线，按设计的花样，在织物上刺缀运针，以绣迹构成纹样或文字的一项手艺。

《借伞》，清代绣制的灯窝帘

古代，由于没有机械刺绣设备，更没有今天的电脑刺绣工艺，除了印花之外，人们为了追求织物图案的精美与逼真，广泛地应用到刺绣技艺。

由于从事刺绣技艺的多为女性，慢慢地，刺绣便成为旧时妇女女红必修的技艺之一。民间的广大妇女，她们往往自幼就师从母、嫂，勤于绣技，最终也成为一名手巧的绣花高手。

后来，随着商品市场的发展，我国民间出现了大量经营绣花制品的作坊。其中，有一些精于绣技的妇女们便成为这些绣坊的工人，即绣娘。因此，绣花也是我国民间一个非常古老的行业。

我国民间的手工刺绣，与民间养蚕、缫丝技术的推广密不可分。中国是世界上最早发现和使用蚕丝的国家，先人们早在四五千年前就已经开始养蚕缫丝了。随着蚕丝的使用和丝织品的生产与发展，手工刺绣工艺也逐渐兴起。

据古代典籍《尚书》记载，虞舜的衣服有五彩花色，上衣有6种

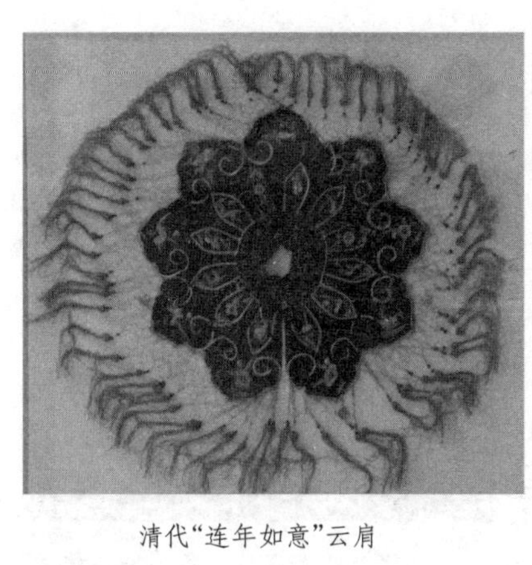
清代"连年如意"云肩

花纹，即日、月、星辰、山、龙、华虫；下裳也有6种花纹，即宗彝、藻、火、粉米、黼、黻，总共12种花纹，称为十二章。

这里所说的“黼”和“黻”，就是两种刺绣。对此，《辞海》里的解释是，“黼”是在古代礼服上绣半黑半白的花纹；“黻”则是在古代礼服上绣半青半黑的花纹。

自西周至春秋战国时期，随着纺织印染业的盛行，刺绣工艺也得到极大的发展。成书于战国晚期的《管子·轻重》里说：“一女必有一刀一锥一箴（针）一鉥（长针），然后成为女。”墨子也曾经这样说过：“女工作文采，田工作刻镂。”

这里的“箴”和“鉥”，都是缝纫和刺绣用的工具。而墨子所提到的“文采”，就是指绘画和刺绣。由此可见，我国民间刺绣艺术的起源，确实历史悠久。

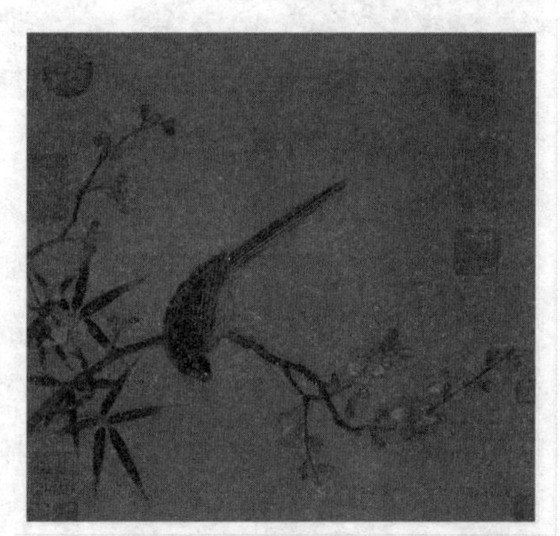
宋代的刺绣作品《梅竹鹦鹉图》

秦、汉时期，我国民间刺绣工艺已经相当发达。在汉昭帝时期（公元前87～前74年），汉王室在齐郡临淄（今山东淄博），设立三所织造处，专门织造和刺绣官服，有织工数千人。在当时，社会上的有钱之人，不仅穿着绣有五彩纹饰的锦缎，连坐卧的席子和床上的帷幔也要精工刺绣，华丽异常。

民间尚且如此，更何况是朝廷贵族呢？他们的宫室以丝织藻绣装饰，以致“屋不呈材，墙不漏形”，连宠物猫狗都要身披绣花织品，其奢侈程度可见一斑了。

唐、宋时期，民间刺绣工艺有了更大的发展。相传在唐玄宗时期，宫廷中仅为杨贵妃一个人织造奇锦、刺绣衣裙的工匠就多达700余人。据唐代文人苏鹗所著的《杜阳杂编》记载，同昌公主出嫁时，在嫁妆中有一条绣花“神被”，上面绣有3000只神态各异的鸳鸯，其间还有数不清的奇花异草作为点缀。

明代刺绣名家韩希孟的刺绣作品《花鸟图册》

宋代的民间刺绣工艺，除了保留传统的装饰意味之外，以欣赏为主要目的的绣字绣像技艺得以迅速发展。同时，在刺绣工艺中，掺加金丝银线和穿缀珠宝玉饰的技艺，也得到了极大的提高。

清代刺绣《牡丹锦鸡图》

明代是我国民间手工艺高度发展的时期，民间刺绣继承了宋代的优良基础，顺应时代的热烈风气，继续蓬勃昌盛，而且更上层楼。这一时期的民间刺绣工艺，已经开始出现一些规范化的理论指导，如《明史·舆服志》规定了皇帝、太子、王妃及各级文武官员服装的花纹题材。当时宫廷中雇用了大批刺绣工匠，被分配在“丝绣作”“尚衣局”“御马监”“工局”等处做工。仅嘉靖年间，长期留在宫廷做工的刺绣工匠就有800余名。

清代织绣工艺，仍分为官营刺绣和民营刺绣两种形式。官营刺绣集中在南京、苏州和杭州，被称为江南三织造，即江宁织造局、苏州织造局和杭州织造局。清代宫廷服饰衣料，大多是由江南三织造局生产的，极少部分由京内织染局织造。除了御用的宫廷刺绣，民间也涌现出许多地方名绣，苏绣、湘绣、蜀绣、粤绣是中国传统的“四大名绣”，享誉海内外。此外，还有京绣、鲁绣、顾绣、苗绣、瓯绣、汴绣等。

随着社会上对刺绣产品需求量的大量增加，我国各地民间出现了不计其数的大大小小的绣花作坊。这些绣花作坊，专有“头人”主管放活和收活，绣娘少则几人，多则数十人不等，大都是心灵手巧的家庭妇女。

绣娘分为固定绣娘和临时绣娘两种。固定绣娘，是指固定在绣坊或绣庄中工作的绣工；临时绣娘是指当绣坊或绣庄生意繁忙时，雇请来帮助赶活的绣工。

绣娘的报酬，由主管的“头人”按照绣娘完成的件数来发放。另外，绣娘报酬的高低，还受其等级的影响。绣娘等级的划分十分苛刻，初级为入行两年以上的绣娘，称为“绣妹”，要求熟练掌握滚针、铺针、晕针、沙针、掺针等基本技法，以及平绣、网绣、结绣、织绣、剪绒绣、立体绣、双面绣、乱针绣等技法，绣品干净、形象，结构完整。

中级绣娘，俗称“绣女”，得入行5年以上，要求绣法纯熟，至少掌握两种以上流派风格。如蜀绣精致细密，苏绣水路自然，粤绣精妙辉煌，湘绣严谨不苟等。熟练使用4丝、8丝、16丝、32丝，绣品线片光彩柔和，深浅得当，针脚细密。

绣娘的最高等级是“凤娘”，入行最低得10年以上，掌握上百种针法，能够熟练运用各流派的主要技法。绣品色彩变化自然，景物远近有别，善于运用各种技法来突出主题。若没有相当实力，是无法问鼎“凤娘”等级的。

代绣花作坊中的绣娘在织物上刺绣

清代时，我国民间的绣

当代绣娘的刺绣作品，早已被人们视为艺术品，其价格自然不菲

花作坊分工趋于精细，有专门刺绣婚丧用品的作坊。如抬灵柩用的棺罩，汉人娶亲用的花轿轿围子等。这种活计线坯大，而绣工粗糙，只要远看醒目即可。还有的绣花作坊专门刺绣庙观内神佛前的幡门幡条、经幢简幡及僧道所披的“福田衣”（袈裟）、氅衣等刺绣活。总之，种类繁多，各有所长。

民国时期，由于连年受到军阀混战与天灾的影响，人们的消费能力降低，再加之受西方文化的影响，衣尚朴素，绣花作坊的生意日趋冷清。大多数的绣花作坊，只能依靠绣一些棺罩、轿片、伞围子等糙活生存。

时至今日，随着电动及数控等先进刺绣设备的出现，早已将那些古老的手工绣花作坊推向了岁月的深处。然而“绣娘”这一称谓却延续至今。那些精于手工刺绣的绣娘的作品，已经被人们视为艺术品。除了作为居家装饰之外，还被人们广泛地收藏，喜爱者甚多。

绒花俏上春枝头

绒花是一种什么花呢？

或许，你会猜想它是绽放在哪一种树或哪一种野草上面，甚至认为它是盛开在北国雪野或高原上的一种花。那么，你的这些猜想都是错误的。

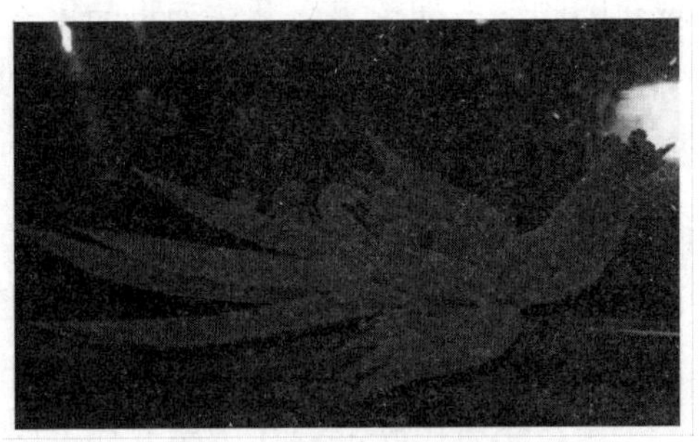
民间绒花艺人制作的凤凰形绒花

绒花，其实就是一种手工制作的工艺品。绒花的制作，在我国民间共经历了“绕绒花”“刮绒花”和“滚绒花”三个阶段。

绕绒花，就是在做成花形的纸上绕上花绒成形；刮绒花，则是先在纸上设计出各种图案，并依照图案将花绒装裱其上，待刮光之后，再做成各种花形；滚绒花，就是今天所能见到的制作工艺，它是在清末才出现的绒花制作技艺。这就是说，在清末之前，人们所佩戴的绒花，都是以纸和绒合成的。

滚绒花的制作，材料也极其简单：首先用两根细铜丝夹住绒坯，用剪刀将绒坯剪成条状，用力搓紧，滚成圆柱形绒条，然后将大小粗细、色彩各异的绒条根据不同题材内容，组合成千姿百态的绒花。

绒花的纹样，除常有的普通花朵样式之外，还有文字式样的，如“喜”字、“囍”字、“寿”字等，也有将花形与字形结合为一起的式样。绒花的品种有鬓头花、帽花、胸花、罩花等，其中最受人们欢迎的是鬓头花。

美丽的绒花,为古代女性增添了许多妩媚

绒花虽小，但意义非凡。旧时，每逢喜庆之日，尤其是新春迎祥之际，我国南北各地的妇女，均有佩戴绒花的习俗。

佩戴绒花的习俗非常古老，早在唐代之前就已经在各地盛行。当时，民间有众多大大小小的作坊在制作绒花。到了唐代，绒花的制作愈加精美，并作为贡品进入宫廷，被时人称为“宫花”。

于是，美丽的绒花成为宫娥彩女以至嫔妃头上的簪花，以助云鬓粉黛之美。唐中宗李显在每年立春时，都要令侍臣从宫内取来“彩花”（绒花），赏赐在场的人每人一枚，以迎新春。绒花，因其花开不败，象征着青春永驻。同时，它又与“荣华”谐音，因此佩戴绒花的习俗在宫廷内迅速风靡。

唐代画家周昉的名作《簪花仕女图》，是目前全世界唯一认定的唐代仕女画传世孤本，表现的正是唐朝簪花仕女出游的场景。画中的5位仕女分别头插牡丹、芍药、海棠、团花和茉莉这5种不同时令之花，同时出现在一幅画作当中。这并不是周昉让她们在画里玩穿越，只是因为她们头上所戴的花皆为绒花。

唐代画家周昉创作的《簪花仕女图》,生动地描绘了出古代女性佩戴绒花的美丽身姿

皇室贵族的推崇，愈加促进了绒花在民间的流行。从民间到宫廷，再从宫廷回到民间，不同档次、不同价值的绒花戴到了妇女的头上。

到了宋代，民间绒花的制作仍以头戴花和装饰花为主。这一时期，绒花不仅广受妇孺欢迎，就连男士也喜欢在服饰上佩戴绒花作为装饰。无论男女老幼，皆以绒花为美。因此，社会上对绒花的需求量之大超过了当时任何一种工艺品，从而促进了绒花生产行业的繁荣。

民间绒花艺人制作的“□”字绒花

明代时，民间绒花制作的品种颇为丰富，比如家中人做寿，头上就插红“寿”字绒花；家中有人成婚，便插“囍”字绒花。人们还根据不同时节，选择不同题材的绒花，如过年戴“万岁青花”“财神进宝”“聚宝盆”等绒花；初一、十五戴“吉祥如意”绒花；中秋戴“宝塔”绒花；端午节戴“老虎”“五毒”等以辟邪为内容的绒花等。

清代，是绒花行业最为兴盛的一个时期。据《旧都文物略》一书记载：“彼时旗汉妇女戴花成为风习，其中尤以梳旗头的妇女最喜欢彩色鲜艳、花样新奇的人造花。”现在北京故宫博物院内仍收藏着众多清代皇帝大婚时皇后嫔妃所佩戴的各式绒花（亦称“宫花”）。当时，在全国逐渐形成了北京、南京、扬州等数个绒花生产制作和经营集散中心。

清朝康熙、乾隆年间为南京绒花制作的鼎盛时期。当年，南京的三山街至长乐路一带，曾是热闹非凡的“花市大街”。这里是绒花的海洋，经营绒花的店铺盛极一时。

清末至民国年间，民间的绒花生产仍很兴盛。全国各地，不仅作坊林立，艺人众多，而且不同城市的绒花作坊各有专长，自成特色。

民间绒花艺人制作的猴形绒花

这一时期，一代绒花大师王以仁的脱颖而出，将传统绒花制作工艺提升到了一个新的境界。他制作的绒花不仅色彩鲜艳，做工精巧，而且以造型新奇、花样众多取胜。在绒花造型的设计上，他跳出了长期沿袭的平贴形式，首创立体绒花，开辟了绒花制作的新途径。

旧时，每当临近过年时，民间的妇女不论年长年幼都要准备过年时头上戴的绒花。这时，庙会、集市、街巷里的绒线铺以及杂货铺陆续准备了适合各种发型的大小绒花，供人们挑选购买。最惹眼的，是那些下街叫卖的小贩。

旧时，绒花深受广大爱美女性的喜爱。因此，市井间经常能见到卖绒花的商贩

卖绒花的小贩，手上会拿着长柄的镗锣，背着一个大木架子，看着十分吃累。他们一边摇晃着手里的镗锣，一边吆喝着：“卖花来卖花，富贵吉祥的绒花咪……”而镗锣两边拴着的小木槌，从左右两面击打锣面，发出“叮当、叮当”的清脆声响，与小贩的吆喝声配合默契。

闻声之后，大姑娘、小媳妇、白发老妇急忙喊住小贩。卖绒花的小贩找个路边的石阶或矮墙作依托歇下，一节一节打开木架上的抽屉，里面层层叠叠码得整整齐齐的是各色绒花。有的小贩只管卖，顾客对笼屉里的货色若不满意，只应付地说一声下次带来就是；也有的小贩自身就是工匠，顾客提出要求，他会翻出备好的半成品绒条和剪刀、小钳一类的工具，立马现场制作。因为能够顺应顾客的心愿，生意自然比前者要好许多。

美丽的绒花，曾装扮过无数古代妇女的淳朴梦想。她们渴望美，更渴望幸福的生活。那一枝枝漂亮的绒花，其实是她们对美好未来的一种真实祈愿。

解放之后，随着人们生活方式的改变，曾经风靡一千多年的绒花，在我们的世界里销声匿迹了。绒花虽然看似简单，但制作过程

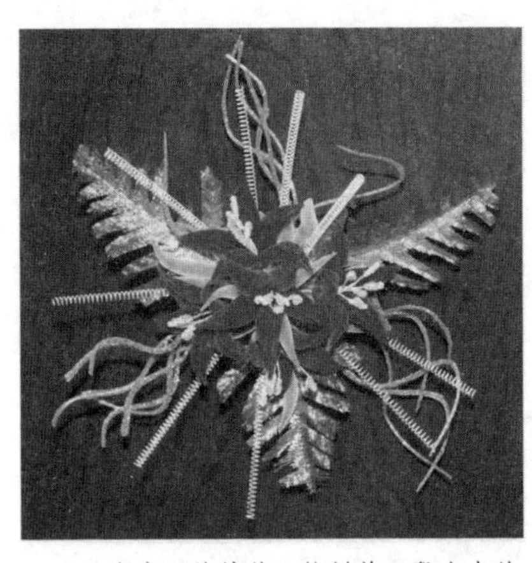

日渐走远的绒花，铭刻着一段古老的记忆

相当复杂，要经过煮绒、染色、下条、烫绒等十余道工艺。尤其是想制作一件绒花精品，若没有一套娴熟的技艺是根本做不出来的。

因此，现在能够制作绒花的艺人，已经少之又少了。如果再不珍惜，或许某一天，这个古老行业所留下的零星记忆，也会彻底消失！

第四辑：市井服务篇

助人分娩接生婆

旧时的洞房中大都要贴一张“麒麟送子”之类的年画，寓意子孙兴旺

接生婆，就是旧时民间以替产妇接生为业的人。在不同的历史时期和不同的地区，对其称谓也存在着差异，如“稳婆”“隐婆”“产婆”“收生婆”“老娘婆”“收生姥姥”等，属江湖三姑六婆之列。

所谓的“三姑六婆”，据元末明初文学家陶宗仪撰写的《辍耕录》记载：“三姑者，尼姑、道姑、卦姑也；六婆者，牙婆、媒婆、师婆、虔婆、药婆、稳婆也。”其中的稳婆，即接生婆。接生婆这个行业，有着十分古老的历史，最早形成于东汉时期。到了唐、宋时期，接生婆这一行业已经非常盛行了。

千百年来，生儿育女乃是家庭大事。每当一户人家娶了新娘子，总是盼望她们早早怀孕，并且能够生个大胖小子以传宗接代。于是，人们在过春节时，常常在新娘子房中贴上一张“麒麟送子”的年画。

人们在高兴延续香火的同时，也存在着一种矛盾的心理，很多人将产子的过程视为污秽不吉利之事。结果，导致古老的中医虽然有妇科，但却不管生孩子，把产房大事完全交给了接生婆。

接生婆，一般年龄在40至60岁之间，大多有生儿育女的亲身经历。接生婆的技术，通常只传给自己的女儿或者媳妇，一般不传给外人。她们大多没有文化，有的上过几天私塾，有的根本没有念过一天书，一个大字儿不识。

旧时，接生婆是一个颇受人们尊重的行业。哪一家有产妇待分娩，都要恭敬地上门去请

接生婆所使用的接生工具很简单，就是一把剪刀、一块毛巾、一个脸盆。做这一行，经验往往比技术更重要。过去，没有什么检查仪器，对孕妇腹内的情况只能凭着经验估摸。那些有名气的接生婆，大多是通过多年的接生实践磨练出来的。

无论贫富，生孩子都是一件大事，尤其是头胎分娩，做丈夫和公婆的，心中既高兴又担忧。因为世间常说的“阴阳一张纸，生死一呼间”之语，多是用来比喻临盆分娩的产妇。所以，其家人都把接生婆视为送子的观世音，救命的活菩萨。

谁家有妇女待产，本主家先将接生婆接进家，双手捧上一碗糖水鸡蛋，抽烟的还要敬上一筒烟。接生婆洗过手，走进产房，一边询问一边观察，吩咐家人端来一盆热水和剪刀，并拿来一盏油灯点燃，做好产前准备。

旧式分娩有立式、半跪式、仰卧式和坐盆式。“临床”经验丰富的接生婆，一边柔声细语地安慰痛苦万状的产妇，一边用“屏气、下努、用劲”的指令，帮助产妇用力。

当婴儿呱呱坠地时，接生婆迅速鉴定性别，并马上向屋外通报。若是男婴，接生婆习惯用毛笔杆片为婴儿切断脐带，象征着长大后能识文墨，会做官；如果是女婴，通常采用破碗片或家用剪刀切断脐带，象征着长大后成为善于料理家务，精于女红的贤惠女人。

接生婆通常会用产妇家的红脚盆为其接生

新生婴儿的“洗三”之礼，由接生婆亲自主持

是顺产，母子平安，接生婆松了口气。全家人万般高兴，杀鸡、割肉，款待接生婆吃饭，饭后还要包上一个红包作为酬劳。期间，接生婆也会对产妇的家人叮嘱一下产房注意事项，例如请产妇及其家属注意节制产房的出入人员，说是第一个进入产房的人，谓之“踩生“，将来小孩的脾气秉性即与这“踩生”的人一样；又如产妇产后不得躺卧，以防血上冲迷心；并令饮用小米、红糖熬制的“定心汤”，吃煮鸡蛋，以滋补气血等等。

第三日，接生婆复又登门，替婴儿“洗三”。在中国古代诞生礼中，“洗三”是一个非常重要的仪式。“洗三”的用意，一是洗涤污秽，消灾免难；再一个是祈祥求福，图个吉利。

“洗三”仪式，均在午饭后举行，由接生婆具体主持。首先在产房外厅正面供上碧霞元君等十三位娘娘的纸像。照例是以升盛米代替香炉，两旁的蜡扦上插着一对小红蜡烛，下边压着纸钱、纸元宝等。产妇卧室的炕头上供着“床公”“床母”的神祃，均用桂花糕或油糕作为供品。由产妇的婆婆或老婆婆与接生婆相继上香叩首之后，本家将盛以槐枝、艾叶熬成汤的铜盆摆在炕上。这时候，接生婆把婴儿一抱，“洗三”的序幕就要拉开了。

送生娘娘神像

本家与前来贺喜的亲友们依尊卑长幼次序往盆里添些清水、喜果或钱币，谓之“添盆”。接生婆有套固定的祝词，客人添什么，她就说什么。比如客人添清水，她说：“水水灵灵的，聪明伶俐”；如果客人添的是桂圆、枣儿、栗子之类的喜

果，她就说：“早儿立子（‘枣’与‘早’谐音；‘栗’与‘立’谐音），连中三元”等。最后由产妇将余水向内而倾，谓之“满怀”。

“添盆”后，接生婆手拿棒槌在盆里连连搅动，说道：“一搅两搅，稀里呼噜都来了！”这时候开始给婴儿洗澡。婴儿受凉一哭，名为“响盆”，被认为大吉大利。

“洗三”时，对接生婆一般只需饭菜招待，无须送礼。经济宽裕、为人大方的人家执意再送红包，接生婆简单地推诿一番之后，一般笑纳。孩子周岁生日那天，接生婆打扮得风风光光，理所当然地坐在首席。

若遇到产妇难产，本家无助，只能采取一些迷信的催生方式

旧时，妇女生产只能碰运气，顺产算是福星高照。但当遇到难产的时候，接生婆会依靠自己多年接生的经验来应对。比如产妇晕血，就用铁秤砣在醋里烧热了，放在产妇鼻子下熏；遇到婴儿两脚先下的“连环生”，就用手把两小脚稍微托托，婴儿小手会向上抱头，就安然生产了；若遇到一只手先下的“左手生”，只要放一点盐在小手心里，那小手便会缩回去；如果仍生不下来，接生婆通常会拿一根扁担压在产妇胸口，找两个人分别按住扁担的两端，以防止孩子往上走……

在一些特殊的情况下，当接生婆的这些办法都失效后，也只能祈求菩萨保佑，或眼睁睁地看着母子痛苦死去。

除了难产之外，由于接生婆在接生的时候，多采用“破碗片”“家用剪刀”“毛笔竹杆片”为婴儿切断脐带，往往没有较好的消毒措施，因此破伤风菌很容易乘虚而入，侵入新生儿体内，经过4至6天的潜伏期，导致破伤风。因此，在旧时婴儿的死亡率非常高。有的妇女一辈子生育了十几个孩子，能生存下来的不过三两个。

在接生行业长期发展的过程中，接生婆也逐渐形成了自己的许

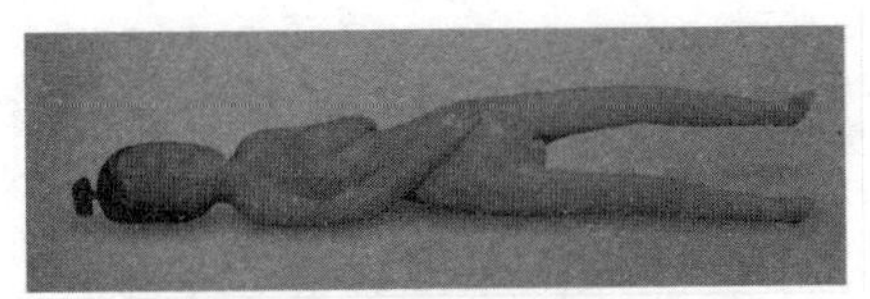

明代象牙雕刻“喜得贵子”

多行话。如她们称孕妇为“锁母”；羊水外溢为“报喜”；分娩为“才喜”；男婴称为“多头”；女婴称为“添头”；脐带为“长命”；胎盘为“儿衣”；剪刀为“交脐”；草纸为“垫子”等。若是产妇或婴儿不幸夭折称为“归原”；有钱人家为“高枕头”；穷人家为“草枕头”；接生工钱为“拆红”；赏银为“看好钱”等等。

接生婆虽然是助人为乐迎接新生命，是人间最大的好事和善事，但十殿阎君却反其道而行之，认为接生是最肮脏的活儿。

按照老皇历，接生婆死后，必须双手戴上红色手套，表示双手已除，方可入殓安葬。要不然到了阴曹地府，因其在阳间双手沾满了“污血”，势必要遭受剁掉双手之酷刑。

在20世纪60年代，国家政府曾对各地的乡村接生婆陆续进行了短期技术培训，强调科学、安全接生，并免费配送每位接生婆工作服、手套、药箱等简单接生工具。

这种半传统半职业的接生婆，直至20世纪90年代以前，仍在我国农村的许多地区占主导地位。此后，随着国家经济实力的迅速增强，人民医疗卫生事业的与时俱进，各种形式的医院、卫生所星罗棋布，从而使广大农村产妇也有了较好的生育环境与设施。

北方人家为婴孩过“百日”时，蒸制的老虎和凤凰形花馍

现在的产妇，都是在即将分娩前好几天就住进了医院，由专业的妇产医生和护士来看护帮助分娩，新生儿的成活率提高显著，几乎达到了百分之百。接生婆这个有着千百年历史的古老职业，逐渐退出了社会的舞台，变成了一种历史的印记。

刀光血影杀猪匠

杀猪匠，又称“屠户”，就是过去农村里专门负责杀猪的手艺人。过去，在中国农村，几乎每家每户都有养猪的传统。待猪养大之后，无论作为商品出售，还是留作自己食用，都需要由杀猪匠来宰杀。

汉代的褐釉陶屠夫俑

杀猪匠这个行业，是随着家猪饲养的扩大而产生的。商、周时期，人们已经开始大量饲养家猪，而且当时已经发明了阉猪技术，而阉割后的猪长得膘满体肥。到了隋、唐时期，养猪已经成为农民增加收益的一种重要手段。由此可见，杀猪匠这个行业的历史应该十分古老。

杀猪匠虽然是一个看似粗俗的行业，但在我国古代历史上有不少屠户出身的名人。如战国时期信陵君的食客朱亥，便是一名屠户。他在退秦、救赵、存魏的战役中，立下了汗马功劳，成就了信陵君的盖世英名。西汉开国元勋、著名军事家樊哙也是屠户出身。这些屠户出身的历史名人，确实为后世留下了不少谈资。

在过去，杀猪匠与其他行业多少还有一些区别，并不是说会杀猪就能当杀猪匠。在很长一段时间里，杀猪匠是由地方政府指派的。这是因为他们除了要给人家杀猪之外，还担负着另一个职责，那就是要替政府收取每一头猪所要缴纳的“屠宰税”。

师徒二人杀猪

屠宰税，是一个极为古老的税种，据说其起源可以追溯到几千年以前氏族社会奠基仪式上的牲畜供奉。

我国近代的屠宰税，起源于清末光绪年间。当时，一些省份先后创办了“屠宰牲畜税”“屠宰税”“屠捐”“肉厘”之类的对屠宰户征收的地方税。例如，四川省从光绪三年（1877年）起就城乡屠宰税，按每宰猪一头征收肉厘160文，后来屡次加征。

广东省从光绪二十八年（1902年）开始对猪征收屠捐；江苏省、天津市的屠宰税也始于清末。中华民国成立以后，其他各省也相继开征屠宰税，但仍然各自为政。

1915年1月，北洋政府财政部发布《屠宰税简章》，第一次实现了屠宰税制度的统一。税额标准分别为：每头猪0.3元，每头牛1元，每只羊0.2元。此后，屠宰税的标准也多有变动。一直到20世纪90年代，国家政府为减轻农民负担，调动群众的养殖积极性，才取消了屠宰税。

过去，一进入腊月门，便是杀猪匠们生意最为红火的时候。因为家家户户都开始准备杀年猪了。在过去的农村里，一年到头，除了婚丧嫁娶这样的红白喜事，就数杀年猪隆重了。杀年猪，先要请杀猪匠，家家户户排队等候。

按照约定的时间，杀猪匠来了。出行一般为师徒二人，师傅手提刀具、挺杖、铁挂钩；徒弟则扛着杀猪凳，打扮精悍，举止有神，来去脚下生风。

到了约定杀猪这一天，本家早早起来忙着做准备。先烧一大锅开水，用于烫猪，还要备好箩筐装肉，再打扫卫生、洗涮炊具，恭

候宾客。

杀猪匠来到本家后，指挥现场的汉子们，一个人扯着猪尾巴，两人抓后腿，两人抓前腿，他则揪住猪耳朵。此时，猪也预感到大事不妙，拼命地嚎叫，四脚乱蹬。但人们早已将其固定，摁倒在木板上。

屠夫用来挂肉的肉钩子

杀猪匠从他的提篮里拿出一把明晃晃的一尺来长的尖刀，一手操着刀，在猪身上正擦一下，反擦一下，然后一手猛地扼住猪头，一刀从猪的喉下用力捅下去，直抵心脏。刀一抽，一股殷红的猪血从刀口喷涌而出，落进早就准备好的盆里。猪挣扎几下，呜咽几声，抽搐一阵，就一动不动了。

杀猪匠另拿一把短刀，在猪的后腿挨近蹄子的地方，划上一道一寸来长的小口。然后，拿出一根顶端呈圆球般的长铁棍。这棍叫“挺杖”。他一手提着猪腿上划开口子的皮，一手将挺杖慢慢地抻进去，抵达猪的前腿部位，来回鼓捣一阵；继而将挺杖抽出来，再换个方向。反复几次之后，杀猪匠便抬起猪腿，靠近嘴边，而后深吸一口气用力地吹去。渐渐地，猪身便臌胀起来，随即将入气口扎好，以免泄气而前功尽弃。

接下来，杀猪匠便将大铁锅里滚烫的开水，迅速地浇在猪身上。然后，他拿出瓦片样的刮毛器，开始刮猪毛。刮完毛的猪，光洁白润，又重新抬到案子上开膛破肚，摘除五脏六腑等下水。最后，将半扇子猪肉用铁钩挂在木架上，进行更零碎的肉体分割。

按照旧时的行俗，杀年猪时，除了给国家交税钱之外，杀猪匠是不收钱的。当然，也不能让杀猪匠白忙活，否则他们靠什么过活呢？

一般来说，杀猪匠杀完一头猪之后，会根据猪的大小留下一刀肉，或一副下水，以及猪鬃啥的。

旧时的杀猪匠，奉三国时期的猛将张飞为本行业的庇护神。这是民间张飞庙里供奉的张飞塑像

杀猪匠作为一个有着两千多年历史的古老行业，在发展的过程中也形成了许多行俗行规，比如杀猪匠这个行业将三国时期蜀国猛将张飞奉为本行业的祖师爷。当年，张飞能够在长坂坡前一声吼，吓退曹操百万兵，据说就是因为长期给猪吹气，练就了巨大的肺活量。旧时，我国民间不少地区的屠宰行会，都建有张飞庙，专祭张飞。

杀猪匠在杀猪时，忌讳一刀杀不死，认为那是来年财运不顺的预兆；杀猪匠还忌讳杀怀孕的母猪，“一刀不伤二命”是杀猪匠谨守的行规；长有五爪的畸形猪是“五爪龙”，是神物，忌宰杀。

然而，猪毕竟是猪，不能当作神物永远供奉起来。那么，必须要宰杀的时候该怎么办呢？民间自有破解的办法。在宰杀这种畸形猪时，只要不在本家的院子里，拖到路口上宰杀即可。这样，“五爪猪”死后，灵魂会顺路飘离，而不会留在本主家作祟了。

尽管这样，杀猪匠对“五爪猪”还是心存忌惮的。有些地区的杀猪匠，在宰杀“五爪猪”的时候，要用锅灶灰将自己的脸部涂黑，这是担心被“五爪猪”认出模样，然后披上蓑衣，一刀将猪杀死，再转身奔向院内。过半个时辰之后，估计“五爪猪”的灵魂已经远离了，才进行下面的活计。

杀猪匠在杀猪的同时，通常也兼做售卖猪肉和猪下货的生意

除此之外，杀猪匠这个行业还规定了一些禁止屠宰的特殊日子，例如正月初九，是玉皇大帝的生日；二月十五日，是道教始祖太上

老君生日；四月初八，佛教始祖释迦牟尼生日；八月二十七日，儒教始祖孔子生日等。在这些特殊的日子里，杀猪匠都禁止动刀，以免亵渎了仙人或圣人的圣誉。

杀猪匠这个行业，在长期从业的过程中，也形成了众多的隐语切口，如杀猪匠将猪称为“帝子相”，羊称为“长髯公”，马称为“风子”，牛称为“叉子”；刀称为“尖峰”，斧称为“叶锋”；宰杀称为“撂倒”，剥皮称为“脱袍”，刮毛称为“褪光”，剖腹称为“净身”等等。

杀猪匠，除了为别人杀猪之外，往往大都在集市坊间设有一肉摊或肉铺。因此，他们既是手艺人，又是生意人。由于杀猪匠占有进货渠道上的优势，故而生意通常比较红火。

而今，农村零散养猪的家庭已经越来越少，肉食品的供应日趋规模化，完全可满足群众的需求。民间杀猪匠这个古老的行业，也逐渐远离了人们的生活。

铁肺钢腹吹鼓匠

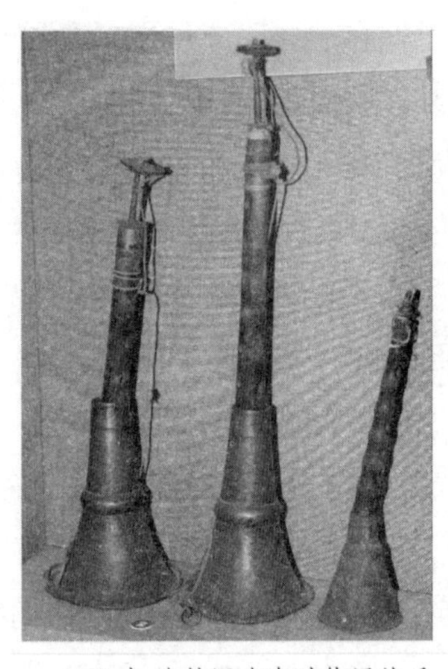

旧时，吹鼓匠吹奏时使用的乐器唢呐

吹鼓匠，亦称“鼓匠”“吹鼓手”等，是我国民间一个十分古老的行业。旧时，每逢红白喜事，一般人家都要雇一班鼓匠吹吹打打。红事指的是娶媳妇，白事指的是老人过世出殡，过去农村80岁以上老人过世也称“喜丧”。

吹鼓匠这一行始于哪朝哪代，并无详实的史料记载，但最晚不过春秋战国时期。春秋战国时期，诸侯割据，各路诸侯为了争夺土地和人口，长期进行战争。

当时，吹鼓匠的演奏，既被作为军乐，用来鼓舞将士们的士气，又被用作凯旋之后的欢庆之乐。

据史料记载，孔子年轻的时候，曾从事过此业。只可惜，旧时的鼓匠们并没有因为孔夫子的参与而抬高身价。旧社会，吹鼓匠被归入到“三教九流下三烂”之列。

今天，我国民间一些上了年纪的老人，仍会记得“王八戏子鳖鼓手”这句粗俗的俚语。正是由于深受人们的歧视，凡能勉强糊口者，大都不愿意从事此业。操此营生者，多为残疾之人，盲人犹多，即使眼睛完好者，鼓腮卖劲时，也要闭上眼，故有“瞎鼓匠”之讥称。不瞎的，也往往被称为“瞎”。可谓贱名辱人。

吹鼓匠的演奏，虽然算不上是一门高雅的艺术，但也绝非一般人所能从事的。按理说，他们应该受到别人的尊重才对，为何深受别人的歧视呢？

旧社会的吹鼓匠，多为患有眼疾的残疾之人，故有“瞎鼓匠”的讥称

这应该与旧时人们的封建观念有关。红事喜宴倒也罢了，问题就出在白事上。东家死了人，孝子们自然要哭灵尽哀。雇吹鼓匠来，在灵前吹吹打打，实际上也是“哭”。不过，哭的方式不同罢了，吹鼓匠们是用唢呐笙管“哭”。尤其是“叫夜”与出殡时，吹尖的“哭”主旋律，接下音的伴“哭”，笙、管陪衬呼应，一时间“哭”得悲悲切切，哀哀痛痛。如此一来，吹鼓匠们就像是给人家当孝子，岂能不遭人歧视？

旧时的鼓匠班子，一般由七八个人组成，大部分眼睛有不同程度的残疾。吹唢呐的两个人，分别负责“捏上眼”和“捏下眼”。“捏上眼”，行话称“老家话”，即在演奏中起主导作用，吹什么内容由其来决定；“捏下眼”，行话称为“拉踏”，意思就是跟着吹“噜噜啦”就行；再就是一个打鼓的，一个打镲的，一个打锣的，其他的吹笙和拉二胡。

红白喜事，吹鼓匠们演奏的曲目也不一样。红喜的曲调都是欢快的，比如《凤求凰》《百鸟朝凤》《杰子调》《喜临门》《小开门》等。白喜的曲调则要低沉一些，哀婉一些，比如《小寡妇上坟》《哭伶仃》《哭坟》等。

旧时，民间殡葬仪式比较繁琐，大都为三日出殡。有些家境富裕的人家，则更为讲究，甚至有将灵柩停放达十一日之久才出殡的。吹鼓匠们则要根据殡葬仪式的进程，吹奏不同的曲子。譬如开灵时必须吹《将军令》《豹子头》《四上仙》《水落月》等乐曲；“点主”时吹《大邦台》《小邦台》等；吊唁时吹《柳河荫》《豆叶黄》《朝天子》等；下

葬时吹《四六句》《柳青娘》等。

出殡行列中的吹鼓匠多穿青衣，吹得悲悲切切

吹鼓匠这个行业，不像瓦匠、木匠等行业可以藏拙。吹鼓匠这一行哄不得人，一声一韵，一节一拍人们都听得见；什么时候吹，该吹什么曲调，该吹多长时间，又都有规矩稍微出一点闪失，就会惹得围观的人看笑话。当然，这样东家也不会依从。若班子的名声臭了，再找活就不容易了。

既然不能哄人，就必须有过硬的功夫，而这硬功夫必须经过一番苦练，所谓“冬练三九，夏练三伏”。

尤其是负责捏音孔的十指功夫，是吹鼓匠必备的硬功。练习这功夫，须在三九天站在高处，面迎寒风，裸指而吹。其中苦楚，可以想见。练气，则是这门手艺的内功了。力求憋一口气，吹出又响又长的一声来。“呜哇——”一声长啸，高亢嘹亮，气势博大，石破天惊。这才是不凡的功夫。更精湛的是练到了没有“气口”，即换音而音不歇。在吹奏的时候，令人找不到换气的地方。这一功夫，可谓炉火纯青了。

旧时，人们为老人办葬礼时，主要分为“三天鼓”和“昼夜鼓”两种方式。有些家境富裕的人家，为了图个热闹，也是为了向别人显摆一下自家的经济实力，会同时雇两班吹鼓匠比着吹。

两班吹鼓匠一旦对起台来，就更是互不相让。比赛的重点，自然是在吹尖的班主之间进行。为了压倒对手，他们会使出浑身解数，动用“十八般兵器”，用嘴吹，用单鼻孔吹，用双鼻孔吹；吹唢呐，吹笙管，吹羊腿骨等。直到一方技穷无奈，败下阵来为止。看的人喜笑颜开，喝彩声不断。败阵一方的鼓匠们则面露愧色，一言不发。因为对他们来说，这是很丢面子的事情，更影响以后的生意。因此，吹鼓匠在对台的时候，双方都会竭尽全力，使出所有的本领。甚至有的吹到气衰力竭，当场吐血的。

由于耗气伤身，吹鼓匠们大都不到50岁便牙齿松动甚至脱落。上了年纪往往是气喘咳嗽，不免过早离开人世。一生辛苦，也便结束。

吹鼓匠这个有着两千多年历史的古老行当，在其发展的过程中也形成了众多行规。或许，这个行业从一开始就受到人们的歧视，所以那些行规也使其从业者的地位显得愈加低贱。

吹鼓匠绝对不能在室内吹打。不论是头顶烈日，还是风雪交加，只要受人雇佣，就得在院子里吹。数九寒天，至多守炭火一堆而已。如遇雨雪，则搭一个棚子暂避。

吹鼓匠吃饭时也有规矩，绝不许到屋内的席面上吃。况且一日三餐开饭时，正是他们大吹大擂的时候，当宾朋在鼓乐声中酒足饭饱之后，吹鼓匠才可用饭。

对吹鼓匠最显歧视的一点是，当吹鼓匠或当过吹鼓匠的人，如果遇到亲戚故旧有婚丧嫁娶之大事，以宾客身份前往随礼，是绝不能与他人同席而坐的。否则，同席的人便会觉得受到了侮辱。

迎亲队伍中的吹鼓匠多穿鲜艳服装，吹得喜气洋洋

吹鼓匠这个行业，也有自己的隐语切口，如他们将唢呐称为“喘子”或“喷子”；将锣称为“硬哄子”；将吹笛子称为“架梁子”；将拉弦称为“抽丝”；将吃饭称为“丁根”；将吃席称为“召”；将面条称为“龙须根”；将酒称为“油三”；将孝子称为“错三”；将男人称为“橛子山”；将死人称为“切了”；将钱称为“八

眼”；将给钱称为“当八”等等。

解放之后，随着婚礼仪式的简化，已经很少有人家在办喜事时雇请吹鼓匠了。但是，在殡葬老人的白事仪式里面，仍延续着雇佣吹鼓匠的习俗。

时至今日，在农村地区一些老年人的葬礼上，仍能够听到吹鼓匠们的吹奏。只是，大多数鼓匠班的“吹奏”，是以录音机播放的。而且在整个葬礼仪式中，他们自始至终都被奉为上宾，深得别人的尊重。他们现在的地位，与旧时吹鼓匠相比，简直是天壤之别了！

游刃有余修脚匠

修脚匠是一个古老的行业，与中医的针灸、按摩并称为中医的“三大国术”

修脚匠，又称“剔脚匠”或“画皮匠“。从事该行业的手艺人，专门为人修剪趾甲、治疗足疾，是一种十分古老而又传统的服务行业。

修脚术，是中医外治的一个组成部分。它采用中国传统医术和刀法相结合的疗法治疗，与中医的针灸、按摩并称为中医的“三大国术”。

我国“修脚术”的历史源远流长，早在原始社会时期就已初见端倪。由于人类的生理因素，趾（指）甲不断生长，严重影响了生活和劳动，人们便会不自觉地用牙咬或用手将其折断。后来，随着社会的发展和进步，逐渐开始使用经过打制的石刀和贝壳割磨趾甲。

在殷、商时期的甲骨文里面，就已经有了“病足”的文字记载。另外，在我国最早的中医学著作《黄帝内经》里面，已经有了关于治疗脚病的精辟论述与药方。在隋朝时期的医学著作《诸病源候论》中，已经有了关于胼胝（脚垫、老茧）和肉刺（鸡眼）的记载。由此可见，修脚行业的确有着十分悠久的历史。

旧社会妇女有着缠足陋习，同时，男人也习惯穿一种紧紧裹住

古代的女性有缠足的陋习，更加容易导致脚疾。这是古代缠足少女所穿的金莲鞋

脚的布鞋，再加上过去的交通工具简陋，人们多为步行，道路又以坎坷不平的居多。人们在长期走路的过程中，两只脚掌经过长时间地挤、压、磨、硌，使很多人都患上了脚疾。这些虽然算不上大病，但也给人们的劳作和生活造成极大的不便，有的甚至令人感觉很痛苦。

而修脚匠们运用锋利的修脚刀，施行修、削、剜、劈等技巧，对症下刀，大多能为患者解除一段时间内的行动不便和痛苦。

这个颇接地气的行业，自然而然变得越来越兴盛起来。尤其是到了清代，因达官贵人多穿官靴，更加容易得脚病。修脚匠成为他们生活中必不可少的“护理师”。当时，就连皇宫内也有专门的修脚师，各地浴室也常见修脚匠的身影。还有一部分修脚匠，敲着“呱哒板”行走天下。

清末民初时期，我国民间的修脚行业逐渐形成了河北、山东和江苏三大派系。“河北派”，以老北京为中心，其特点是手法灵巧、技艺细腻，擅长修治各种脚病；“山东派”，以济南府为中心，技术全面、用刀豪爽，除了修脚之外，还掌握推拿等技艺；“江苏派”，则以扬州府为中心，讲究修脚技艺的精致美观、舒适文雅，尤其在捏指、刮脚方面有独到之处。

修脚匠服务的内容包括修脚趾甲、刮脚、捏脚、修脚垫、剜鸡眼等。修脚技法变化多样，操作中持刀有“三法”：捏刀、逼刀、长刀；持脚又有“八法”：支、抠、捏、卡、拢、攥、挣、推；修治又有“八法”：抢、断、劈、片、挖、撕、分、刮。

一个好的修脚匠，需要掌握好刚柔并济、深浅得当、快慢有致、轻重适宜的原则；在技艺上要达到“出手轻、铲得平、铲得圆、断得净”12个字的标准。

在古代的街市上，有不少以修脚为业的手艺人

修脚主要依靠师承关系，采用口授心传的方法。学徒时，先练习削筷子，后练习削肥皂，最后在自己的脚趾上试刀。只有练习到修脚刀在自己的脚趾间游刃有余时，方可出徒营业。

修脚刀是修脚匠吃饭的家伙，多则有20来把，至少也要有5把，即：口窄轻便的平刀、嵌趾的条刀、坚厚的锛刀、薄而锋利的铲刀和刮刀。修脚匠在使用刀具的同时，还要会磨刀，并根据不同的脚病，使用不同的刀具。

旧时，修脚匠的营业方式大体可分为两种情况：一种是在澡堂、浴池内服务的，他们受雇于店家，行话称“做平活的”，也叫“画皮”。浴客洗完澡之后，让修脚匠修脚按摩，有病治病，无病也能舒络筋骨、解除疲劳。每次收费几文小钱，价格很公道。

当年，受雇于澡堂里的修脚匠也外出干活。即应邀到顾客家里，为其修脚。因为在旧时，有些官宦人家或书香门第，出于生活习惯或自尊心理，不愿意出入澡堂子这种大众场合，即使是高级浴室也羞于涉足。但脚疾与牙疼一样，不是什么大病，却痛苦难忍。于是，他们只好把澡堂子里的修脚匠请到家里来服务。

这幅清末老照片所表现的，就是当时的修脚匠为患者修脚的情景

另一种修脚匠，则是在集市、庙会或者城镇的路旁设摊

营业。他们一般是把一方红布铺在地上，摆上道具、药物和往日割下的脚垫、鸡眼。身后悬挂一块白布，上绘脚形，标明各种疾病。讲究一点的修脚匠，还会用竹竿横三竖六搭一个“窑棚”，绳子要往里缠，也不系扣。修脚匠坐在矮凳上，让患者对面坐下，将脚翘起，放在匠人的膝上。匠人手拿刀具，熟练地割下厚厚的脚垫，或挖出深深的鸡眼。术后不久，患者的病脚便康复了，走起路来舒服多了。

有些修脚匠的摊位并不固定，而是像那些江湖游医一样，走街串巷招揽生意。最初，他们并不吆喝，而是双手分别拿着一块5寸长、2寸宽的小竹板，相互不停地敲击着，以此作为招揽生意的方式。其敲法是：慢三下，顿一顿，再紧敲二下。人们一听，便知道是修脚的来了。后来，也有一些修脚的，边走边吆喝：“修脚啊！捉‘猴儿’啊！”。这些修脚匠一般是腋下夹个包，里面是修脚用的几样工具和治脚疾的药粉。他们是专门为那些不愿意进澡堂子或没工夫进澡堂子的人在家里或街头修脚。

我国民间的修脚行业，大都将志公禅师奉为本行业的祖师爷。相传，他的禅杖上挂有修脚工具，曾为佛祖释迦牟尼、达摩老祖及周文王等人修过脚，治过足疾。也有一部分修脚匠，是将陈七子奉为本行业的祖师爷。相传，陈七子为江西饶州府人氏，他幼年时拜理发业祖师罗祖学艺。因其贪玩嬉闹惹得师傅大发雷霆，一怒之下摔坏了他的剃刀，并骂道：“你玩‘呱哒板’去吧！”陈七子只好用半片剃头刀片为人修治脚疾。后来，他得到真人的指点，修脚技艺愈加精湛，由此创下修脚这一行。

旧时修脚匠供奉的行业神祃“七相公”（陈七子）

旧时，社会上有“下九流”之说，一般其子弟不能参加科举考取功名。但是，作为“下九流”行业之一的修脚匠，其子弟却可以参加科举考试。为什么不起眼的修脚匠会有这样特殊的“待遇”呢？

据说古时候，某位皇帝需要修脚，曾钦点了民间的一位修脚师傅。修脚匠因为职业的原因，可以与皇帝面对面地坐着。而在平常，即使文武大臣上早朝时，离皇帝也只能是远远的。只有修脚匠待遇极高，所以修脚匠在民间还有一个“对君坐”的雅号。因此，允许修脚匠的子弟们参加科举考试。

当然，能够与皇帝平起平坐，只不过是古代的修脚匠们为了提高本行业的地位，附会而成的一个行业典故罢了。

其真实的境况是，从事这个行业的匠人常常被人看不起，被鄙视为“下九流”。即使在旧时，也很少有人愿意做这一行。但不管怎么说，修脚是一个凭手艺吃饭的行当，带有足部外科医生的性质。对于那些饱受脚疾折磨的患者来说，修脚匠确实是他们的“救星”。

相传在清代末期，清政府曾派李鸿章出洋访问。李鸿章当时住在上海苏州河旁的天后宫等船出洋。不料，李鸿章的一只脚生了鸡眼，走起路来非常不便。于是，他命属下赶快在当地物色一个手艺高明的修脚匠。很快，便找来一名修脚高手。

那名修脚匠果然名不虚传，手到病除，治好了李鸿章的鸡眼。李鸿章非常高兴，当即奖赏了那名修脚匠10两银子。随后，李鸿章提出带这名修脚匠出洋，每月薪金和安家费合计一百多两银子。这名修脚匠自幼贫穷，从没有想到修脚还能发“洋财”。这名修脚匠抱着10两银子不知如何是好，接连三天无法安睡，结果因兴奋过度而发疯了。这也只能这个怪修脚匠没有福气了。

早期的修脚匠，清一色都是男子。到了民国时期，在北京、上海、广州等大城市出现了女子修脚匠。她们能在人们的脚趾甲上修出各种花卉、羽毛、山水人物，还能将人们的手指甲染成不同的颜色。她们的手艺，在当时成为一绝。许多贵族公子、小姐们慕名而来求她们修脚。不过，价格十分昂贵，每人次约大洋二三十元不

这尊铜塑作品，更像是现代人对风尘岁月的一种追忆

等。

但这种风气并没有持续多久，只是昙花一现而已。而在现在看来，这些女子修脚匠称为“美甲师”或许更加合适一些。

尽管在现代，飞机、火车、汽车等先进的交通工具，解除了人们长途跋涉之苦，但这并不能完全杜绝脚疾的发生。

因此，修脚这个行业也一直延续下来。现在的修脚匠，大都在专业的修脚店里营业，而且需要有职业资格证书方能从事此业。不过，鱼目混珠的现象，在这个曾被视为“江湖生意”的行业里也仍然存在着。

九品"待诏"剃头匠

旧时，理发师称为"剃头匠"，被认为是一种侍候人的行业。剃头匠这一行，是在清朝入关以后才兴起来的。

清代早期的剃头匠是属于官差之列

在清代以前，汉族人是留发的，不论男女都是满蓄发。男子谓之"拢发包巾"，状如今日所见之道士发式。所有人都严格遵循"身体发肤，受之父母，不敢毁伤"的古训。否则，就要被别人视为不孝。那时候，不剃头，却"理发"，为人护理头发的叫"篦头匠"。顾名思义，就是为人洗发、梳发的匠人。类似今天的养发、护发和美发。

清朝顺治二年七月（1645年8月），清政府为了加强大清王朝的统治，不顾汉族人民的强烈反对，强行令百姓一律按照满族风俗剃头梳辫。若有人违抗或逃避，杀无赦！

北京作为京都，当然需要带头执行此令。因为时间紧，找不到那么多剃头匠。于是，摄政王多尔衮下令，派包衣三旗的士兵充当剃头匠，分别在地安门、东四、西四、正阳门等主要路口搭起席棚，内供清朝皇帝的圣旨牌。凡过往行人有留发者，便强拉入棚内剃头梳辫。违抗者当场斩首。谓之"留头不留发，留发不留头"。当年，有许多人为了那几绺青丝而掉了脑袋。

鉴于此，有些男子就躲在家里或藏在隐蔽处以逃避剃头。于是，清廷军士又挑着剃头的工具走街串巷找人去剃头。剃头挑子遂由此而兴起。

旧时的剃头挑子

当初的剃头匠全部为官差，穿官衣，领俸禄，剃头也不收费。开始时，剃头工具都是由官府统一制作，发给剃头匠。私人不准制作，不得私自增减。这些人和工具，都与当时的军事和时局有关。

先说大铜盆，行话叫“海”，是三旗兵役的铜盔；取水用的木瓢，行话叫“镇海”，是旗兵用来饮水的水葫芦；煮水用的水罐，是军用的火药罐；圆笼上带刁斗的旗杆，最初是用来挂“剃发令”圣旨的，后来则改为“挡刀布”；刁斗两侧伸出的钩子，最早是为挂砍下的人头和穿插耳朵之用（抗旨的人被砍头后要割下左耳回营报功），后来则改为搭围布和手巾之用；长方形的小凳除坐人之外，砍头时也用它做垫木，后来则在其下加两层抽屉，初时放剃刀等各种工具，再后来上层改为放钱用。

旧时的剃头匠在使用“唤头”招揽生意

剃头匠上街不吆喝，当初吆喝“剃头”，等于高喊“杀头”，人们都吓跑了。他们当初是手拿刀、鞘相击，后来才改为用“唤头”。

唤头，是剃头匠专用的响器，为镊子状两钢片，以铁棍从内向外挑动发出声音。不论剃头匠到什么地方，只要一响“唤头”，百姓必须出来请剃，否则就以抗旨论罪被杀头。

“剃发令”激起了汉人的强烈反抗，针对满清王朝宣布的“留头不留发，留发不留头”的血腥命令，全国许多地区的汉人喊出了“头可断，发绝不能剃！”的悲壮口号。然而，在满清政府的残酷镇压之一，人们最终还是屈服了。

由于需要剃头的人口数量众多，会剃头的士兵远远满足不了需求。于是，清政府便责令军营中的农夫学习剃头，作为官差之需。

满族人对发辫看得极重，也极为讲究，什么“紧辫”“松辫”“锅圈儿”“前后孩儿发”等等，颇为费工费事。一些满人对梳理修饰感到满意时，通常要赏剃头匠一些酒钱，久而久之，成为定例。人们剃头也逐渐成为一种习惯，没有必要再以“剃发令”作为震慑了。

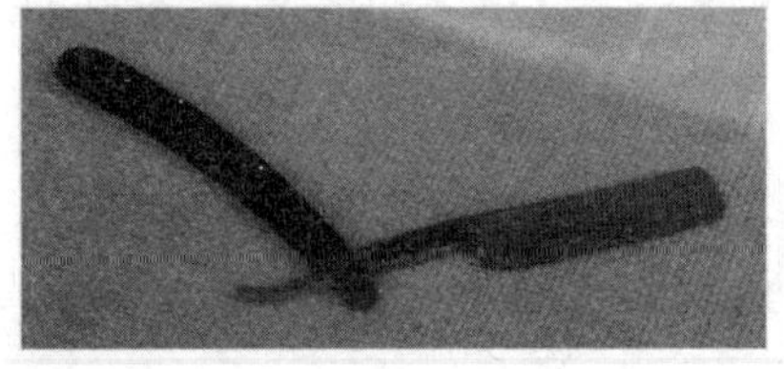
剃头刀子

于是，剃头匠逐渐由官差变为私人营业。剃头匠则成为三百六十行中的一种职业，开始收费了，但剃头匠所用的挑子、工具，仍一如旧制。

辛亥革命之后，全国又掀起了剪辫子风潮。于是，剃头匠又成了最忙、最出风头的人物。当时，理发不仅是为了美观，而是一件革命大事。剃头匠以“除此数存之胡尾，还我大好之头颅”而自豪。

剃头行业在发展的过程中，其营业方式逐渐分为两种：一种是在闹市集会上搭一布棚或租赁铺面，挂上招牌，称为“剃头铺”或“剃头棚”；另一种，则称为“剃头挑子”。

剃头挑子，又分为“下街挑子”与“桥头挑子”。前者是走街串巷，后者是固定在某一个桥头。

剃头挑子走街串巷时，使用“唤头”招揽顾客。当人们听到“嗡嗡”的声响之后，只要喊一声“剃头的！”剃头匠就会马上赶过来，放下挑子，从挑子一头取下小方凳，让剃头者坐下，再取下铜盆，用木瓢从水罐里舀水放到工具箱上。然后，剃头匠穿上大蓝布围裙，手持剃刀在磨刀石上鐾几下，便挺直身子站立，近而不贴，开始剃头。

旧时的剃头棚

旧时剃头，除了打理满头青丝之外，剃头匠还要给顾客修面、刮胡子、按摩、捶背、掏耳朵等。修面和刮胡子的过程较为复杂：先用毛刷蘸上肥皂水涂抹在顾客面部，然后用剃刀沿着胡须生长的方向慢慢刮。对那些又粗又硬的胡须，还要先用热毛巾敷一会儿，等到把胡须敷软之后才开始动刀。如果稍有不慎，就可能刮伤顾客的面皮。因此，剃头匠在使用剃刀的时候，必须手法娴熟，而且注意力要高度集中。

剃头匠掏耳朵的工具也很齐全。除了耳勺之外，还有小刮刀、镊子等。有的人耳屎粘在耳底挖不动，就用长长的刮刀在耳底沿边刮一圈，然后再用镊子把大块耳屎夹出来。你可别小瞧了这门手艺，经剃头师傅挖过耳朵之后，听力一下子畅通了许多，心情也顿时变得愉悦起来。

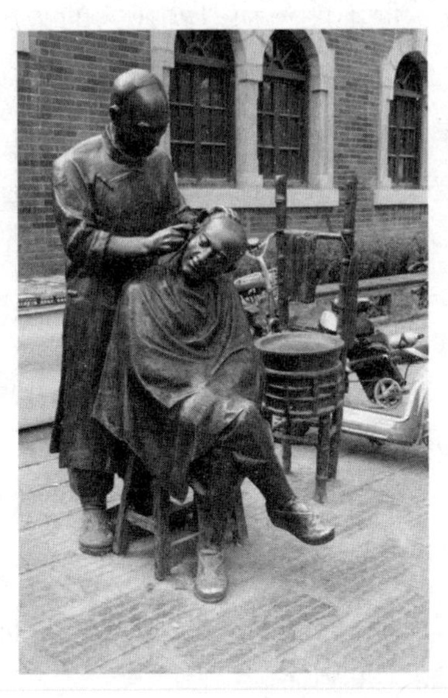
旧时的剃头匠为顾客剃完头之后，还要提供掏耳朵、捶背、按摩等服务

掏完耳朵之后，并不算完。为了讨好顾客，剃头匠都会拿出绝活，进行按摩。睡落枕的脖子、岔气的腰背，剃头匠三招五式，简直是手到病除。再看那些享此服务的顾客们，都舒服得鼻眼歪斜了，怎么会不满意呢？

当剃头匠成为社会上的一个行当之后，曾贵为九品“待诏”的剃头匠，也光环消尽。这个行业，也

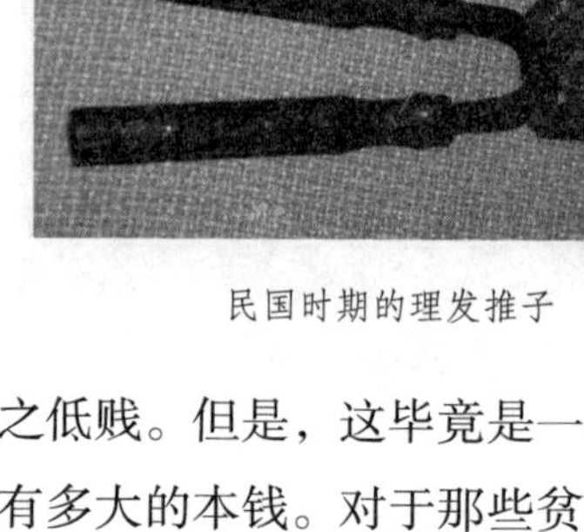
民国时期的理发推子

逐渐沦入卑贱的行业之列。旧时，人们对剃头这个行业也存在着严重的歧视。比如一人当剃头匠，全家人不准参加科举考试；一朝当了剃头匠，三年内家里不准养红公鸡等。由此可见，剃头匠在旧时社会地位之低贱。但是，这毕竟是一门可以养家糊口的手艺，而且又不需要有多大的本钱。对于那些贫苦百姓来说，从事剃头匠的营生，也是一个不错的选择。

为了生存，过去的剃头匠极其重视手艺基本功的训练，并且形成了独有的一套行规。剃头匠一般也要学徒三年，在拜师之前，先拜吕祖神像及“发神”苍华。剃头匠学徒时，首先从磨刀开始学起。磨剃头刀，有专门的“挡刀石”和“挡刀布”。

“挡刀石”比普通磨石小，石质也要比普通磨石细腻。这样，磨出的刀子才能保持刀面光滑、刀刃整齐；“挡刀布”是一块长方形牛皮，每一次修面前，剃头匠都要把刀子在上面反复磨蹭几下，使刀刃更加整齐和锋利。然后学剃发，但不能一动刀就在人的头皮上练习。

剃头虽然事小，却非同儿戏，手持利刃，万一割破一丝头皮，谁还敢找你剃头。因此，先要学剃冬瓜。冬瓜皮硬，布满细毛，要细细将毛刮净，瓜皮丝毫不受损伤。只有剃得娴熟之后，方可给人剃头。

此外，还要练习铰刀、挖针，以备顾客挖耳之需。那时候，剃头匠们对待顾客，真像对待父母亲人那样服务周到。

剃头匠这一行的讲究很多，不能喝酒，不能吃葱、蒜等带刺激味的食物。出家人来剃头，不能说剃头，要说“请师傅下山落发”。僧道剃头的规矩也不同，给僧人剃头要从前到后一次剃通，俗称“开天门”；给道士剃头，则是从后向前一次剃通。

剃头匠逢到“剃红头”（给婴儿剃头）时，规矩最多，而且要上门服务。当然，主人家的报酬也极其丰厚。

在“剃红头”时，有两个规矩剃头匠必须严格遵守：一个是在剃头时，若婴儿大哭大闹，剃头匠不可开口，只能闷声干活。据说，这样的孩子长大之后，会变得文雅而温顺。再一个就是毛发不能剃得太干净，寓意着孩子一直都身体健康。

旧时剃头，剃头匠一直是以“唤头”作为招揽生意的响器。但必须按规矩使用，做到所谓的“三不鸣”：一是过庙不鸣，怕惊了庙内的鬼神；二是过桥不鸣，怕惊了水里的龙王；三是过剃头棚不鸣，怕搅了同行的生意。

旧时的集市上总会有不少剃头匠在营业

剃头行业在发展的过程中，也形成了众多的隐语切口，如本行业将从事剃头的称为“取三”；大人头称为“度山”，小人头称为“秧身”，和尚头称为“揪光马驴子”，婴儿头称为“红顶”，死人头称为“西方苗子”；剃刀称为“青子”，剪刀称为“片子”，木梳称为“稀龙”，磨刀石称为“山货”，扁担称为“天平秤”等等。当然，这些古老的隐语切口，对现在从事理发行业的人员来说，早已像天书一般令人费解了。

建国之后，随着美容理发业的迅猛发展，剃头挑子逐渐从城乡的街头消失了。取而代之的，是各式各样的理发店和美容院。

温暖便利老虎灶

南方老虎灶行业的出现，为普通百姓的生活提供了不小的便利

“老虎灶”这个名字，对于大多数的北方人来说，听了之后多少有一点惊悚的感觉。因为这个名字总会不由自主地使人将其与气势汹汹的老虎，以及相关的一种刑罚“老虎凳”联系起来。其实，这是一个莫大的笑话。

所谓老虎灶，就是过去我国南方民间烧开水、卖开水的店铺，跟北方市井常见的茶水炉一个道理。

既然是专门用来烧开水的大灶头，为何被称为“老虎灶”呢？据说，这个名字的来历，与灶头的形状有关。因为那个用砖砌成的大灶的灶膛口很像老虎的血盆大口；灶前面并排的两口烧开水的小锅，就像老虎的眼睛；后面两口用来保温的大锅像老虎的身子；而最后面那个高高耸立，穿屋顶而出的烟囱就像老虎的尾巴，整个灶台的样子就像一只卧蹲着的老虎。于是，才会有这样一个冷森森的名字。

老虎灶具体起源于何时，并无详细的史料记载。但在清朝末期，老虎灶已经在南方的一些城镇市井间广为盛行。据说，老虎灶这一行业，首先诞生于江浙地区。之后，陆续在我国南方民间众多地区普及和发展起来。

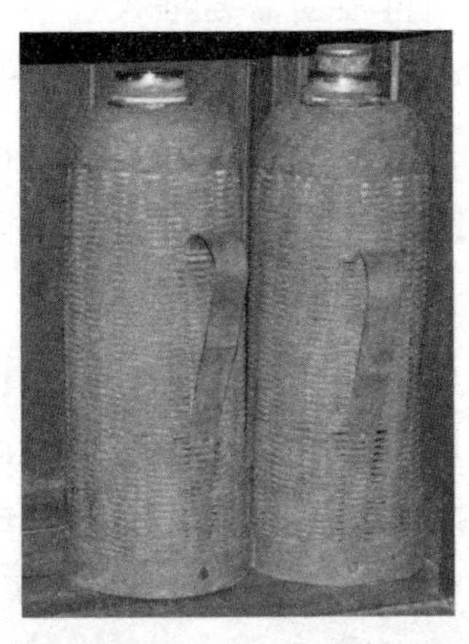

老式暖水瓶，或许会唤起很多人对童年时光的追忆

在1872年11月20日出版的《申报》上面，提到了苏州城内设有大量老虎灶："余前见苏城内河均有储水之船停泊埠上，凡茶铺老虎灶及民间饮水，均向船内取给。盖船从城外大河运装清水入城，以便汲饮，此法最善。"

除了苏州，同时期的南京也有大量的"老虎灶"。1875年8月26日出版的《申报》上有这样的记载："金陵居民全赖老虎灶用水，是以此业不拘何处，凡一街一巷皆有一灶开设，盖所以便民用也。"

清代著名小说家吴趼人在其撰写的《近世社会龌龊史》第十二回中也写到了老虎灶："顺着脚步走去，留心看那两旁店铺，除了一两家老火灶之外，竟是家家闭户的，方才想着自己太早。一时又没有地方可以住脚，只得走到一家老火灶去泡了一碗茶，要了一盆水来，胡乱洗了个脸。"

小说中所描述的"老火灶"，其实就是老虎灶。通过这些文字描述可以看出来，老虎灶行业在清代末期已经十分兴盛。老虎灶曾是时人生活中不可或缺的一部分。

平时，寻常百姓连烧个热水也比较麻烦，老虎灶无疑是雪中送炭的伙伴了。冬天的晚上，家家户户在临睡前，都要到弄堂口去提点滚烫的开水回来，用它来洗脸、烫脚，再灌满汤婆子暖被窝。

旧时的老虎灶分为几个档次，最小的只供应热水；稍大一点的兼卖香烟糖果等生活品；再大一点的，摆上几张桌子就算是兼营茶馆；如果后边再有几间小房，拎进一桶热水能洗澡冲凉，就算是兼营浴室了。因此，那些坐落于街头巷尾的老虎灶，为旧时居民的日常生活提供了很大的便利。

老虎灶分为上下两层，上层灶门口斜设一块青石板。进灶门是一溜斜铸铁炉栅，下层是四周砌筑好的灰坑。烧火时将柴放入青石板上，再根据需要推入灶门燃烧。所用的燃料有木材、木屑、稻糠、煤炭等。当火旺时，灶门盖上铁盖之后，还能听到一阵阵有节奏的“轰轰”声。

当小铁锅里的水烧开之后，店主即用带有长把的勺子和漏斗，把开水灌进买水者的暖瓶或汤罐里。小铁锅里的水用完了，便用一个带歪把的小木桶把大铁锅里的热水灌倒小铁锅里，继续烧，以保证开水供应不脱节。

20世纪80年代前后，北方民间售卖热开水的茶炉。

从事老虎灶这一行业的比较辛苦，清晨五六点便开始营业，一直到晚上十一二点钟才打烊。除了购运燃料、烧水售水之外，最繁重最劳累的是解决凉水水源的问题。旧时，普通的城镇乡村根本没有自来水。老虎灶的用水，都是一担担从附近的水井或河里挑到在储水缸里的。然后，再放入明矾沉淀待用。

若遇上阴雨天气，道路泥泞湿滑，赤手徒步都犯愁，更何况还要挑着满满一担水呢？其劳作之辛苦，可以想见。虽然卖开水是一份薄利生意，但水卖得多了，收入也还是可以的。那些大大小小的老虎灶，为许许多多的人提供了一个谋生的活路，也给不计其数的平民百姓留下了难以忘怀的记忆。

自20世纪80年代以后，煤气灶、热水器、饮水机、电磁炉等现代炊具和家用电器，在人们的生活中日益普及。原来以柴草、煤炭为燃料的老虎灶，大都退出了生活的舞台。而今，在城镇弄堂街巷里零星存留的几处老虎灶，更像是对一段特殊记忆的坚守吧！

第五辑：耕织渔猎篇

植桑采叶养蚕忙

蚕茧与蚕丝

中国是世界上栽桑、养蚕、丝织最早的国家。中国古代劳动人民发明了栽桑养蚕的技术，在长期的实践中，不断地发展和提高，并先后传播到世界各国。养蚕取丝，是中国古代人民对世界人民的一项卓越贡献。

蚕，原是生长在野外的桑树上面，以吃桑叶为主，所以也叫桑蚕。在桑蚕还没有被饲养之前，我们的祖先很早就懂得利用野生的蚕茧抽丝了。究竟从什么时候开始人工养蚕，现在还难以确定。但是早在商、周时期，我国的桑蚕生产已经有很大的发展。

从古老的文献中，我们可以看到关于养蚕的直接记载。反映夏末商初淮河长江一带的生产情况的《夏小正》中说："三月摄桑，妾子始蚕。"这就是说，夏历三月（阳历4月间），要修整桑树，妇女开始养蚕。

商代甲骨文中不仅有蚕、桑、丝、帛等字，而且还有一些和蚕丝生产有关的完整卜辞。商代设有"女蚕"，为典蚕之官，对蚕事极为尊崇。当时，有"杯蚕"（臭椿蚕）、"棘蚕""栗参""蚁蚕""螺蚕"（家蚕）等品种。

到了周代，栽桑养蚕已经在我国南北广大地区蓬勃发展起来。丝绸已经成为当时统治阶级衣着的主要原料。养蚕丝织，是当时妇女的主要生产活动。

这是明代佚名画家创作的《宫蚕图》（局部），宫娥们或在饲喂蚕宝宝，或在采摘桑叶

周代有“亲蚕”制度，天子和诸侯都有“公桑蚕室”。夏历二月育种，三月初一开始养蚕。对育种、蚕眠、结茧、化蛾等蚕的生长形态，时人已经有了一定的认识。

据《诗经》《仪礼》等古书记载，当时的蚕不仅养在室内，而且已经有专门的蚕室和养蚕的工具。

战国时期，人们对蚕的习性认识进一步加深，已经认识到蚕无雌性，蛾有雌性，怕高温，喜一定湿度，恶雨。三眠蚕龄期为21日。北方地区有一化性、二化性（原蚕）和多化性，可连续孵化至秋末。在大批鲜茧因来不及缫丝而化蛾破坏茧层时，则用曝茧、震蛹两种杀蛹方法来处理。

魏晋南北朝时，选种、制种的技术有很大进步，已经发明低温控制家蚕制种孵化时间的方法。晋代郑缉之撰写的《永嘉郡记》中记载了“八辈蚕”，也就是在一年中养8次，都是多化性蚕。到了北魏时期，在著名农学家贾思勰的《齐民要术》里面，所记载蚕的种类更多：“今世有三卧一生蚕、四卧再生蚕、白头蚕、颉石蚕、楚蚕、黑蚕、儿蚕，有一生再生之异。灰儿蚕、秋母

蚕农用来繁育蚕宝宝的蚕种

勤劳的蚕农在蚕室里精心饲喂蚕宝宝

蚕、秋中蚕、老秋儿蚕、秋末老獬儿蚕、绵儿蚕、同茧蚕或二蚕三蚕共为一茧。”由此可见，当时的养蚕技术已经十分成熟。

在长期的养蚕生产中，我国古代蚕农积累了丰富的防治蚕病的经验。他们采取了许多卫生措施、药物添食以及隔离病蚕等办法，来防止蚕病的发生与蔓延。

东汉末期政论家崔寔在其撰写的《四民月令》中写道：“三月清明节，令蚕妾治蚕室，清隙穴，具槌持箔笼。”这就是说，养蚕前必须修整和打扫蚕室蚕具。古代还发明了用烟熏的方法来消毒蚕室。这些养蚕前的卫生消毒工作，对预防蚕的病虫害，无疑起到了积极的作用。另外，在整个饲养的过程中，要及时清除蚕沙（蚕粪），不断消毒蚕具。

自明代以来，对某些传染性蚕病，如脓病、软化病和僵病等，已经有了一定的认识，并且知道采取淘汰或隔离的措施，来防止蚕病的蔓延。同时，人们对蚕的观察更加仔细，对其分类也更加详细。

明代科学家宋应星撰写的《天工开物》记载：“凡蚕有早、晚二种，晚种每年先早种五六日出，结茧亦在先，其茧较轻三分之一。若早蚕结茧时，彼已生蛾出卵，以便再养矣。”而在清代文人高铨撰写的《吴兴蚕书》中，记载了浙江湖州一带的蚕种：“有头蚕、二蚕、三蚕、四蚕、五蚕，种类纷纭，错出于春、夏、秋三时。湖人所重的头蚕，饲养颇广。”此外还有“泥种”“石灰种”“懒替种”“石小罐种”“白皮种”等等。

要发展养蚕，就必须广植桑树，发展桑园。早在西周的时候，人们已经开始大面积种植桑树。而且在当时，已经有了低矮的桑树。它或许就是后来所讲的那种“地桑”（鲁桑）。西汉的《氾胜之书》具体讲述了这种地桑的栽培方法：头年把桑葚和黍种混种，待桑树长到和黍一样高，贴地面割下桑树。第二年，桑树便从根上重新长出新枝条。这样的桑树，低矮便于采摘桑叶和管理。更重要的是这样的桑树枝嫩叶肥，适宜养蚕。

枝繁叶茂的老桑树

至迟在公元5世纪的南北朝时期，压条法已经应用在桑树的种植上。在《齐民要术》里面讲述了这种方法。压条法用桑树枝来培育新桑树，比用种子播种缩短了好多生长的时间。宋、元以来，我国南方蚕农更发明了桑树嫁接技术，这是一种先进的桑树技术。它对旧桑树的复壮更新，保持桑树的优良性状，加速桑苗繁植，培育优良品种，都具有重要的意义。这些技术，在现代的生产中仍发挥着重要的作用。

蚕神嫘祖的雕像

养蚕业作为一个有着数千年历史的古老行业，在漫长的发展过程中，产生了许许多多的行业习俗。在古代，由于科学技术不发达，人们把丰收的期望寄托于神灵的保佑。

据史料记载，从周代开始，当朝执政者对祭祀蚕神的活动就很重视。历朝历代，皇宫内都设有先蚕坛，供皇后亲蚕时祭祀使用。每当养蚕之前，需要杀一头牛祭祀蚕神嫘祖，而且祭祀仪式相当隆重。在民间也如此，祭拜蚕神是蚕乡风俗中最重要的活动。除了祭祀嫘祖之

清末上海小校场木版年画上的“马头娘娘”形象

外，各地根据当地的风俗祭祀所崇拜的蚕神，有祭祀“蚕花娘娘”的，有祭祀“蚕三姑”的，也有祭祀“马头娘娘”“蚕花五圣”“青衣神”等蚕神的。而蚕农所崇拜的蚕神并没有多大的讲究，只要能保佑桑蚕丰收就行了。

我国民间供奉蚕神的场所也不完全相同，有的建有专门的蚕神庙、蚕王殿；有的在佛寺的偏殿或所供奉的菩萨旁塑个蚕神像；也有的蚕农在墙上砌有神龛，专门用来供奉蚕神的神祃（木版年画）等。伴随着蚕神崇拜，蚕乡还有各种祭祀活动，如江南一带的“轧蚕花”就很隆重。

养蚕一般在清明前后开始，养蚕之前要驱“蚕祟”。首先将蚕室打扫干净，用手蘸石灰水在窗户上反手印上一个白手印，接着用石灰水在门前画一张弓，弓背向外，搭上三支向外待发的“箭”，这样“蚕祟”就不敢从门窗进入了。

民间还认为陈年老皇历和古书残卷，有辟邪驱祟的功效。因此，使用旧皇历、旧书糊蚕匾，能够保护幼蚕安全生长。

江南蚕农在养蚕时为防止鼠害，有请“蚕猫”的习俗

江南地区的蚕农还有一个重要的习俗，那就是请“蚕猫”。因为老鼠特别喜欢偷蚕吃，所以要严格灭鼠。仅仅通过堵老鼠洞的办法，蚕农们显然还不放心。于是，蚕农便将灭鼠的重任，寄予在蚕猫的身上。所谓蚕猫，其实就是用泥巴捏成的小玩偶或用纸印制的神祃。

过去，蚕农喜欢到庙会上请蚕猫。因为人们认为庙会上的蚕猫受神灵感应，更加灵验。它们不仅能够驱鼠，而且还能辟许多恶气。泥塑彩绘的蚕猫放在墙角僻静处；木版印刷的蚕猫除了贴在墙壁上，还糊在蚕匾底下，以此驱鼠避害。

养蚕是一项非常辛苦的劳动。在养蚕期间，养蚕人要早起晚睡，时刻守护。给桑叶要及时，一般4小时喂一次，数量按蚕的大小而定，以上次喂上桑叶后，下次能吃完为准。蚕小时，桑叶要剪切，四眠后就可以喂整片桑叶了。民间认为，蚕是极为娇嫩，且非常有灵性的动物，稍有不慎就会使其受到损伤。因此，蚕农在养蚕的过程中，形成了许多禁忌：比如蚕室内不能住人，不能有烟火，不能有酒、醋、腥臊、麝香、五辛等气味；不能敲打门窗和猛扫地，不能在蚕室附近锤东西和动土；蚕室的门窗上要挂上帘子，防止蚊蝇进入。

此外，对于出入蚕室的人员也有严格的要求。首先是孕妇不能进蚕室。对此，民间的说法认为孕妇进了蚕室，容易出现过多的“双宫茧”。所谓双宫茧，就是指两条蚕共做一只茧。该茧丝头错乱，无法抽丝，因而不值钱。

再一个就是重孝之人（父或母去世未满35天者）不能入内。因说孝堂属“白虎堂”，蚕姑娘见了这种重孝之人容易受到惊吓得病。

另外，就是妇女在经期不能进入。据说蚕宝宝是天虫，爱干净，见到血腥就会因厌恶而不上山做茧。

除了这些之外，在蚕室内不准吵闹哭叫，不能晾挂妇女内衣，个别地区甚至要求养蚕期间，夫妻不准同房等等。

结满蚕茧的“蚕山”

养蚕时所喂食的桑叶也大有讲究，养蚕的桑叶一般用铁剪子剪，忌讳用手采摘，忌饲喂露湿桑叶及干叶子等。

在养蚕期间，蚕农不仅在行为上有诸多禁忌，在语

明代佚名画家创作的《宫蚕图》（局部），宫娥们在忙碌着采摘蚕茧

言上也同样有不少禁忌。比如蚕不能叫“蚕”，要称“蚕宝宝”或“蚕姑娘”；蚕爬不能说“爬”，要说“行”；喂蚕不能说“喂”，要说“撒叶子”；蚕长了不能说“长”，要说“高”；忌讳说“死了”“没了”“跑了”“完了”等不吉祥的词语。即使与蚕病相关的字词也不准说。如“僵蚕”是蚕病的一种，所以忌说“僵”字，调味的“姜”要说成“辣烘”，“酱油”则要说成“颜色”或“罐头”；“亮蚕”也是蚕病的一种，所以忌说“亮”字，“天亮了”要说成“天开眼了”等等。

旧时，蚕事开始之后，蚕农和亲友之间暂停交往，关起门来专心饲蚕，称“关蚕门”。只有到采茧时才开禁，叫“开蚕”。他们便打开门，走亲串友，并且相互之间馈送烧饼、麻花、水果、菜蔬等，也有送粽子、腊肉、皮蛋、干菜等礼品的。彼此询问收成的好坏，在一起总结饲养经验，分享丰收的喜悦。

在这些芜杂的习俗当中，尽管有的带有一定的迷信色彩。然而，这并不能掩盖一代又一代蚕农的智慧与经验结晶的光芒。它们的存在，更多的是表达了我国劳动人民千百年来对蚕桑丰收的一种强烈与美好的祈愿！

剥茧缫丝织彩绸

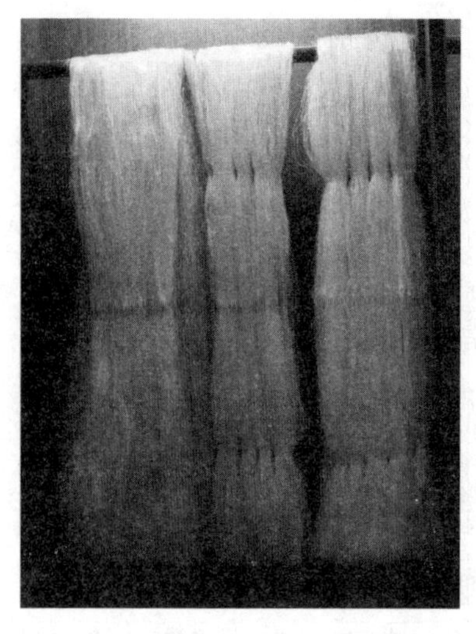

这些细密的蚕丝，就是经过缫丝工艺由蚕茧抽取而来的

中国是世界上最早发明缫丝技术的国家，其制作的丝绸制品更是开启了世界历史上第一次东西方大规模的商贸交流，史称“丝绸之路”。

所谓缫丝，就是以水煮的方式，从蚕茧中抽取蚕丝。中国的缫丝历史，与丝织历史同样长久。最初，先人们大概是在某种偶然的情况下，发现了蚕茧可以在水中舒解，并试探出来分离的丝缕是可以用来织作的。于是，人们逐渐摸索出了用水煮蚕茧，抽引蚕丝的技术。

据《尚书·禹贡》记载：在大禹统治华夏的时候，是按各地土地的出产来确定贡赋的。当时的兖州、青州、徐州、豫州，东至山东半岛，南到江淮流域，都种桑出丝。他们的贡赋，除了丝之外，还有用竹筐装着的彩绸。在商代的甲骨文中，则早就有了“丝”“桑”“帛”等字样。这表明，丝绸的织造，在那时已经具有十分重要的意义。

1958年，在浙江吴兴钱三漾新石器时代遗址中，考古工作者竟然发掘到一些丝织品，其中有绢片、丝带、丝线等。其丝条之粗细，均比较一致。这说明在4000多年以前，我们的祖先已能懂得控

南北朝时期的黄色真丝织锦上衣

制水温和沸煮的时间，而且抽丝的手法，也较为熟练了。

原始的缫丝方法，是将蚕茧浸在热盆汤中，用手抽丝，卷绕于丝筐上。盆、筐，就是原始的缫丝器具。

战国时期，出现了辘轳式的缫丝框。缫丝框是手摇缫车的雏形，用竹子制成，四角或六角，用短辐相互连接，中贯以轴。在使用的时候，将其放在缫釜上面，用时直接拨动使之不断回转，将缫釜中引出的丝条，直接缠绕在缫丝框上。

秦、汉以后，成形的手摇缫丝车才出现。到了唐代时，手摇缫丝车的使用已经相当普遍。宋代时，则出现了脚踏缫丝车。脚踏缫丝车的结构是由灶、锅、钱眼、缫星、丝钩、框、曲柄连杆、足踏板等部分配合而成。与手摇缫丝车相比，只是多了脚踏装置，即缫丝框通过曲柄连杆和脚踏杆相连。缫丝框转动，不是用手拨动，而是用脚踏动踏杆做上下往复运动，利用缫丝框回转时的惯性，使其连续回转，带动整台缫丝车运动。

脚踏缫丝车

用脚代替手，可以使缫丝者腾出两只手来进行索绪（找丝头）、添茧等操作，从而大大提高了生产效率，远远高于手摇缫丝车。致使它出现不久，很快就取代了手摇缫丝车，成为主要的缫丝工具。

元代的缫丝车，分为南缫车

和北缫车两种类型。江南地区使用的南缫车，改变了千百年来，一边煮茧一边缫丝的煮缫联合方式。在缫丝的时候，将煮茧锅另立一旁，并把煮好的茧盛在加有少量温水的盆内，然后进行缫丝，俗称“冷盆缫丝法”。从而避免了“热釜法”因抽丝不及时，煮茧锅水温过高，蚕茧煮得过熟，损坏丝质的缺陷。使用“冷盆缫丝法”缫出来的丝，一经干燥，丝条均匀，坚韧有力。因而，江南一带所缫的生丝质量都特别得好。北缫车的车架略低，构件较完整，丝的导程较短，与南缫车原理大致相同。

这两种车效率虽高，但缫丝者都是背对缫丝框站着操作，劳动强度偏大，对缫丝軖卷绕情况的观察也不是太好。因此，明代又出现了一种坐式脚踏缫丝车。这种缫丝车是坐于车前，面对缫丝框工作，克服了元代缫丝车的缺陷。

为了使缫出来的丝能立即干燥，明代开始采用在缫丝框下放置炭火烘干的办法。这样一来，生丝随缫随烘，使其在绕到缫丝框上之前便可干燥。既避免了缫取后丝缕彼此粘连，又可保证丝质白净柔软。

明代佚名画家创作的《宫蚕图》，宫娥们正在忙碌着缫丝和织绸

旧时，养蚕人家在收蚕之后，除了卖掉部分蚕茧之外，很多人家都会选择将剩下的蚕茧缫制成土丝之后，再拿出去卖。这样，便可以再增加一部分收入。于是，在蚕茧收获之后，家家户户都开起了手工作坊，自行缫丝。为了确保丝的质量，选茧和剥茧也是缫丝工艺中所不可缺少的两道工序。选茧是将烂茧、霉茧、残茧等不好

煮茧，是制丝过程中一道关键性工序，多由经验丰富的妇女来完成

的茧剔除，并按照茧形、茧色等不同类型分茧。

家蚕经催青孵化、采桑饲喂直至成熟吐丝结茧，共需要30至40天的周期。其茧的种类也有多种多样。清代文人高铨撰写的《吴兴蚕书》记载：“茧之品类不齐，不容无所区别。有误食热叶及嘴伤，萦丝宽慢，其茧软而松者，是谓绵茧。有蛆生蚕腹，茧成穿穴而出者，是为蛆钻茧。有老不化蛹，毙；茧肉，秽汁浸润者，是为映头茧。有薄绪缠身，赤蛹外露者，是为凹赤茧。有山火太旺，匆遽吐丝，不及周遍环绕，其茧一头穿破者，是为穿头茧。有粘帘附帚，结成深印者，是为草凹茧。有蚕溺沾染，渍成黄瘢者，是为尿绪茧。有上山太稠，或二蚕、或三四蚕共成一茧者，是为同宫茧。大率蚕丰收则茧皆整齐、蚕歉收则茧多参错。”

蚕茧外面有一层絮衣，俗称“毛茧”。而缫丝所用之茧，必须是剥去絮衣的“光茧”，所以在缫制土丝之前，必须先将毛茧的絮衣剥掉，处理成光茧。这道手续，称之为“剥茧衣”。

剥茧衣，一般均在晚上进行。剥茧衣时，先在八仙桌上放上一只大匾，再将毛茧倒在大匾里，并推到大匾中央。然后，众人围坐在大匾周围动手剥茧衣，将剥好的光茧放在大匾的边沿处，剥下的茧衣则放到其他的容器里。

待原料准备充足之后，便可以煮茧缫丝了。在农村，缫丝者大都为夫妇或姑嫂两人共同操作。一人脚踏传动板，手持“竹丝掌”捞起茧子上的丝头绕在轴头上；另一人则专门从事准备蚕茧、添茧入锅、烧炉加水等辅助工作。

过去生产的土丝，其丝的重量是以“两”为单位进行计算的，一般10两为一车，4车为一把，出售时以“把”计算。缫粗丝时，往往一天就能够缫出一车来，而细丝则一天半或两天才能缫出一车。

我国民间丝绸业的兴盛，与缫丝技艺的发展有着紧密的关系

到了19世纪末期，在我国广东、上海、武汉、江苏等地，有一大批机械缫丝厂相继建立。以机器缫制的厂丝，无论在质量上，还是在产量上，都远胜于土丝。因此，手工缫丝业逐渐开始衰落。

现在，剥茧、缫丝、织绸等工艺，早已全部变为机械化操作。传统手工缫丝，即使在偏僻的乡村也难以见到了。然而，它们却像一幅幅温馨而感人的画作，永远定格在人们的脑海里。

绿水轻舟放鸬鹚

在很久以前，古人便注意到了鸬鹚的生活习性。这是西周时期玉匠雕琢的玉鸬鹚饰件

鸬鹚是一种较大型水鸟，又称“鱼鹰”，外形像鸭子，所以渔民也称其为“水老鸭”。不过，鸭子的嘴是扁的，它的嘴却像老虎钳，前端有个钩状喙。鸬鹚非常善于潜水，厚厚的蹼脚像强有力的划桨，猛然扎入水中，少则2至3米，最深可潜入水下10来米，时间可达数分钟，堪称潜水冠军。它的眼睛发绿，能够在水中寻找各种鱼虾。

但鸬鹚捕到鱼之后，却不能立即咽下，必须把鱼叼在水面上一丢才能咽下。所以渔民就利用它们的这种特殊习性，将其驯化来捕鱼。

鸬鹚在全国各地都有分布，主要分布于长江中下游一带水乡。因为这里水草茂盛，鱼类繁多，最适合鸬鹚繁衍生息。

驯化鸬鹚捕鱼，在我国民间有着十分古老的历史。东汉杨孚撰写的《异物志》里面，就有驯化鸬鹚捕鱼的记载。

驯化鸬鹚捕鱼并非易事，渔民不仅要有耐心，更需要经验。一个渔民要驯化鸬鹚，首先要懂得每一只鸬鹚的脾性，如何给它们喝水、喂食，如何让它们听从指挥去捕鱼等等，这些都很有讲究。

鸬鹚的驯化时间，是从出生4个月后开始。6个月后，渔民开始

渔场上，蓄势待发的鸬鹚

在其脖子上拴线，所拴的一般是稻草芯。当然，拴稻草芯也很有讲究，不能紧也不能松，要有一定的适度，比如鸬鹚的囊周长6厘米以上，拴线则一般在4厘米左右。因为若松了，鸬鹚在捕鱼的时候就会把鱼吃下去，吃饱了就不愿捕鱼了；拴紧了，则捕的小鱼咽不下去，影响它们捕鱼的情绪。

奖勤罚懒，是渔民们驯化鸬鹚的一个重要秘诀。鸬鹚捕到大鱼之后，立刻给它一条小鱼作为奖赏，还要用捞网把捕到大鱼的鸬鹚和鱼高高举起来，让其他的鸬鹚羡慕。对那些只想在水中嬉戏、不勤劳捕鱼的鸬鹚，则少喂食，让它们长记性。

在驯化的过程中，那些性情始终懒惰的鸬鹚，会被主人淘汰，成为野鸬鹚。表现好的鸬鹚，将一辈子守候在主人身边，听候主人的差遣。渔民对自己家的鸬鹚很熟悉，并根据鸬鹚的长相、性格、能力等，给它们取上名字，如“大老苍”“旋刀黄”“快猫子”等等。

在鸬鹚捕鱼的过程中，渔民们就直接呼喊这些名字。鸬鹚们也知道主人在叫谁，会按照主人的意图去干活。等到鸬鹚的喉咙鼓得差不多时，鸬鹚会主动或在主人的提醒下回到船上，等把鱼取出来之后，再喂给它们几条小鱼，然后又放回水中，继续捕鱼。

鸬鹚的寿命约20龄，最佳的捕鱼年龄是3到7龄，一只鸬鹚可以捕鱼10年以上。在长年的朝夕相处中，渔民与鸬鹚之间建立起了深厚的感情。任何一只鸬鹚老死，对他们来说，都是一件痛心的事情。他们会像安葬自己的亲人一样，将劳作一辈子的鸬鹚埋葬。

渔民放鸬鹚所驾驶的，多为一丈多长的柳叶小舟。船头稍微上翘，船身狭长，小巧灵活。行驶时摇小橹，时而也划桨。放鸟时用竹篙，操作灵巧。猛撑一下，小舟快如离弦之箭。拨一下水，渔舟

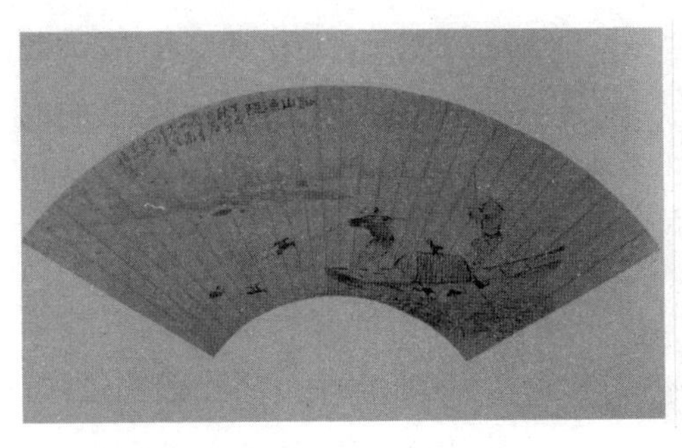

在中国水墨画作品里面，放鸬鹚这个行业多了几分诗意与浪漫

旋转自如。

小船的前舱为活水舱，用来存放捕来的鱼。船舷两旁，则蹲栖着4至10只鸬鹚。它们昂头挺胸，时而展翅扑腾几下，时而用嘴整理羽毛，好似战士整装待发。也有些地方，是以竹筏来代替渔船，俗称“鸬鱼排”。

鸬鹚捕鱼，大致有两种方式：一是放漂，让鸬鹚顺着流水沿江漂流而下，渔舟紧随其后，并不停地驱赶鸬鹚潜水捕鱼；二是围潭，即在江河三岔口的水深且宽阔处，渔人先在河面上下丝网围成一个大圈子，视为在水潭中捕鱼，即为“围潭”。

放鸬鹚，可单船，也可多船联合作业。到达渔场之后，渔民们先将细草绳拴在鸬鹚的脖子下端，而后把鸬鹚赶下水去捕鱼。渔民不时地用竹篙击水，口里不停地吆喝着“呜噜噜……嗨嗨!”，这样既惊骇鱼类游窜，便于鸬鹚发现，又可以鞭策鸬鹚努力捕鱼。

鸬鹚在水面上游来游去寻找猎物，一旦有鱼从它们身边游过，它们就会一个猛子扎入水中，专啄鱼的眼睛和腮窝，死死咬住不放，鱼则拼命地扑腾。这时候，水面上会泛起层层波纹，渔民们便知道它们捕到鱼了。

鸬鹚捕到鱼衔出水面后，即游到船边。渔民用竹篙将它们引上船，将鱼取下后，喂一条小鱼或鱼块作为奖赏，再赶它下水捕鱼。

若遇到大鱼时，几只鸬鹚会合力捕捉。它们有的啄鱼眼，有的咬鱼尾，有的叼鱼鳍，配合得非常默契。而后，齐心协力将大鱼抬上来。

有经验的渔人，还能够根据鸬鹚发出的不同声音，知道鸬鹚发现了大鱼或者发现了鱼群。主人会根据信号的缓急，或者跟上鸬鹚，或者通知其他鸬鹚到鱼群逗留的地方去捕鱼。

每次作业一般一个小时左右，然后让它们上船休息半小时再下

又一次下水作业之后，渔人让鸬鹚在小舟上稍作休整

水。一天作业，一般不超过三次。鸬鹚在水里的时间长了，不但捕鱼的效率低，还会把它们累坏。

休息时，渔人将竹篙插入水中，将小船固定住。鸬鹚栖在船舷上整理羽毛，渔人则蹲在船头，点燃一袋旱烟，眯缝着眼吸着。悠闲的样子，如同船舷上那几只正在整理羽毛的鸬鹚。

一只经过驯化的鸬鹚，每天最多能捕获10公斤左右的鲜鱼，而每天只吃不到一公斤的小鱼即可。对于渔民们来说，其收入相当可观。因此，鸬鹚被渔民们称为“渔家宝”。在20世纪80年代以前，一只经过驯化的鸬鹚，其售价能抵得上一头牛犊。

放鸬鹚这门手艺也要经过师传，并不是说会撑船撒网就可以放鸬鹚。放鸬鹚，不仅要掌握鸬鹚的生活习性，学会如何饲养，更重要的一点是要懂得与它们交流，如何驯化它们捕鱼。故而，这门手艺多为家传，渔人多为父子、叔侄或族里的兄弟关系。

从20世纪90年代起，随着渔业资源的日益枯竭，喂养鸬鹚成本的加大，以及现代捕捞方式的发展，以鸬鹚捕鱼的传统渔业方式，在我国民间的大部分地区销声匿迹了。

“嗡嗡、嘤嘤”纺棉花

在原始社会时期，我们的祖先就已经懂得使用纺轮纺线了

纺棉花，又称“纺线”“纺花”等，就是将棉花纺成纱线，作为织布的原材料。旧时，纺棉花是农村妇女们的一项主要副业，有着非常悠久的历史。在20世纪80年代以前，我国农村的许多地区，仍有众多农村妇女从事纺花这一行业。

纺棉花所用的工具，称为“纺车”。纺车最早出现在哪一年，目前还没有发现确切的史料记载。关于纺车的文献记载，最早见于西汉扬雄撰写的《方言》一书中，该书里面将纺车称为“繀车”或“道轨”。

大概到了东晋时期，我国民间出现了脚踏三锭纺车。不过，这一时期的脚踏纺车，是专门用来纺麻的。

宋末元初，松江乌泥泾（今上海乌泥镇）童养媳出身的棉纺织革新家黄道婆，年轻的时候曾流落到海南岛崖州（今海南省三亚市），向黎族姐妹学习了棉纺织技术。元成宗元贞元年（1295年）左右回到故乡，和当地的织妇们一起，在纺织生产的实践中，把用于纺麻的脚踏纺车改为三锭棉纺车，并且总结了一套纺纱技术。同时，她还革新了轧棉和弹棉工具，纺纱产量得到大幅度提高。从而使松江成为当时纺花与织布的中心。元代著名农学家王祯在其撰写的《农书》里面，对手摇纺花车和三锭脚踏棉纺车都有较为详细的记载。

脚踏三锭纺花车虽然生产效率较高，但因其制作成本较高，并非普通家庭所能拥有。因此，它们多出现在具有一定规模的纺织作坊内。在我国民间最常见的，还是那种结构简单，轻巧便捷的手摇纺花车。

清代画家笔下的古人纺纱图

手摇纺花车是由车梁、转轮、锭子、摇柄等几部分组成。除了锭子之外，其他都是用木头制作的。右端是一个用木条拴绳做成的，直径不小于半米的驱动轮，轮子的轴上装有“L”形短圆木手柄；左端是装在轴承上的锭子，铁做的、直径几毫米，为从动轮。驱动轮与从动轮之间，采用绳子系紧。在摇动手柄的时候，驱动轮转动虽然不快，但细细的锭子却旋转如飞。

在20世纪80年代以前，几乎每个农村家庭都有这样的纺车

纺花时，必须先搓出棉条。搓制棉条时，左手拿着一根像秤杆一般粗细的杆子，右手握着一块像泥水匠砌刀一样的擀板；随后，在杆子上裹上一层棉花，并用擀板压住，滚动一会儿，直到滚成一根均匀的长条，而后把杆子抽出，一根棉条就擀好了。一堆棉花能

够擀好多棉条，然后整齐、均匀地码放在笸箩里面，待纺花时备用。

纺线是需要技术的，左手松了出不了线，紧了线宜断，且右手摇柄也要掌握力度，两手必须协调好。

纺花妇女坐在纺花车前面，左手捏住棉条的一端，扯出很少几丝，捻在一起，缠在锭子上。这时候，右手转动摇柄，锭子就会飞速运转起来，发出悦耳的“嗡嗡”声。纺花人左手以大拇指捻动棉条，用手轻轻地往后抽拉，一根棉线就纺出来了。右手连续不断地摇，左手就缓缓地往后伸，整个身体也随着往后仰，直至再也仰不过去为止，就退一下转轴，锭子上就绕满了一个团纠纠的穗子了。在外人看来，纺花人的身姿极为优美，宛如白鹤亮翅一般。

旧时，由于工业落后，人们穿的衣服大都是自己手工缝制的，且以棉布料为主。棉纱，是制作棉布的必须原料。因此，纺棉花这个行业在过去的农村十分盛行，几乎家家户户都有人纺棉花。有的人家是替别人加工棉纱，也有的人家是将纺好的棉纱留作自己织布的原料。

农村的女子，往往从八九岁就开始学习纺棉花。她们或师从母辈，或师从姐嫂，然后通过不断地学习与实践，最终成为一个个纺棉花的高手。

纺花的妇女，对纺花车都有一种特殊的情感，像疼爱自己的孩子一样爱惜它们。“嗡嗡、嘤嘤”的声音，陪伴她们走过了一段又一段艰辛而充实的时光，直至青丝变华发……

随着时代的发展，纺织工业发生了翻天覆地的变化。各式各样的衣服面料，令人眼花缭乱。自20世纪80年代以后，随着手工织布的日趋衰落，纺棉花这个行业也逐渐在农村消失了。现在，人们大概只有在博物馆的展台里，才能目睹到那些古老纺花车的容颜了。

传统纺纱行业早已经消失了，但却给很多人留下了难忘的记忆

粗朴豪放手织布

旧时，人们用来缝制衣服、被褥等物品所使用的棉布，就是用这种木质织布机织出来的

旧时，社会工业比较落后，生活必需品大都是自己动手生产。比如，我们现在所穿的各种衣服，以及寝室所用的被面、床单、枕巾等物品，出门就可以买到。然而在以前，尤其是相对落后的农村，很少有成品供应。那些心灵手巧的农妇们，便会买回来土布，自己动手缝制。有些家庭，甚至连土布都是由主妇们自己动手纺织的。

别看她们没有什么文化，但是纺线、织布都是一流的高手。她们用自己勤劳的双手，温暖着一个个家庭。

土布，又称“粗布”“手织布”，是以纺花车纺织出来的棉线作为原材料，然后坐在织布机上一梭一梭精心织造出来的纯棉手工纺织品。手工织布这一行业，在中国已经有数千年的历史。

据考古发现，远在新石器时代，在中原的文化遗址中就有纺轮出土，可见当时就有原始的纺织工具被人们所利用。早在商、周时期，在北方的黄河流域就出现了一种木质纺织工具——腰机。

在使用腰机时，织布者需要席地而坐。这种足蹬式腰机没有机

代先民们以原始腰机织布

架，卷布轴的一端系于腰间，双足蹬住另一端的经轴并张紧织物，而后用分经棍将经纱按奇偶数分成两层，用提综杆提起经纱形成梭口，以骨针引纬线，打纬刀打纬。腰机最重要的成就就是采用了提综杆、分经棍和打纬刀。这种织机虽然很简单，但已经有了上下开启织口、左右引纬、前后打紧三个方向的运动，它是现代织机的始祖。

汉代斜梁机的出现，则标志着纺织技术的逐步成熟。汉代斜梁织机上卷经轴、经木、蹑等关键部件均已具备，使用时可以手脚并用，大大加快了纺织速度。在今天看来，这种斜梁织机的结构仍过于原始，但在当时却是世界上最先进的织机。欧洲直到6世纪才出现，13世纪时才被广泛运用。

元、明时期，棉花在长江中下游地区和黄河流域广泛种植。随着棉花产量的提高，棉纺织业在全国各地兴盛起来。

元朝初年，政府设立了木棉提举司，大规模向民众征收棉布，每年多达10万匹。后来，又把棉布作为夏税之首，可见棉布已成为当时首要的纺织衣料。

这一时期，最著名的棉纺织品产地是松江府（今上海市松江区）。元朝初期，松江府乌泥泾有一位叫黄道婆的妇女，因避难流落到海南岛。她跟黎族姐妹学会了一整套纺织技术，成为一名纺织高手。

汉代斜织机模型

后来，黄道婆返回家乡，将黎族妇女先进的纺纱织布技术传授给家乡的妇女。在她的带动之下，松江棉纺织业日益兴盛，其产量越来越高，质量也越来越好，松江棉布在全国声誉鹊起。

黄道婆对中国古代棉纺织业的发展起到了巨大的推动作用，故被后人誉为棉纺织业的始祖

到了明代时，松江府已经成为全国纺织业的中心。外地商人纷纷到松江府来收布，生意红火。当时的布商有很多挟重资而来，白银动辄以数万两，甚至数十万两来进行交易。以致明代的小说，如《金瓶梅》等，都有到松江贩卖棉布的情节，松江棉布影响之大可见一斑了。清代时，手织土布曾作为贡品进献给朝廷，成为大内御用之物。

在过去，手织土布是人们生活中所必须的物品。尤其是哪家有女儿出嫁时，娘家更要准备花色不同的手织土布，为女儿缝制嫁衣，以及被褥、枕套等物什。

农家的织布机有大点的，也有小点的，但结构基本都一样。它们均由木制框架、吊线杆、仙筒、穿线梳、木梭子等物件构成，一般占地两平方米左右。由于织布机是个较大的物件，不可能每家农户都配备。因此，邻里之间借用织布机是常有的事情。

旧时，纺纱织布是家庭妇女们最主要的副业

当然，织布毕竟是一项技术活，不是有台织布机就能织出布来的。那些不会织布手艺的家庭，在需要做衣服和被褥的时候，或去购买现成的布料，或带上自家纺的棉纱找织布匠加工。

农村的织布匠大都亦工亦农，农忙时去侍弄庄稼；农忙之后，便动手织布。过去，由于人们的生活大都不

那些带着织布机走街串巷的织布匠，多为一些织布手艺精湛的男人

富裕，平常人家一般每年只做两茬衣服，一茬是在春夏之间做单衣，另一茬则是在秋冬之间做棉衣。

织布匠的营业方式分为两种：一种是有自己的手工作坊，有需要织布的人家，便会携带棉线来找织布匠加工。织布匠称好斤两，记好账，双方约定好多长时间再来取回相同斤两的布。织布匠们往往要等到收购了一机的经线之后，才能开机织布。当然，有些规模大点的织布作坊，织布匠可以提前织出一些布料准备着。等顾客送来棉线时，立刻就能拿到和棉线相等重量的布。与前者相比，人们当然乐意到规模大点的织布作坊“换布”了。

另一种方式，织布匠像弹棉匠一样，他们用独轮车推着织机，走街串巷招揽生意。哪家需要织布，便会把织布匠请到家里去做活。因此，织布匠也是一个“吃百家饭”的营生。走街串巷的织布匠，都是一些织布经验丰富、技术精湛的男人。

手织土布的工艺十分复杂，在有现成棉线的情况下，仍要经过上浆、沌线、落线、经线、刷线、作综、闯杼、掏综、吊机子、拴布、织布、了机等众多工序。

织布时，织布的人坐在织机的座板上，两只脚分别放在两个踏板上，先用右脚踏动右踏板，组合在织机上的两个综便把经线上下分开，左手把机杼用力往前推，使张开的两层经线中间能穿过梭子；右手便把手中的梭子从张开的经线中抛到左边，左手接过穿过来的梭子的同时，左脚踏动左踏板，经线随之上下交叉变位；右手用力拉动机杼，发出“咣当”的声响，纬线便被编织到经线里了；与此同时，两层经线再次打开，将机杼往前推，已经在左手中的梭子，从经线中抛到右边，右手接住梭子，右脚踏动右踏板，左手用力拉动机杼，这条纬线也被编织到经线里了。这种动作不断机械地重复，循环往复，布匹便在手里一点点地变长。

布织出来之后，还要进行修整。所谓修整，就是将布上的小疙瘩刮掉。然后，再根据自己的喜好由染匠将其染成各种花色。当然，也有的人家在织布之前，就将棉线进行了染色。

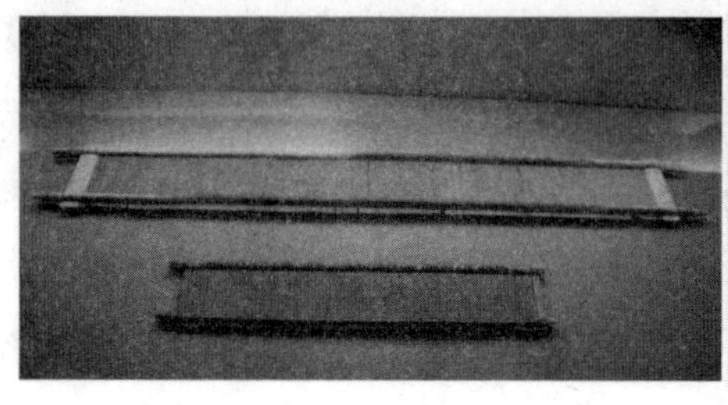
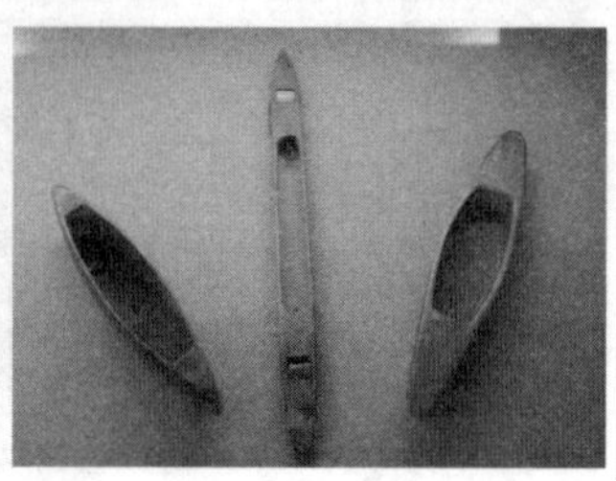

织布机的机杼(左)与梭子(右)

这种染色的棉线，在上织布机之前，需要用清水漂洗一遍，为的是把黏附在棉线表面上的染料冲洗干净。织布匠在用染好的棉线织布时，讲究则多了一些。比如在织单一竖条的花布时，只需要将经线按照一定的排列顺序变换不同的花色就可以了。在织横条的花布时，花样可以很多。经线不需要做特殊处理，主要是纬线的变化。需要几种颜色，就用几把梭子，把不同颜色的纬线装在相应的梭子上。最复杂的是花格布，俗称“花溜布”。在织此类布的时候，经线、纬线都有颜色的变化，非常考验织布者的手艺。但采用这种方式织出来的布，五颜六色的，比较漂亮。

织布匠一般要认师学徒，出徒之后方可营业。没有认师学徒的，被称为“捐班”。“捐班”也可以为人织布，但要随时接受同行的盘问。

织布匠作为一个古老的行业，在发展的过程中也形成了众多的行规：织布匠为别人织布，由于东家有富有穷，管饭有好有歹，但不论招待如何都要给人家把布织好。织完布之后，有钱马上付钱，没钱可以先欠着，下次再邀织布仍要殷勤前往，不能怠慢；织布时，不准浪费主家的棉线；布要织得密，不可偷工等等。徒弟若违反行规，由师傅进行处罚。处罚的方式是，让违规者跪在祖师（织女、

民间年画《女十忙》，反映的就是过去妇女勤于纺织的主题

黄道婆）的牌位前请求宽恕。

织布匠这个行业的行规，大部分都属于良俗，从事织布这一行业的工匠们一般都能严格遵守。因而，旧时的织布匠大都具有良好的职业道德。

自20世纪80年代以后，随着纺织产业的飞速发展，服装的质料、款式、色彩日益丰富，西装走俏，夹克、牛仔服等成为时装。在着装上面，人们越来越追求个性化。而且每个人拥有的服装数量在逐年增加，极少有人再穿缝补的衣服了。于是，手工织布这个行业也就逐渐消失了。

胆大心细狩猎人

在原始社会，狩猎是仅次于农业生产的一种谋生方式

狩猎，俗称“打猎”，从事这一职业的人则称为“猎人”或“猎户”。狩猎，是一种原始而古老的生产方式。在古时候，其重要性仅次于农业生产。

狩猎活动最早发端于旧石器时代，人们为了生存即以捕获的兽肉煮而食之，兽皮制成防寒的衣服。进入新石器时代，随着人们实践经验的不断丰富，狩猎的效率也不断提高。

随着人类文明的不断发展，狩猎已经不仅仅是人们谋生的主要手段。在春秋战国时期，狩猎便被搬到了军事的课堂上。在冷兵器时代，两军交战，一方想占得先机，平时就要对参战的将士多进行骑射与武功的训练。而在和平时期，狩猎便成为练习实战经验的最佳手段。

狩猎，不但能考验将士们的战斗能力，而且还能加强协作能力、突击能力以及振奋士气等等。在战场上，这些都是至关重要的技能。因为有这么多的好处，所以几乎历代皇帝们都愿意狩猎。

汉代史学家司马迁撰写的《史记》里面，曾记载过这样一个故事：赵国在边境上集结了大批的军队，魏王以为是赵军要进攻魏国，便要调兵遣将予以防备。魏公子无忌的情报灵通，得知是赵王狩猎，这才免去了一场惊慌。一个诸侯王的狩猎就跟打仗一样，说明了其

扇面画上的古人狩猎图

规模之大。

唐朝时期，狩猎已作为国家一项重要的活动，被纳入“五礼”之一的军礼当中。从《新唐书》记载可以了解到，唐代帝王的狩猎活动规模庞大，从事先的准备到具体的实施过程，从获取的猎物到结束后的分配、赏赐，都有一套复杂的礼仪，宛若一场谋划周密的重大军事战役。

古代狩猎的方式多种多样，有火攻、围猎、网捕、索套、骑马箭射等，有时则是几种方法同时使用。

宋太祖赵匡胤很喜欢射猎，他不仅喜欢骑马射野兔，还喜欢用弹弓打麻雀。有一次，他在居苑射鸟，忽报大臣有急事求见。赵匡胤看过奏折之后，发现事情并不急，当即训斥了那名大臣。此时，那名大臣颇有些委屈地说：“圣上，这些国事虽说不急，但总比射鸟急吧？”

赵匡胤本来打猎正在兴头上，那名大臣不但扫了他的雅兴，还斗胆包天顶撞他。于是，他恼羞成怒，一弹子打落了大臣的两颗牙齿。由此可见，赵匡胤对狩猎活动的兴趣之高，简直到了忘乎所以的地步。

清朝的皇帝大多为狩猎的高手，但在这些高手中，最牛的一位非康熙莫属。年少之时，他得到满洲侍卫默尔根的悉心传授。康熙学艺刻苦，在一次次的狩猎中总结经验，所以箭术提高神速。

据清代史料《东华录》记载，清康熙二十二年（1683年），他颁旨开辟了热河木兰围场，把木兰秋猎定为一项大典，集蒙古各部在木兰围猎。甚至，康熙把几次平定叛乱的功绩，都归功于围猎训练之勤。

从宫廷档案记载来看，康熙打猎的功绩确实非同一般。康熙二十一年，他在不到半月的时间里，竟然射杀了8只老虎；翌年，从五台山返京的途中，他又射杀了一只老虎。其他的野兽，更是猎获甚多。

然而，民间猎人与皇家狩猎的目的完全不同，他们就是以此谋生。旧时，狩猎是一个非常危险的行业。尤其是独自一个人狩猎时，稍有不慎，就可能被反扑的猎物咬伤，甚至丧命。

清代康熙皇帝重视武备，而且酷爱狩猎，曾保持着在半月内射杀8只猛虎的纪录

有经验的猎人在狩猎之前，都会做好充分的准备。首先，要伪装好自己，将兽皮披在身上。此外，他们还多以树枝和蒿草编成环戴在头上；面部则以草木灰、花草的汁液进行涂抹；袖口和裤脚都用腰带或绳子捆扎好，有利于敏捷行动；当然，最重要的还是要携带好必要的狩猎工具。

旧时，多用长矛、弓箭等，近代则出现了鸟铳、铅弹枪、双管猎枪等新式狩猎工具。其次，还有的猎人将特殊的铁铗、套扣等机关装置，埋在地里或隐藏在草层里，以诱饵来引诱野兽中计。

有经验的猎人，能够根据足印来识别鸟兽等野生动物的类别、隐藏地点与距离，然后循迹追踪，以长矛、弓箭或鸟铳击毙之。

清代画家创作的《射熊图》，是描绘乾隆皇帝狩猎的情景

猎人在长期狩猎的过程中，也总结出了许多经验。比如在射杀兽类时，一般要射其脖颈、前膀、肚子、肛门等处；对于飞禽，要射其前胸，因为那是它们的心脏所在。对于用弓箭射中的猎物，不要急于捡回，要等一会儿，使其失血而虚弱。如有必要，还应该进行补射。在捡猎物时，要注

意周围是否有其同伴，或准备捕猎的猛兽，防止它们的突然攻击。

猎人是一个危险的行业。他们的经验，都是在与野兽搏斗中积累起来的。因此，想成为一名出色的猎人并非易事。

猎人有一整套基本功的训练方法，即所谓“先练目，次练步”。只有目、步练好了，方可出猎。练目的方法是，老猎人令人披着兽皮隐藏在东面，再挂一只真的野兽在西面。每天变换位置，并变换各种兽皮和野兽。让徒弟昼夜远望分辨之。等到徒弟一眼便能分辨出哪一个是披着兽皮的猎手，哪一个是真的野兽时，才能允许他出外射猎。否则，恐怕误伤其他猎手。练步的方法是，师傅令徒弟每天在枝叶根基上行走，练到走路悄无声息的时候，方许出猎。否则，恐打猎时惊散了兽群。

狩猎这个古老的行业，在其数千年的发展过程中，也不可避免地形成了一些行俗行规。据《周礼》记载，早在周朝的时候，帝王狩猎在不同季节就有不同的称谓，即“春搜”“夏苗”“秋狝”“冬狩”。

之所以用不同的称呼，是因为在不同的季节狩猎有不同的规定。春天打猎时，要挑选那些没有怀胎的野兽射杀；夏天打猎时，也要挑选那些不孕的野兽射杀；秋天打猎时，可以多杀；而冬天打猎时，就可以无所选择，随意猎杀。由此可见，在距今2000多年以前，先人们在狩猎的时候，已经懂得了顺应大地万物生长的规律了。因此，猎人在春夏二季打猎时，严禁射猎已孕妊之鸟兽。四季皆禁毒药，以及猎杀初生之兽、取卵或毁巢。如有猎获到幼兽的，也不得在市上出售。

狗是猎人最好的伙伴，因而从事狩猎这一行业的人严禁杀狗

猎人严禁杀狗，这也是最严格的行规之一。因为狗是猎人的朋友，杀狗的猎人会被其他猎人臭骂，甚至不再承认其猎人的身份。猎人不能捕杀喜鹊、家燕、鸳鸯

旧时猎人狩猎时使用的鸟铳

等有吉祥或美好寓意的鸟兽。

旧时，猎人在射杀猎物后，一般会割下猎物身体的一部分，多为猎物的耳朵，留在现场，据说是为了让其魂归山野。在众猎人合作行猎时，最先击毙猎物的猎人得兽头和兽肉一份，猎狗分得内脏，余下部分由众猎人平分。在捕获到猎物时，即使从此经过的路人也可分得一份，谓之“和睦肉”。

有猎人单独“放铗”或“下套”时，若有野兽踩上或中套，由“放铗”或“下套”的猎人独得。也有些猎人会将猎物分给同行一部分，但不能分给传授其技艺的师傅。没有“放铗”或“下套”者，不能起早去收取猎物，如果去收取“不义之财”，不仅会遭到同行们谴责，而且也不吉利。

由于我国地域辽阔，风俗习惯不尽相同，因此，狩猎这一行业的行俗行规也存在着不少差异，此处不再一一赘述了。

狩猎这个古老的行业，虽然曾给不计其数的贫苦百姓提供了一条生存的活路。但是，随着自然环境的日益恶化，以及商业市场需求引发的滥捕乱猎，使野生动物逐年减少，甚至很多物种濒临灭绝。

为了保护生态环境的平衡，从20世纪90年代起，中国实行了全面禁猎的政策。现在除非特许，否则狩猎是违法犯罪的行为。狩猎这个行业也因此退出了历史的舞台。

然而，在金钱利益的驱动下，偷猎的恶行仍时有发生，对自然生态造成了严重的危害。那些迷恋狩猎的人，早就应该放下手中的猎枪改邪归正了。

第六辑：行商摊贩篇

艰辛奔波货郎担

货郎担，又称“货郎”“货郎子”等，是过去在我国农村或城镇小街僻巷流动贩卖日用杂货的商贩。在那些交通闭塞、物质匮乏的年月里，曾流行于全国大部分地区。这个行当起源于何时，并无确切的史料记载，但至迟在宋代就已经十分盛行了。

天下三百六十行，行行有门道。在旧时的江湖术语里面，货郎担归为“八根系”这一行。所谓“八根系”，是指货郎担两头的货箱子，各用4根绳系住一角，起平衡作用，前后共8根。顶端挽一扣，挂在扁担上。货郎挑着担子走四乡、串八村卖货，则称为“盘乡”，意即走到哪儿卖到哪儿。

宋代画家李嵩创作的《货郎图》，真实地描绘出了当时货郎“盘乡”卖货的情景

货郎虽然属于“八根系”，但在不同的地区与时代，货郎所用的工具也不完全相同。有使用竹篓子与竹筐的，也有使用独轮车的。比如解放后，曾有一首《新货郎》的歌曲如此唱道：“打起鼓来，敲起锣哎，推着小车来送货，车上的东西实在是好啊！有文化学习的笔记本，钢笔、铅笔、文具盒，姑娘喜欢的小花布，小伙扎的线

行走在城乡街头的货郎担,总会给人们带来一种莫名的惊喜

围脖……”

传统的货郎工具，是以两个木头制成的长方形或正方形的枣红色箱子。有的货郎，还在箱子外面贴上“招财进宝”“四季发财”等红色吉符。木箱被木条分隔成许多小格，每个格子里都盛放着不同的物品，东西真是五花八门，应有尽有，比如绣花针、松紧带、发夹、丝线、棉线、扎头绳、镜子、梳子、纽扣、牛皮筋、松紧带、胭脂、雪花膏、梳头油、玩具、糖果、毛笔、写字本等等。麻雀虽小，却五脏俱全。

货郎还有一样重要的行头，那就是拨浪鼓。这是他们走街串巷，招揽生意的响器。拨浪鼓呈圆桶形，碗口大小，两面牛皮。鼓旁两侧，各有一个圆蛋鼓槌。到了村口后，手一摇，“扑棱咚咚、扑棱咚咚”的声音能够传出老远。村里人一听，就知道是货郎来了。

有些嘴巧的货郎，一边摇着拨浪鼓，一边还能唱上几句：“雪花膏，香又香，媳妇变成了大姑娘。糖豆麦，甜又甜，孩子吃了想半年。”惹得周围的妇女们笑翻了天，孩子们又蹦又跳，围着货郎担子团团转。

眨眼之间，人们便把货郎担子围个水泄不通。货郎所卖的东西本身不值几个大钱，利润不会太多，所以买卖间价格波动不会太大。然而，农村的妇女却喜欢讨价还价。她们在选好中意的东西之后，便冲货郎施展出砍价的绝活。不约而同地指责货郎的东西质量差，不顶用，有时说得面红耳赤。走南闯北的货郎早已谙熟这些小伎俩，在争争吵吵中大都会让她们一点半点的。货郎求得是回头客，买主则图个方便。

在孩子们的眼里，货郎担犹如杜十娘的“百宝箱”一样神奇。旧时，货郎的交易，除了卖货之外，还有以物换物的方式。这样一

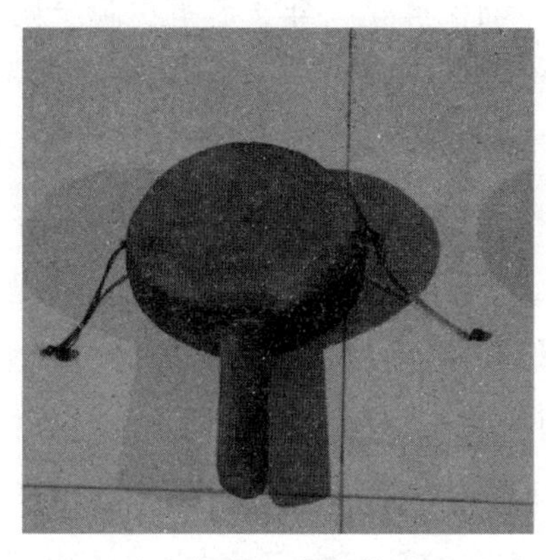

旧时，货郎用来招揽生意的响器——拨浪鼓

来，货郎还有点像今天收废品的。这也为孩子们实现自己小小的梦想，提供了可行的机会。货郎一放下担子，孩子们便一哄而上，他们手里拿着积攒的牙膏皮、废铜烂铁等物品，将货郎围在中间。他们拥挤着、询问着、尖叫着，有要糖豆儿的，有伸手要玻璃球的，也有争着要泥哨的……孩子们想到那些五颜六色的东西就将属于自己，真是幸福得不得了。

货郎这一行，还有一个不成文的规定，算是约定成俗吧。货郎走街串巷，就像当时的剃头匠一样，有自己固定的地盘。时间一久，货郎就跟这些村里的乡亲熟络起来了，每天见到的都是老主顾。主顾有什么要求，货郎便会尽量满足。

倘若谁想买点什么，恰巧货郎这次没有，甚至从不做这些生意，货郎也会尽力想办法在下次过来的时候捎带过来。

以前，没有电话、手机等通讯设备，在偏僻的乡村里甚至连投寄信件都非常麻烦。相距十里八里间的亲戚间有事，若不是太紧急，恰巧彼此又在货郎“盘乡”的范围之内，人们便会托货郎为对方捎个信。只要能办到，货郎都会尽力帮忙。因此，货郎又像是乡村里的义务“邮递员”。

货郎除了挑担之外，也有些是推着货郎车走街串巷售卖货物

货郎走得地方多了，自然见多识广一些，各村的奇闻趣事都从货郎的口中带到各地，成为其他村民了解外面世界的窗口。货郎给村民们带来货物的同时，也给村民带来了快乐。旧时，从事

货郎这一行业非常辛苦。他们日复一日，年复一年，起五更睡半夜，披星星戴月亮，肩挑一对货箱，走街串巷奔忙。有的时候，还远走他乡。日晒雨淋，风吹霜打，其中的辛酸只有他们自己知道。即便是这样不辞劳苦地忙活，也只能仅仅维持一家人的基本生活而已。

货郎，作为江湖上的一门行当，也不是乱走的。货郎也有行规，入行之前也要拜师傅。每个货郎都有自己的村落地盘，各做各的生意。偶尔走街串巷时碰见不认识的货郎，先用鼓摇一摇，相互算打个招呼，也是测试对方的资历。入行资历可以从货郎的鼓上看出来，初入道的货郎鼓只有小碗大，资深货郎的鼓有小瓷盘大。一般摇小鼓的，一听到对方的鼓比自己大就会识趣地避让开。

清代聊城木版年画《货郎鼓》

有时两人的鼓大小差不多，就隔着很远摇，按照行规套路摇，各有节奏点子，不能重复。资深货郎的鼓法套路要多些，有时能摇到七八分钟，甚至更长。双方对摇，总有一方的鼓点开始变乱，也就意味着套路摇完了。这时候，输的一方会主动挑起担子走人，而且以后也不会再到这个地方来卖货。

过年时，货郎也要封箱歇业。货郎开业，大都在正月十二这天。因此，民间才会有“货郎鼓，货郎鼓，十二出门开财路”这句俚语。

常年跑外的货郎，都会随身携带一根结实耐用的“搭柱儿”。它用一根笔直光滑的木棍制成，顶端安有一个月牙形的木槽，刚好能容下扁担从宽处放下。货郎每走一段路，感到疲劳时，就用“搭柱儿”支撑起扁担的前端，一头货箱放于地上，一头货箱悬于空中，货郎则扶着“搭柱儿”原地休息一阵。此外，“搭柱儿”又兼作防身的武器，可以用来打狗斗贼，以保自身平安。

货郎担这一行业，早已远离了人们的生活。然而，人们却以雕塑的形式将其永久留下记忆里

货郎担子放下时，是不允许他人从担子上跨越的，尤其忌讳女人从担子上跨越，认为跨越会招致破财折本。

旧时，由于社会条件的限制，商品流通不像今天这样发达。走街串巷的货郎担，肩挑着一个小小的“百货店”，给人们的生活带来了极大的便利。货郎担，曾经是乡村街头一道美丽的风景。

然而，自改革开放以后，随着商品大潮的风起云涌，农村各地的街头巷尾冒出了不计其数的小卖部、百货店、超市和商场，方便了千家万户。原本就已经萧条的货郎行业，彻底从民间消失了。但是，货郎所带给人们的快乐与温馨，却铭刻在众多人的脑海里！

香酥脆甜爆米花

散发着馨香的爆米花

在20世纪80年代以前出生的人们，每每忆及童年，大都绕不开爆米花的馨香。在那些物质匮乏的年月里，香酥脆甜的爆米花，给人们留下了众多温馨的记忆。爆米花，就是以玉米、大米等食材制作的一种膨化食品。其起源，可以上溯到宋朝。

宋代诗人范成大在他的《石湖集》中曾提到上元节吴中各地爆谷的风俗，并解释说："炒糯谷以卜，谷名勃娄，北人号糯米花。"由此可见，在宋代，我国南方民间有在元宵节吃糯米花的习俗。据说宋人不仅仅食用糯米花，还用爆米花来占卜一年的吉凶。

农历二月初二，又称"龙抬头节"，是我国民间一个非常古老的节日。早在唐朝，二月二就被时人称为一个"迎富贵"的特殊日子。明、清时期，我国北方民间在二月二这天形成了吃炒豆和爆玉米花的习俗。

关于这一习俗的由来，在我国北方民间还流传着这样一个传说：

相传，武则天当上皇帝之后，惹恼了玉皇大帝。他传谕四海龙王，三年内不得向人间降雨。因为长期干旱，人间庄稼颗粒无收，闹起了饥荒，饿死了很多人。后来，掌管天河的龙王于心不忍，便违抗玉帝的旨意，为人间降了一场大雨。

相传，爆米花的来历与龙王有关。这是民间龙王庙内供奉的龙王神像

玉帝得知真相，勃然大怒，便将龙王打下凡间，压在一座大山下面，山上立碑：“龙王降雨违天命，当受人间千秋罪；欲想重返凌霄殿，除非金豆开花时。”

人们为了拯救龙王，到处寻找能开花的金豆。到了农历二月初二，人们正在翻晒玉米种子时，有人忽然发现，玉米就像金豆，炒一炒开了花，不就是金豆开花吗？

于是，家家户户开始动手炒玉米，然后在院子里设案焚香，并供奉上开花的“金豆”。玉帝看到人间家家户户院子里都有开花的“金豆”，只好传谕，诏龙王回到天庭，继续给人间行云布雨。从此，民间形成了一个习俗，每到农历二月初二这一天，人们都要爆玉米花吃。

只不过在爆玉米花的专业设备没有出现之前，不论是宋代的糯米花，还是明、清时期的玉米花，人们都是以铁锅炒制的。

传统老式爆米花机，是在解放以后才出现的。它是用生铁制成的，其外形打眼一看，就像是一个炮弹。爆米花机，主要是由机头螺杆、大弯头、小弯头、机盖、加力杆、开口销和摇手等部分组成。另外为了能够架在炉火之上，前后各设有一个支架。

从事爆米花生意，大都是一些普通的农民，且以中老年居多。农闲之时，他们携带着爆花机走街串巷，挣点闲钱贴补家用。入冬之后，则是爆花生意最好的时节。此时，该忙的农活都已经忙完了，许多人家已经开始动手做过年的准备了。若哪家的孩子向大人提出爆玉米花的要求，大人们一般都不会吝啬，给孩子们爆上一炉或两炉以解馋虫。

“嘭！——嘭！——”爆花机的炸响从村子的上空划过，街头巷尾则飘溢着玉米花的馨香。

爆花师傅走街串巷的时候，其工具有的用扁担挑着，俗称“爆花担”。也有的用独轮车推着，后来则多用自行车驮着。

他们一边吆喝着“爆——花喽——”，一边找一处避风的墙角停下，支起风炉，然后生起炭火。风炉的头尾处，装有可搁放爆花机转动的“V”形铁架子。

爆花机的声响，总会唤起许多人对童年往事的回忆

其实，不用爆花师傅多吆喝，欢快的孩子们早已围拢上来。以前的农村孩子，哪有现在这般花样繁多的零食。爆米花，是孩子们最喜欢最实惠的零食。一旦有爆花师傅到村里来，他们会蜂拥而来排队爆花，队伍排得老长。

在爆花的时候，爆花师傅把黝黑的爆花机支起来，然后把顾客手端的一碗玉米粒或大米粒倒入爆花机里，加入少许糖精，把盖子盖好、旋紧，然后架到风炉上加热。

爆花师傅一边不停地往炉子里加煤炭，一边有节奏地拉动风箱的拉杆吹风，同时还要不停地转动爆花机。炉中的炭火随着风箱的拉动，越烧越旺，条条火舌舔着爆花机。

当爆花机压力表的指针升到一定刻度之后，爆花师傅就会停下手中的活，站起身来大声地喊道：“响——喽!”

周围的人，不约而同地往后撤离。因为害怕爆花机的巨响，那些胆小的孩子们会慌忙用手捂住耳朵。他们既害怕又高兴，因为每当响过一声，排号的队伍又朝前近了一个。

这时候，爆花师傅麻利地一手用火钩钩住爆花机的前头，一手握住后头的旋柄，把爆花机的头朝下塞进布袋里；一脚踩在机子上，一手抓住机子后头的转柄，激发机关，只听“嘭”一声闷响，一团白雾四散开来，颇为壮观。此刻，再看布袋里，当初装进爆花机里的玉米或大米等，都魔术般地变成一朵朵白色的花朵。

随后，爆花师傅将一把短小的扫把伸进爆花机里，从里往外掸一掸，把粘在爆花机内壁的食物掸清，而后再迎接下一个顾客。

随着时代的发展，人们的生活水平有了很大的提高。各式各样的美味零食，令人眼花缭乱。传统的爆花行业，逐渐衰退了。今天，人们偶尔会在市集或市井的某一个角落听到一声爆花机的炸响，令人产生恍若隔世的感觉。那久违的炸响仍然如旧，但再也不会有那么多手端玉米或大米，兴奋地站在爆花摊前排队爆花的孩子了。

诚信为本赊小鸡

过去的农村，几乎家家养鸡。尤其是那些家庭主妇，对鸡更是怀有一种特殊的感情

养鸡，曾经是农村的主要副业之一。过去的农村，几乎家家户户都养鸡，少则数只。多则数十只，甚至上百只。养鸡，不仅给农户带来经济上的收入，也使农家的院落里变得生动起来。黎明之时，每个村庄的上空都会响起嘹亮的鸡鸣声，此起彼伏。

我国民间养鸡的历史十分悠久，在原始氏族社会时期，我们的先人就已经开始养鸡，到了春秋时期，民间养鸡已经十分普遍。著名思想家老子在其著作《道德经》里面，就有“邻国相望，鸡犬之声相闻”的记载。

到了汉代，地方政府甚至颁布法令，鼓励农民养鸡。据东汉史学家班固编纂的《汉书》记载，渤海太守为鼓励农民生产，曾要求每户农家至少养母鸡5只。而在西汉文学家刘向撰写的《列仙传》里面，便记载了一位著名养鸡“专业户”的传奇事迹：“祝鸡翁，居尸乡北山，养鸡百余年，鸡千余，皆有名字，暮栖树上，昼放之，呼即别种而至，卖鸡及子得千万钱。”

这一事迹，亦见于《河南府志》，都表明祝鸡翁祖孙几代都在经营养鸡业。同时，这也可以反映出在两千多年以前，我国民间已经

旧时，由于农村对雏鸡的需求量很大，便出现了以赊卖雏鸡为业的商贩

开始推行大群养鸡产蛋的养殖方式了。

民间养鸡业的兴盛，不可避免地催生出一些以孵化和售卖雏鸡为业的商贩。当然，从事此业者，也大都是一些普普通通的农民。赊小鸡这个行业起源于何时，并无史料记载。在20世纪90年代以前，在我国农村的许多地区，仍能够见到赊小鸡商贩的身影。

所谓“赊小鸡”，就是农家春天买雏鸡，到秋后还账的办法。开春后，树儿刚冒芽，乡村里就会响起“赊小鸡唻——赊小鸡——”的吆喝声。赊小鸡的商贩，大都是一些肤色黧黑的中年汉子。他们挑着两个竹编的大箩筐，颤悠颤悠地，翻山越岭、走村串巷，从村东头吆喝到村西头。

那一声声婉转悠扬、明快响亮的叫卖声，在剧烈地撞击着女人们的神经。只要一听到这诱人的叫卖声，不一会儿，就会有农妇一溜小跑地从家里出来，将商贩挑的箩筐团团围住。当然，在围观的人群里还有不少淘气的孩子。小贩们热情地打开箩筐的盖子，里面满是“叽叽、喳喳”叫个不停的雏鸡。它们毛茸茸的，有黄色的、花色的、白色的，黑色的，张着嫩黄的小嘴鸣叫着，煞是可爱。

妇女们问明白了赊法，就开始围着箩筐挑选。在那个生活困难的年代，各家各户养鸡主要是为了下蛋，因而小公鸡并不吃香，两者差价很大。有经验的妇女把小鸡拿在手里，仔细端详着它的爪子、屁股和鸡冠，十有八九能认出公母。实在认不准，就让赊小鸡的给挑选，讲好到时公鸡多了少给钱，赊小鸡的都会笑着答应。

妇女们挑选完了之后，赊小鸡的在一个本子上记下妇女家男人的名字、小鸡的数目，说好大约在秋后什么时间来收钱。记好账后，妇女们高高兴兴地兜着小鸡回家了。

新赊的小鸡，刚出壳没几天，还不敢散养。一般先是放在纸盒或笸箩里面养着，底下要铺上干净柔软的布。定时喂些煮熟的小米，还要防范被老鼠或家猫伤害。等小鸡长出翅膀，有了自我保护意识，并能听懂呼唤声时，才能散养。

在现代人的记忆里，那些赊小鸡商贩的身影早已变成一个模糊的轮廓

一般到了秋后，庄稼都忙完了。那些赊小鸡的商贩便会赶来，根据账本上的记录挨家收钱。而且收钱多少，是按照眼前成鸡所出公鸡与母鸡的数量来计算的，譬如出一只母鸡收二角钱，而一只公鸡仅收5分钱。

那时候，买者即使手中再拮据，也不会赖账，而且绝不会隐瞒一只成鸡的“身份”。甚至是一些因为意外而夭折的小鸡，只要当时能够辨别出来公母，买者都会对商贩如实相告。甚至有些粗心的商贩把记账本丢失了，但凡是赊过小鸡的人家仍能够如数还钱。

那些可爱的雏鸡，总会给农村院落增添几分温馨与生机

过去的农村，邻里乡亲之间小到油盐酱醋，大到大宗钱款，经常相互拆借，从没有找保人、签合同这一说。那时日子虽然穷，但极少有欠账欠物不还的。那时候，人们把信誉看得比自己的生命还要重要。如果赖账不还，那是一件非常丢人的事情，在村里就抬不起头来。

有些图省事的商贩，前来收钱时，他找到一家买主之后就把手里的事情交给那家买主去做。他尽管坐在第一位买主家的院子里喝茶，不一会儿，其他的买主就会在第一位买主的通知下，赶来送钱。

临走时，赊小鸡的商贩会诚心诚意地将第一家买主的鸡钱免去。如果买主不肯，他们就会脸红脖粗地说：“明年，您是不想让俺来了，怎么说您也得赏俺个脸！”鉴于商贩的诚意，那位买主也不好再推辞了。

而今，那一声声悠扬的叫卖声，早已被尘世的噪音给湮没了，并从很多人的身边走远。而我们也只有从回忆中，才能重温那一幕淳朴的情景了。想来，伴随着赊小鸡这个行业一起消失的，还有许多更加珍贵的东西吧！

巧舌如簧卖估衣

卖估衣，就是旧时在街面上或庙会集市上售卖旧衣服的一个行当。卖估衣可分为两种场合，一种是估衣铺，另一种就是估衣摊儿。

估衣铺，自然是有固定的店铺。但按估衣行的规矩，即使有店铺，也不在屋内做买卖。而是在门外支棚设摊，将货摊出来，由伙计逐件折腾来折腾去地吆喝着卖。

那些光顾估衣铺或估衣摊的顾客的身份，也是五花八门，主要是贫困百姓。旧时，贫困百姓在自家在衣食开支上，首先压缩的是穿衣。既要跳出“贫不能为礼”的圈子，出门办事，亲朋往来，都不能有失体面，但又不能花费过多的钱置办新衣。买件七八成新的估衣当作出门的“礼服”，就美得不行了。此外，还有些人出于吝啬心理，舍不得花钱置新衣，认为买一件估衣的花销不及做一件新衣的三分之一，甚至四分之一，买来只要能穿上一年半载，也算赚了。

在旧时的市集上，有很多贩卖旧衣物的商贩

还有一些顾客，是出于职业的需求，有些失业的人为了活动个差事，需要穿得体面些，也经常会选择到估衣铺去找，花钱不多，也可救一时之急。又如变魔术或搞洋驯兽表演的，需要穿一身洋服。由于买不起新的，故只能买两件洋估衣凑数。总之，估衣的销路是多方面的。

基于人们以上这些需求，估衣行遂在市面上兴起，而且形成有师有徒的一大江湖行业。在我国民间流传了数百年之久，甚至到了近代，还成立了估衣行会。

民国时期，是估衣行最兴旺的一段时间。据史料记载，在民国二十四年（1935年）前后，老北京仅在天桥东三巷所建的卖货席棚里面，就有500多个估衣摊子。由此可见，当时的估衣行业之兴盛了。

估衣行的货源是多方面的，但主要是来自各大当铺。旧时，全国各地可谓当铺林立。当在当铺里的衣物，如果到期不赎，即由当铺处理，谓之"死号"。那时候的当铺，每月都要将大批"死号"的衣服，定期公开拍卖，各估衣铺的人都聚集在当商那里。

当商当众出示要出售的衣服数量和货色，由各估衣铺自行出价，暗里写在估价单上，交给当商，然后当众揭晓。哪家出价最高，哪家便算买到了这些衣服。其数量是以"包"计算，每包有大有小，多可达几十件，少也有十几件；单夹皮棉，绸罗布缎，新旧混杂搭配，不得挑货，亦不准退货。此种拍卖方式，行话谓之"拉柳子"。

估衣行货物的另一个来源，则是由敲鼓的小贩走街串巷，从各家各户收来的。如某宅门死了人，死者生前的衣物要赶快处理，并不计较什么价值，打小鼓儿的低价收来，再转手卖给估衣商。

再比如一些大户人家的少爷小姐，新衣服没穿几天，稍不时兴就三钱俩子处理了。还有些是来自成衣铺。成衣铺，也就是裁缝铺，是专门给人家做衣服的。平时，会有一些大小不合格或做坏了的衣裤，这时成衣铺照例要负责另做一件好的赔给顾客。于是，那些做坏的便辗转到了卖估衣的商贩手中。因此，在估衣铺碰运气也可以买到新衣服，只不过式样或做工差些罢了。

民国时期，老北京的估衣摊

除了这些收购方式之外，每个卖估衣的商贩几乎都有一些固定的收货渠道。例如有些估衣商，为了牟取利益，甚至暗地里收购窃贼的赃物，价钱自然压得很低，可谓一本万利。

河北蔚县关帝庙东西配殿清代壁画上的估衣铺

因此，估衣摊上的衣服，自远及近，时限很长。以民国期间的估衣而论，有清朝时的官衣袍褂，也有鼎革以来的时装，甚至有西装套服、夹克、西式大氅等所谓的“洋估衣”。品种多而杂，不一而足。

街头卖估衣的全凭一副巧舌利齿，其招揽顾客的吆喝声，更像是抑扬顿挫的唱念，十分入耳。摊主一般是俩人搭伙，周围还有一些雇的“托儿”。俩人一唱一和，配合非常默契。只见摊主儿一边唱念吆喝着，一边拿起一件又一件的衣服在自己的身上披挂示范：“这件哟呵喽卖，您给五块钱。提起领来左右翻一翻。诸位您仔细看，新里又新面，颜色多鲜艳。腰是腰来袖是袖，穿上可真体面。年轻的不用说，老太太穿上（道白：您猜怎么着?）也要年轻三十三。”唱到这里的时候，周围的人顿时发出一阵哄笑。

那些卖估衣的均富有敏锐的观察力，根据顾客的神态就能分辨出是来买衣服还是看热闹的，而且能够件件物适其主。哪类人穿哪类衣服，他们都看得很准。

卖估衣这一行，可谓是“要谎大王”，凭谎言吃饭。估衣摊售货之价，向来是对折八扣，即要价10元，对折5元，再加八折为4元。这样，其真实价格为4元的货，开口便要10元。如若顾客不买，他必令对方还价不可。口中念念有词：“漫天要价，就地还钱；宁可要跑，不能要少。”若是还价到六七元，他一定不卖，装模作样地将货物收起来，以示不够本钱。如果买主转身离开，他必再往回叫，仍然乞对方加价，若一定不添，他亦肯卖。

这幅由西方艺术家在19世纪中期创作的版画，表现的就是老北京卖估衣的情景

卖估衣的掌柜与伙计为了便于要谎，便于在顾客面前"拉串儿"，所以也与江湖生意一样，创作了一系列的行话。比如1到10这些数字，估衣行大都以不同的汉字来代表：摇（1）、柳（2）、搜（3）、臊（4）、外（5）、撂（6）、撬（7）、奔（8）、巧（9）、杓（10）。

比如一件皮袄，实价为15元，就标暗码为"杓外"。买主问价时，则要价至少为实价的两倍以上，即报"50元"。只要买主还价至30元，甚至20元时，即可成交出手。

还有的估衣行用的数字，是根据汉字笔画所出的"头儿"来决定。如"由"字中间的一竖，只有上边一个"头儿"，所以代表"1"；"中"字中间一竖有两个"头儿"，即代表"2"。以此类推，代表10个数字的暗码分别是：由、中、人、工、大、天、主、井、羊、非。如衣服的标识的暗码是"中主"二字，即是两元七角。

那些巧舌利齿的摊主在售卖估衣的时候，会提前将价钱以暗码的形式标在每件衣服的领口或裤腰处，以免记错价钱，赔本赚吆喝。偶尔，如果被买主识破，就悄悄按原价卖给对方，嘱咐对方得便宜快走，免得影响其他生意。而这时候，买主儿也乐得快走，认为捡了便宜。摊主按实价卖了，只是少赚点，也并不吃亏。

估衣行作为一门江湖生意，自然也良莠不齐，那些作风规矩，货真价实的估衣铺与摊点，自然能够赢得顾客的信任，给人们的生活提供了一些便利。

但也有一些估衣铺、估衣摊唯利是图，投机取巧。他们将收购来的旧货拆洗、补贴、上浆之后，做成棉衣、棉被，从外观看上去，坚固厚实，里面装的却是烂棉絮，只是在四角絮了一点好棉花。这就像现在新闻报道里的"黑心棉"一样，坑人至深。

上海估衣业职工会会员证章

更甚的是，有些卖估衣的摊贩甚至强行售卖。遇到有人经过，即横拦于路上，口里学着当铺之韵调说道："买什么里边瞧，要什么有什么!"越是妇女经过，越是横拦住不让经过，往往因此被对方大骂。然而，他们好像都有一副厚脸皮，越是妇女大骂，越能嬉皮笑脸，令人厌恶。

正是因为估衣行中有这样一些害群之马，影响了估衣行的声誉。后来，从事估衣行的商贩，对外人一般都不直言自己的真实行业，而是说成"皮货行"，以免被人歧视，遭到冷遇。

在20世纪50年代前后，估衣铺这个行业就基本从市场上消失了。但仍有一些出售旧衣物的摊贩，零星地出现在一些偏远地区的集市上。改革开放以后，随着对外贸易的发展，有些不法之徒趁机将西方国家的生活垃圾偷运回国，将里面的旧衣物挑拣出来，稍作整理，甚至未经消毒就对外出售，以此赚取黑心钱。这一做法，大概也算是估衣行的孑遗。

现在，国家政府早已禁止出售旧衣物，特别是进口的旧衣物严格禁止经营。另外，再加上人们生活水平的提高，穿衣打扮几乎对每个家庭来说，都是可以轻松应对的事情。估衣行的寿终正寝，也就成为必然。

清凉解暑酸梅汤

在炎炎夏日里，喝上一碗冰爽酸甜的酸梅汤,确实是一种美的享受

夏日炎炎，口干舌燥，喝上一杯清凉的饮料。确实能够起到消渴解暑的作用。现在，我们走在外面，随处都能买到各种饮料，如可乐、果汁、奶茶、矿泉水等，可谓“中西合璧”，应有尽有。

旧时，民间也有一种时令的消夏饮料，那就是酸梅汤。酸梅汤的制作并不费事，将泡发好的乌梅与冰糖、蜂蜜、山楂、桂花、甘草等材料一起煎熬，冰镇之后即为酸梅汤。

那么何谓乌梅呢?

据明代医学家李时珍的《本草纲目》记载：“梅实采半黄者，以烟熏之为乌梅。”乌梅，有除热送凉、安心止痛的功效。

在这儿，或许有些人会感到不解，古时候没有电力，更不可能有冰箱，而盛夏的酸梅汤是如何进行冰镇的呢?

其实，这并非是一件难事。在古代，我国历朝历代都有窑冰的习俗，所谓窑冰，就是在隆冬季节，将河塘里的冰层分解成合适的小块，然后运到冰窑（地窟）里储藏起来，等待来年盛夏的时候使用。早在周朝时，官府已经出现了专门负责斩冰纳窑的官吏——凌人。到了清末，我国民间已有众多官办和民办的冰窑。

酸梅汤，是一种古老的消暑饮料。在古代典籍《礼记》里面，有“浆水醷滥”的说法。根据汉代经学大师郑玄的注释来看，醷是一种梅浆，来自乌梅。这大概是我国用乌梅做饮料的最早记载了。

相传，酸梅汤是由明太祖朱元璋首创的。因而，后世的酸梅汤行业将朱元璋奉为祖师爷

但是，把乌梅饮料真正推向市场，却是在宋朝。据南宋文人周密撰写的《武林旧事》记载，南宋的都城临安（杭州）曾卖一种名叫“卤梅水”的凉饮料，大概和今天的酸梅汤差不多。

然而，我国民间还有这样一种说法，认为酸梅汤是由明朝开国皇帝朱元璋首创的：相传，在元朝末年，湖北襄阳发生大瘟疫，朱元璋恰好贩乌梅至此。他不慎染病，并卧病于客栈。期间，他偶食乌梅，顿觉神清气爽。受此启示，朱元璋便用乌梅熬汤饮用，不久身体便康复了。于是，他将所有乌梅熬成酸梅汤，免费施送，帮助当地百姓解除了瘟疫。后来，酸梅汤业便把朱元璋奉为本行业的祖师爷。在一些专卖酸梅汤的小店里，大都挂着朱元璋的画像，定期上供祭拜。

昔日盛夏，在城镇街头，经常能见到挑着担儿卖酸梅汤的小贩

清代，酸梅汤进入宫廷，成为御用饮品。康熙、乾隆，以及慈禧太后等，都是酸梅汤忠实的“粉丝”。据说，八国联军进犯北京时，慈禧太后逃至西安。她什么都不想吃，点名只要酸梅汤。

当然，酸梅汤风靡清宫也是有一定原因的。兴起于白山黑水之间的满民族，狩猎采集曾是他们主要的生产方式。满洲人好渔猎，喜欢吃肉食，进而发明了酸汤子这种满族食品。酸汤子，是用玉米面发酵后做成的。

饭后喝一点酸汤子，可以消除腥膻。但酸汤子本身也是粮食，饭后食之，容易过饱。而酸梅汤的出现，恰好弥补了这一缺陷。

我国民间的酸梅汤行业，以老北京最为兴盛。清末民初时，老北京城内有众多出售酸梅汤的店铺，挑担沿街售卖的小贩更是不计其数。其中，经营最火的店铺有前门大街的“九龙斋”、琉璃厂的“信远斋”、西单的“邱家小铺”等。

老北京的酸梅汤有淡和浓两种，淡的以前门外的“九龙斋”为代表。其色浅黄而清澈，入口淡远而清醇。而老北京人最喜欢的，则是“信远斋”的浓汁酸梅汤。其色如琥珀，香味厚重，犹如蜜汁。

“信远斋”的铺面很小，只有两间小门面，临街是一块黑漆金字匾额，铺内清洁简单。相传，“信远斋”使用的乌梅、桂花，都要选自广东及杭州的著名产地。乌梅要洗净泡透，并煮烂切碎。在半夜里熬好后，放在白地青花的大瓷缸里，镇在老式绿漆的大冰桶里。到第二天上午出售时，酸梅汤就冰凉彻齿了。由于冰糖多，梅汁稠，所以味浓而酽，令人舍不得下咽。

那些在街市上售卖酸梅汤的摊贩，摊上多插一根月牙戟（表示夜间熬的），挂一幅写着“冰镇热水酸梅汤”的牌子。摊主手持一对“冰盏儿”，亦称“冰碗儿”。所谓“冰盏儿”，就是以生黄铜制成的直径约3寸，外面磨光的碟形碗。这对铜碗，不是用来盛冷饮的，而是摊贩将其叠在一起敲击，作为招揽顾客的响器。

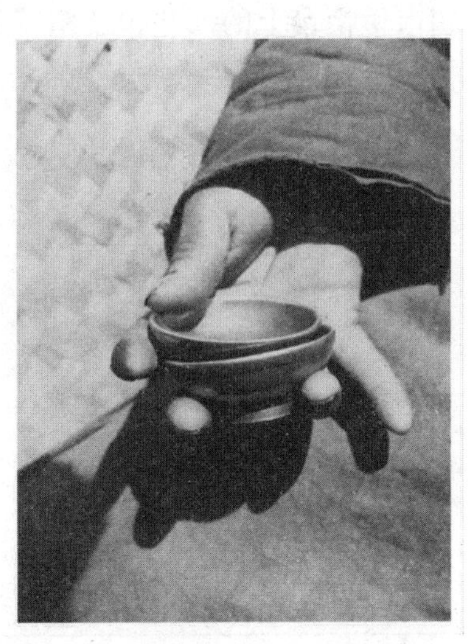
旧时卖酸梅汤的小贩以两只铜碗敲击作为招揽顾客的响器，能够发出清脆悦耳的响声

敲打的方法，是将一只手的中指、无名指夹在两只铜碗的中间，用拇指和食指护着碗的一侧，用小

盛夏时节，在一些旅游景点处还能够看到卖酸梅汤的商贩。只是“得儿铮——铮——”的声音，已经很难听到了

拇指托住下面的碗底，一上一下不断地挑动敲击，便发出清脆的“得儿铮——铮——”的响声。声音抑扬顿挫，非常悦耳。在盛夏三伏天，人们一看到或听到敲打“冰盏儿”的，就知道是卖酸梅汤的，便不由自主地欲驻足痛饮两碗。

旧时，北方的酸梅汤行业，从每年的夏初开始售卖，一直卖到农历八月十五。中秋节过后，天气逐渐变凉，“得儿铮——铮——”的声响，也就渐渐地从城市的街头巷尾消失了。

随着时代的发展，人们生活的水平越来越高，饮料市场也是丰富多彩。现在已经很难见到专营酸梅汤的店铺了，而“冰盏儿”的脆响，也早已变成了梦中的回音。

对于那些童年时伴随着“冰盏儿”声响长大的人来说，商店或超市里柜台上的那些包装精美的酸梅汤饮料，与他们记忆的味道一定相距甚远吧！

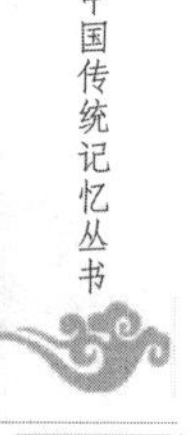

三分卖糖七分唱

相传，梨膏糖这种美食是由唐代宰相魏徵首创的

“小锣一敲开开场，场里场外真热闹，别的事儿我勿唱，唱两段滑稽开开场。”

这样的唱词在街头响起之后，引得行人纷纷围拢过来。这并非哪家说唱艺人在撂地卖艺，而是南方民间的小贩在兜售梨膏糖。

梨膏糖，是以雪梨或白鸭梨为原料，添加川贝、枇杷、杏仁等有止咳作用的中草药，再加上冰糖、橘红粉等熬制而成的。其药性温和无副作用，适合各类人群。尤其是怕吃苦药的孩子，甜甜的梨膏糖既能润肺化痰，又便于服用，因而广受人们的欢迎。

梨膏糖据说是起源于唐朝。相传，唐朝宰相魏徵之母，经常咳嗽气喘，身体很差。魏徵是个大孝子，他看在眼里，焦急万分。这事儿传入朝廷，唐太宗李世民即派了御医给魏徵的老母亲看病。御医便开了川贝、杏仁、枇杷、橘红等中药，嘱咐魏徵煎汤给老夫人服用。

谁知道药煎好之后，老母亲只喝了一口，便连声叫苦，不肯再服此药。魏徵再三劝慰也无用场。第二天，老母亲说要吃梨，魏徵亲手把梨削成片给母亲吃。可是，老母亲却因牙齿脱落咬不动梨。

魏徵急中生智，便用梨片熬汤给母亲喝。老母亲喝了之后，感觉很好。但魏徵认为光喝梨汤难以治病，于是把御医开方的一碗药汁倒进梨汤中，并添加了一些冰糖，一直熬到半夜。等魏徵打开药罐时，发现药汁由于熬的时间过长，已经变成了软糖块。魏徵先尝了一块，感觉又香又甜，随即请母亲品尝。老母亲尝过之后，也认为很好吃。她接连吃了半个月之后，咳嗽气喘病竟然治好了。

后来，皇宫权贵开始竞相仿制，并制作出了更为方便的“糖块”，成为风靡一时的宫廷秘方，到了清朝晚期才流入民间。

在旧时，医疗卫生条件落后，百姓缺医少药。若遇到咳嗽、气喘或上火之类的症状，只能忍着。而价钱便宜、口味甜爽的梨膏糖，对这些症状都有一定的缓解作用。因而，这种止咳的梨膏糖在当时颇受欢迎。尤其是在孩子们的眼里，它们更像是难得的美食。谁家的孩子每每咳嗽难止或嗓子不舒服，大人们就会去小贩那儿买几块梨膏糖回来，送给孩子们吃。当孩子们美滋滋地把一块梨膏糖放进嘴里时，甜爽的滋味，便会在舌尖荡漾开来。此时，梨膏糖不仅是良药，也是物质匮乏年代里孩子们喜爱的零食。

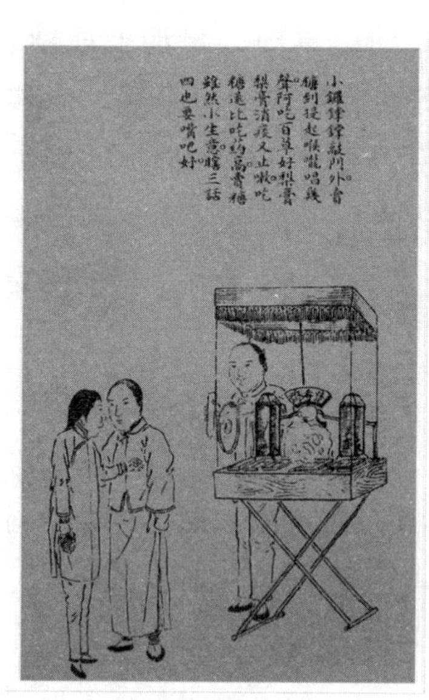

旧时卖梨膏糖这一行业，大都以说唱的形式来招揽顾客

于是，跑江湖卖梨膏糖这个行业便应运而生了。他们一般都是二人组合，带着梨膏糖一边说唱，一边卖梨膏糖。

在我国南方民间，卖梨膏糖的有个别称叫“小热昏”。“小热昏”，也是流行于江浙沪一带的曲艺谐谑形式，其表演五花八门，包罗万象。其中最早的内容是“说朝报”，起源于杭州。

当时的杭州城有一份报纸，叫《朝报》。卖报人为了提高销量，一边卖报，一边高声读出报纸上的重要消息来吸引读者。这种行为就是“说朝报”，类似于今天电视节目中的“脱口秀”。

“小热昏”吸收了“说朝报”的方式，先讲一些当局消息和小道新闻，然后加以自己的点评，言语犀利、风趣，以此来聚拢顾客逗留摊前买他的梨膏糖。

“小热昏”这个别称的来历颇为有趣，据说是与苏州一位名叫赵阿福的卖梨膏糖的小贩有关。清光绪六年（1880年），他在苏州卖梨膏糖时，即兴编唱时事新闻，嬉笑怒骂皆入曲调，总会引来无数围观者。若有巡警前来干预，便称：“今朝热昏哉，唱的事情不作数的。”从此以后，卖梨膏糖的小贩就有了“小热昏”这个别称。

时间一长，单纯的“时事评述”就略微显得单调了一点。于是，小贩们便在演唱上大做文章，用小锣、三敲板伴奏。这种演唱形式被称为“小锣赋”，经常演唱的曲目有《梳妆台》《哭七七》《杨柳青》《十劝世人》《戒赌》《十叹空》《大补缸》《叹五更》等数十种。

“小热昏”每到一地，先敲起小锣，吸引四面八方的听众。街上只要听到小锣声，便知道是“小热昏“出来兜售梨膏糖了。那个时候，人们的娱乐活动非常有限，即便是在城市里有演出戏曲的各类剧场，但也不是每个人都有条件进去观看的。所以，观看”小热昏“的演唱，成为人们茶余饭后的一种消遣活动。

“小热昏“的场子一般都很简单，中间摆放一个木架子，架子的4条腿交叉支着。木架上摆放着一个长约50厘米，宽约30厘米的木箱子，里面装着各式各样的梨膏糖，有百果梨膏糖、玫瑰梨膏糖、金橘梨膏糖、桂花梨膏糖等等。在夜间出摊时，架子上通常还要扎一根竹竿，以便挂煤油灯照明。

梨膏糖具有止咳润肺的功效，曾经是人们喜爱的美食之一

小贩通常会站在一个矮板凳上，手拿一把扇子或一块醒目，居高临下，侃侃而谈，如同说书先生一般。他们一开口并不急着叫卖梨膏糖，而是先演唱两段传统曲目，

而后就会说一些荒诞不经的坊间趣闻，或就地取材，讲一些低级粗俗的笑话来取悦顾客。

待说到紧要之处，就突然“刹车“，卖个关子，从箱子里取出梨膏糖，大谈梨膏糖的诸多好处，以及花色如何名贵，并应诺卖完这包糖就继续唱下去等等。人们正听得兴起，都想知道事情的原委，自然大都会掏钱买几块，好快点让他们讲下去。当然，如果有的人不想买糖，那也无妨。只要不拆他们的台，捧个人场，他们也欢迎。这样唱唱卖卖，直到生意做完。

“小热昏”虽然从表面上看卖的是梨膏糖，但实际上卖的是说书唱曲的技艺。所以，老百姓常议论他们是“三分卖糖，七分卖唱”。

旧时，卖梨膏糖的有“文卖”和“武卖”之分。“小热昏”则是属于“武卖”。所谓“文卖”，就是现场制作现场售卖。

小贩在糖摊前摆个炉子，上面放着一个紫铜锅。他左手拿着一把竹刀，不停地搅拌着锅里的熬着的糖，不使其粘底；右手则拿一把尺把长的扁铁锉，将药料锉成粉末，先堆存在旁边的小木盘里；待锅内的糖熬到了一定的程度，便将药粉倒入，搅拌成梨膏糖。

这把扁铁锉，不仅是锉药粉的工具，而且还是伴奏的乐器——左右各装有5个铜环，锉药时挥动铁锉，10个铜环便相互碰撞，发出悦耳的声音，正好为唱曲者伴奏：“一包冰屑吊梨膏，二用药味重香料，三楂麦芽能消食……”

旧时，在城乡街头或市集上经常能见到卖梨膏糖的摊贩，而今早已销声匿迹了

“文卖”虽然也唱，但只唱药名，不言其他。时间一长，小贩们演唱的内容，市井百姓也几乎都能哼唱下来。虽说内容无趣，但却货真价实。不过，两者相比，老百姓还是喜欢热闹滑稽的“武卖”方式。

卖梨膏糖这一行，在解放初期还可以看到他们的踪影，但随着社会医疗卫生条件的改善，干他们这一行的，也就慢慢地退出江湖了。所幸，梨膏糖这种美食，以及他们的说唱艺术却流传了下来。

“小热昏”或许是我国民间行业发展的一个缩影。中华文明五千年，在这段漫长的岁月里，我们的先人为了生存与发展，创造出了不计其数的行业。有的产生不久便消亡了，有的经历过无数的风风雨雨才逐渐枯萎，还有的一直传承至今。

这本书中所记载的这些老行业，只是数千年行业发展史中的沧海一粟。尽管如此，我还是虔诚地把它们送给每一位读者。无论是已经消失的，还是正在走向消失的那些老行业，我们都有责任去了解和铭记它们。因为，它们也是中华民族传统血脉中不可或缺的一部分！